LISA GENOVA

Com amor, Anthony

Tradução de Alyne Azuma

Título original: *Love, Anthony*

Editora Nova Fronteira Participações S.A.
Rua Nova Jerusalém, 345 – Bonsucesso – 21042-235
Rio de Janeiro – RJ – Brasil
Tel.: (21) 3882-8200 – Fax: (21)3882-8212/8313

CIP-BRASIL. CATALOGAÇÃO-NA-FONTE SINDICATO NACIONAL DOS EDITORES DE LIVROS, RJ

G293c

Genova, Lisa Com amor, Anthony / Lisa Genova ; tradu ‹o Alyne Azuma. - 1. ed. - Rio de Janeiro : Nova Fronteira, 2015.
304 p.
Tradução de: Love, Anthony
ISBN 978-85-209-4008-2
1. Romance americano. I. Azuma, Alyne. II. T'tulo.

15-23066 CDD: 813
CDU: 821.111(73)-3

Para Tracey,
para Larry (em memória)

AGRADECIMENTOS

Primeiro, preciso agradecer a todos os pais incríveis que compartilharam com tanta generosidade suas experiências comigo. Não sou capaz de agradecer a eles o tanto quanto gostaria por abrirem sua vida pessoal para mim, por me ensinarem o que sabem sobre o autismo e por confiarem a mim esse conhecimento. Sei que o que vocês me deram é extraordinário. Obrigada, Tracey Green, Kelly Gryglewicz, Kate Jacobson, Jackie Maust, Susanna O'Brien, Holly Shapiro, Ginger Shephard e Jim Smith.

Obrigada ao dr. Barry Kosofsky, um dos meus primeiros professores, por seus conhecimentos como neurologista pediátrico e por descrever a atual visão científica e médica acerca do autismo. Foi ótimo aprender com você de novo.

Obrigada a Corinne Murphy Genova, médica, analista comportamental certificada pelo conselho do BACB, pelas informações como especialista em análise comportamental aplicada.

Agradeço a Jennifer Buckley e Reine Sloan pela generosidade, por me ajudarem a entender melhor o que acontece antes, durante e depois das convulsões. Obrigada à dra. Jessica Wieselquist por explicar a perspectiva clínica dessa situação.

Agradeço também a Jessica Lucas por compartilhar seus conhecimentos especializados como técnica em medicina emergencial.

E obrigada a todos os que me ajudaram a conhecer e amar a pitoresca e linda ilha de Nantucket: John Burdock, Sarah Crawford, Michael Galvin, dr. John Genova, Wendy Hudson, Tina e Richard Loftin, Jacqueline e Vincent Pizzi, Nancy e Peter Rodts, Susan Scheide e dra. Louise Schneider.

Agradecimentos também a Anne Carey, Sue Linnell e Christopher Seufert por me acompanharem em diversas viagens à ilha.

Obrigada ao padre Jim Hawker por fornecer informações sobre a Igreja católica.

Obrigada a Mary Ann Robbat por compartilhar seus conhecimentos sobre psicografia.

Também agradeço a Addie Morfoot Kauffman por me ajudar a imaginar os detalhes da vida profissional de Beth em Nova York antes da mudança para Nantucket.

Obrigada a Jill Abraham por dramatizar uma cena fundamental comigo na Starbucks (Jill era Petra, eu era Beth).

Agradeço aos meus baristas e bons amigos na Starbucks por guardarem "meu lugar" e por todos os *chai lattes* que consegui beber: Lauren Fowler, Desiree Gour, Brandon Lopes, Erin McKenna e Mary Trainor.

Obrigada a Ann Hood pelo glorioso retiro criativo em Spannocchia.

Meus agradecimentos ao Peaked Hill Trust pela residência artística verdadeiramente incrível na *dune shack* Margo-Gelb, em Provincetown.

Obrigada a Danyel Matteson pela oportunidade de passar um período ininterrupto escrevendo em um quarto deslumbrante no Chatham Bars Inn.

Por me cederem tempo e espaço para escrever este livro, agradeço aos meus pais, Mary e Tom Genova; meus sogros, Marilyn e Gary Seufert; Sue Linnell; e, especialmente, meu marido, Christopher Seufert.

Por lerem cada capítulo, por compartilharem a jornada comigo e pelas muitas conversas fundamentais ao longo do caminho, agradeço a Vicky Bijur, Anne Carey, Laurel Daly, Kim Howland, Mary MacGregor e Christopher Seufert.

Obrigada à minha equipe incrível na Simon & Schuster por acreditar nesta história — Kathy Sagan, Jean Anne Rose, Ayelet Gruenspecht, Anthony Ziccardi, Jennifer Bergstrom e Louise Burke.

Agradeço a Vicky Bijur e Kathy Sagan por lerem e relerem e pelos comentários inestimáveis. Este livro ficou infinitamente melhor por causa de sua contribuição.

Obrigada a Chris, Alena, Ethan e Stella pelo amor e pela paciência.

Por fim, agradeço a Tracey Green. Obrigada, Trace, por confiar em mim para escrever esta história. Escrevi este livro para você, com todo o meu amor.

NOTA DA AUTORA

Quando esta história estava sendo escrita, as bases da neuroanatomia, neuroquímica e neuropsicologia do autismo eram pouco compreendidas. Ainda que eu aguarde ansiosamente o dia, com sorte num futuro próximo, em que os cientistas identifiquem suas causas, não era objetivo deste romance elucidar a neurociência do autismo nem estava em seu escopo.

Cerca de um terço das crianças com autismo também tem epilepsia. Para a maioria delas, as convulsões podem ser controladas com medicação. No entanto, administrar a dosagem adequada e a eficiência de qualquer medicamento em crianças que não falam é especialmente desafiador.

"Garoto com autismo ou autista?" O uso específico da linguagem tem grande poder de influenciar o modo como vemos e tratamos as pessoas. Li e compreendi os argumentos para as duas opções aqui.

Garoto com autismo — o foco é na pessoa. O garoto é uma pessoa primeiro, não definida pelo autismo nem apenas por ele. Por outro lado, *garoto com autismo* pode ser visto de maneira a tratar o autismo de uma doença, como descrever uma pessoa com Alzheimer ou com câncer. Pode ser visto como algo negativo, um mal a ser curado.

Autista — o argumento para esse termo afirma que o autismo é um traço a ser aceito. É parte da pessoa, como ter olhos castanhos ou ser loiro.

Vendo os méritos de ambos os lados, conscientemente usei as duas maneiras de se referir ao autismo neste livro, como são usadas na cultura contemporânea, ciente dessa discussão corrente e respeitando as duas opiniões.

Quando comecei a escrever este romance, em 2010, a incidência do autismo nos Estados Unidos era de uma para cada 110 crianças. Um relatório lançado pelo Centro de Controle e Prevenção de Doenças em março de 2012 afirma que esse índice aumentou para uma a cada 88.

Esta é uma história ficcional sobre um garoto no espectro do autismo. De maneira incessante, li e ouvi relatos de pais e profissionais: "Se você conheceu uma criança com autismo, você conheceu uma criança com autismo."

Anthony, o garoto fictício deste livro, é uma criança com autismo. Ainda que não seja possível representar todos com essa condição, espero que através da história de Anthony e da mãe dele os leitores adquiram uma perspectiva e uma sensibilidade que possam se estender para todas essas pessoas.

Depois de conversar com pais, médicos, terapeutas e ler o máximo que pude sobre autismo pelos últimos dois anos, foi nisto que passei a acreditar:

O espectro é longo e vasto, e todos estamos nele. Quando você acredita nisso, fica fácil ver como estamos todos ligados.

PRÓLOGO

É o fim de semana do feriado de 12 de outubro, Columbus Day, e, por sorte, o tempo está lindo, um dia ameno de verão em pleno outono. Ela está sentada na cadeira de praia com o encosto na vertical, os calcanhares afundados na areia quente. O mar à sua frente tem um brilho branco e prateado sob a luz do sol. Não há barcos de pesca nem iates a distância, nem praticantes de *kite surf* nem nadadores perto da costa; nada além da pura vista do mar. Ela inspira e expira.

"Absorva tudo."

Suas três filhas estão ocupadas construindo um castelo de areia. Estão perto demais da água. O castelo vai ser inundado e destruído em menos de uma hora, mas elas não dariam ouvidos à mãe.

A mais velha, com quase oito anos, é a arquiteta e mestre de obras. "Mais areia aqui. Uma pena ali. Peguem algumas conchas para as janelas. Cave mais este buraco." As menores são as fiéis operárias.

— Mais água!

A mais nova, que acabou de fazer quatro, ama o trabalho. Ela pega o balde, entra no mar até a altura dos joelhos, enche-o de água e volta, quase sem aguentar o peso, derramando pelo menos metade do conteúdo enquanto retorna cambaleando para as irmãs, um sorriso no rosto, satisfeita em participar da tarefa.

Ela ama ver as filhas assim, absortas na brincadeira, alheias à mãe. E admira os corpos jovens, vestindo biquínis infantis, a pele ainda muito bronzeada de um verão passado ao ar livre, pulando, agachando, curvando-se, sentando-se, totalmente desinibidas.

O clima e o feriado combinados trouxeram muitos turistas para a ilha. Em comparação com as muitas semanas passadas desde o Dia do Trabalho, a praia parece cheia de transeuntes e alguns banhistas. No dia anterior mesmo, ela caminhou por aquela faixa de areia por uma hora e viu apenas uma pessoa. Mas isso foi na sexta de manhã, estava nublado e frio.

Sua atenção se volta para uma mulher na beira da água, em uma cadeira de praia parecida com a dela, e para o filho, brincando sozinho ao lado da mãe. O garoto é uma coisinha franzina, sem camisa, sunga azul, provavelmente um ano mais novo que sua caçula. E está fazendo uma fileira de pedras brancas na areia.

Toda vez que uma onda se aproxima, cobrindo por um momento a fila de pedras com espuma branca, ele começa a pular e gritar. Em seguida, corre para a água, como se a estivesse perseguindo, e volta em disparada com um sorriso enorme estampado no rosto.

Hipnotizada por algum motivo, ela continua observando o garoto, que, metódico, segue enfileirando mais pedras.

— Gracie, vá perguntar se aquele menino quer ajudar você a fazer o castelo.

Extrovertida e acostumada a receber ordens, Gracie vai saltitando até o garoto. Ela observa a filha, com as mãos no quadril, conversar com o desconhecido, mas as duas crianças estão longe demais para que consiga ouvir o que ela diz. O garoto parece não ter notado a estranha. A outra mãe olha por sobre o ombro por um instante.

Gracie volta correndo sozinha para sua toalha.

— Ele não quer.

— Tudo bem.

Logo o mar começa a invadir o castelo. De todo jeito, as garotas ficam entediadas com o projeto e começam a reclamar que estão com fome. Está na hora do almoço, e ela não trouxe nada para comer. Hora de ir embora.

Fecha os olhos e inspira mais uma vez a maresia quente, limpa e salgada, depois expira e se levanta. Recolhe as pás e os moldes de castelo que estão espalhados e leva os brinquedos para a água a fim de limpá-los. Deixa a água correr pelos pés. Está fria, de entorpecer o corpo. Enquanto enxágua os brinquedos de praia das filhas, ela olha para a areia em busca de conchas ou cristais do mar, algo bonito para levar para casa.

Não encontra nada que valha a pena acrescentar à coleção, mas vê uma pedra branca, brilhante e solitária, se destacando na areia. Ela pega a pedra. É oval, totalmente polida. Vai até o garotinho, se abaixa e coloca a pedra com cuidado no fim da fileira.

Ele olha para ela tão rapidamente que teria sido possível não notar — lindos olhos castanhos, encarando-a brilhantes sob o sol, maravilhados com a contribuição para o projeto. O menino pula, grita e balança as mãos, fazendo uma dancinha feliz.

Ela sorri para a mãe do garoto, que retribui o sorriso, mas com reserva e cansaço, uma expressão nada convidativa. Sem dúvida, não conhece nem a mulher nem o filho e não tem nenhum motivo para achar que vai vê-los de novo, mas, quando se vira para ir embora, ela acena e diz com toda a convicção:

— Até mais.

CAPÍTULO 1

Beth está em casa sozinha, ouvindo a tempestade, pensando no que fazer. Para ser honesta, não estava de fato sozinha. Jimmy se encontra no andar de cima, dormindo. Mas ela se sente sozinha. São dez da manhã, as meninas estão na escola, e Jimmy vai dormir pelo menos até o meio-dia. Ela está encolhida no sofá, bebendo chocolate quente em sua caneca favorita, observando com atenção o fogo na lareira.

Chuva e areia batem na janela como um ataque inimigo. Alguns sinos soam uma música repetitiva e enlouquecedora, açoitados pelo vento, no jardim de algum vizinho distante. O vento uiva como um animal triste e desesperado. As tempestades de inverno em Nantucket são furiosas. Furiosas e violentas. Ela costumava ficar assustada, mas isso faz anos, quando era nova ali.

O aquecedor assobia. Jimmy ronca.

Beth já lavou roupa, as garotas só vão chegar dali a algumas horas, e está cedo demais para começar a preparar o almoço. Ela fica feliz por ter feito as compras no dia anterior. A casa toda precisa ser aspirada, mas vai esperar Jimmy acordar. Ele só chegou em casa às duas da madrugada.

Ela gostaria de indicar o próximo livro de seu clube do livro. Sempre se esquece de parar na livraria para dar uma olhada.

O daquele mês era *The Curious Incident of the Dog in the Night-Time* [O curioso incidente noturno do cachorro], de Mark Haddon. Era uma leitura rápida, um assassinato misterioso narrado por um adolescente autista. Ela gostou da história e ficou fascinada com o estranho mundo interior do personagem principal, mas desejou que o livro seguinte fosse um pouco mais leve. Era mais comum escolherem literatura séria para o clube do livro, mas ela estava precisando de uma fuga, como um apimentado romance de verão, naquele momento. Todo mundo estava.

Uma pancada alta nos fundos da casa a assusta. Grover, o labrador preto, levanta a cabeça do tapete trançado, onde dormia.

— Tudo bem, Grover. É só a cadeira do papai.

Sabendo que uma grande tempestade estava a caminho, ela pediu a Jimmy que trouxesse a cadeira para dentro na noite anterior, antes de ir trabalhar. Era a cadeira de "fumar charuto". Um dos veranistas a tinha deixado na beira da estrada em setembro com um aviso que dizia "grátis", e Jimmy não resistiu. A peça era um lixo. Era feita de cedro. Na maioria dos lugares da Terra, aquela cadeira de marca aguentaria uma vida inteira, mas, em Nantucket, a maresia e a umidade eram capazes de destruir qualquer coisa que não fosse feita dos mais densos e complexos materiais fabricados pelo homem. Tudo precisava ser muito forte para sobreviver ali. E, provavelmente, um pouco mais duro.

A cadeira mofada e corroída de Jimmy devia estar no lixo ou, pelo menos, na garagem, como Beth tinha sugerido com sensatez na noite anterior. Em vez disso, o vento a havia levantado do chão e a jogado contra a casa. Ela cogitou guardá-la na garagem, mas pensou melhor. Talvez a tempestade a despedaçasse. Claro, mesmo que isso acontecesse, Jimmy acharia outra cadeira para fumar seus charutos fedidos.

Ela tenta saborear o chocolate quente, a tempestade e o fogo, mas o impulso de fazer alguma coisa a atormenta. Não consegue pensar em nada útil. Vai até a cornija da lareira e pega uma foto de seu casamento com Jimmy. Sr. e sra. James Ellis. Catorze anos atrás. Seu cabelo era mais comprido e mais loiro na época. E a pele era impecável. Sem poros visíveis, manchas nem rugas. Ela toca seu rosto de 38 anos e suspira. Jimmy era lindo. Ainda é, de modo geral.

Ela observa o sorriso do marido na foto. Ele tem um leve prognatismo e caninos um tanto pronunciados. Quando se conheceram, ela achava que os dentes imperfeitos aumentavam seu charme, dando um quê de beleza sem fazê-lo parecer um caipira. Era um sorriso aberto, confiante, maroto, do tipo que faz as pessoas — as mulheres — se esforçarem bastante para ganhar.

Então, os dentes dele começaram a incomodá-la. A maneira como usa a língua para limpá-los depois de comer. Como mastiga de boca aberta. Os caninos salientes. Ela às vezes se pega observando-os enquanto ele fala, desejando que feche a boca. Estão brancos e perolados na foto do casamento, mas agora têm um tom mais caramelo do que creme, maltratados por anos de cafés diários e aqueles charutos fedorentos.

Os dentes dele, que costumavam ser bonitos. A pele dela, que costumava ser bonita. Os hábitos irritantes dele. Ela também tem os seus. Ela sabe que suas reclamações o deixam louco. É isso que acontece quando as pessoas envelhecem, quando estão casadas há 14 anos. Ela sorri para o sorriso de Jimmy na foto, a recoloca na cornija um pouco mais à esquerda do que antes. Dá um passo para trás. Faz bico e observa a cornija inteira.

É uma peça de madeira de 1,80 metro de comprimento petrificada pelo mar, pendurada sobre a lareira. Eles a encontraram uma noite em Surfside Beach, naquele primeiro verão. Jimmy a recolheu e disse: "Vamos pendurar isso sobre a lareira de nossa casa um dia." Em seguida, a beijou, e ela acreditou nele. Fazia poucas semanas que os dois se conheciam.

Três fotos ficavam na cornija, todas com as mesmas marcas do tempo — uma foto de Grover com seis semanas à esquerda, Beth e Jimmy no centro e, à direita, um retrato na praia de Sophie, Jessica e Gracie, de camisa branca com estampa floral e saia rodada cor-de-rosa. Foi tirada logo depois do aniversário de dois anos de Gracie, oito anos antes.

— Como o tempo passa — diz ela em voz alta para o cachorro.

Uma enorme estrela-do-mar cor de pêssego que Sophie encontrou perto do farol de Sankaty está encostada na foto de Beth e Jimmy à esquerda, e uma concha de náutilo perfeita, também enorme e sem qualquer rachadura, à direita. Beth achou a concha em Great Point no ano em que se casou com Jimmy e a protegeu com todo o cuidado durante as três mudanças. Ela se deparou com centenas de conchas de náutilo desde então e ainda não encontrou nenhuma intacta. A organização da cornija era sempre essa. Nada mais podia ficar ali. Ela arruma a foto do casamento mais uma vez, um pouco para a direita, e recua. Ali. Ficou melhor. Perfeitamente centralizado. Tudo como deveria ser.

"E agora?", pensa, de pé, sentindo-se cheia de energia.

— Venha, Grover. Vamos buscar a correspondência.

Lá fora, ela se arrepende da ideia no mesmo instante. O vento atravessa o melhor de seus casacos de inverno "à prova de vento" como se a vestimenta fosse uma peneira. Calafrios percorrem a espinha, e o frio parece chegar às profundezas dos ossos. A chuva vem pelos lados, açoitando-a no rosto, impedindo-a de manter os olhos abertos por tempo suficiente para ver por onde anda. O pobre Grover, que estava dormindo quentinho alguns segundos antes, choraminga.

— Desculpe, Grover. Já vamos entrar.

As caixas de correio ficam a mais ou menos oitocentos metros. O bairro de Beth é uma mistura de residentes e veranistas, e a maior parte das casas dos veranistas fica no caminho até as caixas de correio. Então, nessa época do ano, estão vazias e escuras. Não há luz nas janelas, fumaça saindo das chaminés nem carros estacionados na entrada. Tudo sem vida. E cinza. O céu, a terra, as telhas de cedro gastas em todas as construções escuras e vazias, o oceano, agora invisível, mas que se faz sentir no ar. Está tudo cinza. Ela nunca se acostuma com isso. O cinza tedioso do inverno de Nantucket é suficiente para desestruturar até a sanidade mais inabalável. Até os nativos mais orgulhosos, as pessoas que mais amavam aquela terra, duvidavam de si mesmos em março.

"Por que diabos amamos essa faixa de areia cinza no fim do mundo?"

Nas outras estações era diferente. A primavera trazia os narcisos amarelos; o verão, o céu azul de Mykonos; e o outono, o vermelho-ferrugem dos pântanos de *cranberry*. E todas essas estações traziam turistas. Vida! Depois do Festival de Natal do começo de dezembro, todos iam embora. Voltavam para o continente, para lugares com lanchonetes *fast food*, lojas e grandes redes de supermercados que ficam abertos depois de janeiro. E cor. Lugares com cor.

COM FRIO, MOLHADA e infeliz, ela chega até a fila de caixas de correio cinzentas na beira da estrada, abre a sua, pega três envelopes e logo os guarda no casaco para protegê-los da chuva.

— Vamos, Grover. Casa!

Os dois dão meia-volta e refazem o caminho. Com a chuva e o vento vindo por trás, ela consegue ver aonde está indo em vez de olhar para baixo. Mais adiante, alguém está vindo naquela direção. Ela se pergunta quem pode ser.

Quando se aproximam, descobre que é uma mulher. A maioria das amigas de Beth vive no centro da ilha. Jill mora em Cisco, que não é muito longe, mas fica na direção contrária, na direção do mar, mas essa mulher é baixa demais para ser Jill. Está de chapéu, o cachecol cobrindo o nariz e a boca, casaco e botas. Seria difícil reconhecer qualquer um com aquela roupa nesse tempo, mas, com certeza, Beth devia saber quem era. Não havia muitas pessoas andando naquele bairro em uma quinta-feira de março. Não havia nenhuma visita para fazer uma caminhada em Nantucket naquele dia.

As duas estavam a poucos metros uma da outra, mas Beth ainda não conseguia identificar a mulher. Só via que o cabelo era comprido e preto. Beth se prepara para dizer "Olá" e já sorri quando a mulher está bem à sua frente. Porém, os olhos dela estão fixos no chão, se recusando a fazer contato visual. Então Beth não diz nada e fica envergonhada por ter sorrido. Grover se aproxima para cheirar a estranha, que desvia e passa pelos dois antes que ele ou Beth pudessem descobrir qualquer coisa sobre ela.

Ainda curiosa depois de alguns passos, Beth olha para trás por sobre o ombro e vê a mulher nas caixas de correio, quase no fim da fileira.

— Deve ser de Nova York — murmura ela ao apertar o passo a fim de voltar para casa.

Lá dentro, são e salvo, Grover se chacoalha, espirrando água por toda parte. Normalmente ela o repreenderia por isso, mas não faz diferença. O simples gesto de abrir a porta espalhou o equivalente a um balde d'água na entrada. Ela tira o chapéu e o casaco, e a correspondência cai no chão. Tira as botas. Está totalmente encharcada.

Ela despe as meias e a calça jeans molhada, joga tudo na lavanderia e veste uma calça de pijama de *fleece* e chinelos. Sentindo-se mais aquecida, mais seca e imediatamente mais feliz, volta até a porta da frente para recolher a correspondência e vai para o sofá. Grover retorna para o tapete trançado.

O primeiro envelope é a conta da calefação, que deve ser mais cara que a prestação da casa. Ela decide abri-la mais tarde. O próximo é um catálogo da Victoria's Secret. Ela encomendou um sutiã *push-up* três anos antes, e continuam mandando catálogos. Vai jogá-lo na lareira. O último é um envelope escrito à mão endereçado a ela. Beth o abre. É um cartão com o desenho de um bolo de aniversário.

"Que todos os seus desejos se realizem."

"Que estranho", pensa. Seu aniversário é em outubro. Na parte de dentro, as palavras "Feliz Aniversário" foram riscadas com um único traço firme de caneta esferográfica azul. Na parte de baixo, alguém escreveu: "Estou dormindo com Jimmy. P.S.: Ele me ama."

Ela demora alguns segundos para reler tudo a fim de ter certeza de que entendeu as palavras. Nota seu coração disparado quando pega o envelope de novo. "Quem mandou isso?" O endereço do remetente não está escrito, mas o carimbo do correio é de Nantucket. Ela não reconhece a caligrafia. É uma letra bem-feita e arredondada. De outra mulher.

Com o envelope em uma das mãos e o cartão na outra, ela olha para a cornija da lareira, para sua foto de casamento perfeitamente centralizada, e engole em seco. Sua boca está seca.

Ela levanta e vai até a lareira. Arrasta a tela de ferro para o lado. Joga o catálogo da Victoria's Secret no fogo e vê as bordas do papel se curvando, queimando e se transformando em cinzas. Acabou. Suas mãos estão tremendo. Ela amassa o cartão e o envelope. Se queimá-los agora, pode fingir que não viu nada. Que aquilo nunca existiu.

Uma onda de emoção inesperada toma conta dela. Ela sente medo e fúria, pânico e humilhação. Está enjoada, como se fosse vomitar. Mas o que sente é surpresa. Ela fecha a tela. Com o cartão e o envelope apertados nas mãos, sobe as escadas, enfatizando cada passo ruidoso, e vai ao encontro dos roncos de Jimmy.

CAPÍTULO 2

Olivia tira a roupa, deixa a lingerie e veste uma calça de moletom, meias e seu casaco velho e favorito da Faculdade de Boston. Mais seca, porém ainda gelada, desce as escadas correndo, vai até a sala e aperta do botão do controle remoto da lareira. Ela para diante da chama instantânea, espera, espera, mas não sente nenhum calor. Toca o vidro com a palma da mão. Não está nem morno. Foi ideia de David converter a lareira para gás. Melhor para os inquilinos. Mais conveniente e menos bagunçado.

Apesar de terem o chalé há 11 anos, ela e David nunca moraram ali de verdade. A compra foi um investimento pouco antes do *boom* imobiliário e da disparada dos preços. David, que se formou em administração e se envolveu nos negócios imobiliários da família com relutância, está sempre de olho em propriedades com potencial. Tudo o que importa é a localização. Ele procura um alvo para reforma no bairro certo, compra, contrata uma equipe para refazer a cozinha e os banheiros, pintar a casa por dentro e por fora, e então revende. O objetivo era revender rápido, uma placa de VENDIDO no gramado da entrada e um bom lucro no bolso.

Mas Nantucket foi diferente para David. Com quase metade da ilha considerada área de preservação "para sempre selvagem", só era possível construir em apenas cinquenta por cento dos quase 130 quilômetros quadrados, e David não estava interessado em revender a casa. Ele garantiu a Olivia que o valor da propriedade nunca ficaria abaixo do que tinham pagado. O imóvel não tinha nada de especial, um chalé modesto de três quartos, sem nenhum cômodo ou design impressionante. Mas, situado a menos de um quilômetro e meio da Fat Ladies Beach, era uma casa de férias muito cobiçada, e ele acertou ao dizer que sempre conseguiriam cobrir com folga as prestações com o aluguel por temporada.

— É um bom investimento para o nosso futuro — disse David, quando os dois sonhavam com o futuro.

Eles costumavam passar uma ou duas semanas por ano ali, entre a alta e a baixa temporadas, em geral em outubro, mas pararam depois que Anthony fez três anos. Praticamente tudo parou depois que Anthony fez três anos.

Olivia ouve uma violenta rajada de vento a distância, como uma criança gritando de dor. As janelas balançam, uma brisa fria percorre a pele de seu pescoço nu. Ela sente um calafrio. Nantucket no inverno. Ia levar um tempo para se acostumar.

Ela esfrega as mãos, tentando aquecê-las. Não satisfeita, pergunta-se onde poderia encontrar um cobertor. Chegou ali só nove dias antes, e ainda está descobrindo onde as coisas ficam, sentindo-se uma hóspede na casa de outra pessoa. Uma estranha numa pousada. Procura no armário de roupa de cama e encontra um cobertor de lã cinza que se lembrava vagamente de ter comprado, o coloca nos ombros e se encolhe na poltrona da sala com a correspondência.

As contas ainda são enviadas para sua casa em Hingham, uma pequena cidade em South Shore, perto de Boston, então não chegava nada além de anúncios de serviços de reparos domésticos, cartões-postais de políticos locais, folhetos de desconto. Mas naquele dia ela sabe que tem correspondência de verdade.

Antes de abrir o primeiro envelope, ela já sabe que é um livro de sua antiga chefe, Louise, editora sênior da Taylor Krepps. O envelope traz um adesivo amarelo com o endereço do remetente. Louise não sabe que Olivia se mudou para Nantucket. Também não sabe de Anthony.

Não sabe de nada.

Há cinco anos Olivia não trabalha mais para ela como editora júnior de livros de autoajuda na Taylor Krepps Publishing, mas Louise ainda manda exemplares de cortesia. Talvez seja sua maneira de manter as portas abertas, de tentar incentivá-la a voltar ao trabalho. Olivia desconfia de que Louise simplesmente não se deu ao trabalho de tirá-la da *mailing list*. Ela nunca deu nenhum sinal de que voltaria para a antiga chefe; e há uns dois anos não mandava um bilhete sequer agradecendo ou comentando algum livro, e fazia mais tempo ainda que não lia nenhum deles. Mas continuavam chegando.

Olivia não tem coragem nem estômago para ler a autoajuda de mais ninguém. Não está mais interessada nos conselhos nem na sabedoria de ninguém. "O que eles sabem? É tudo bobagem."

Ela costumava acreditar no poder dos livros de autoajuda de instruir, informar e inspirar. Acreditava que os de fato bons podiam transformar a vida de alguém. Quando Anthony completou três anos, e eles tiveram certeza daquilo com que estavam lidando, ela acreditou que encontraria alguém em algum lugar que poderia ajudá-los, um especialista que mudaria sua vida.

E vasculhou todos os títulos de autoajuda, cada publicação médica, cada livro de memórias, cada blog, cada fórum on-line para pais. Leu Jenny McCarthy e depois a Bíblia. Leu, pediu, rezou e acreditou em tudo o que prometesse ajuda, socorro, cura, salvação. Alguém em algum lugar devia saber. Alguém devia ter o código que decifraria seu filho.

Ela abre o envelope e pega o livro, passando os dedos sobre a capa delicada. Ainda ama o cheiro de livro novo. Aquele se chamava *A dieta milagrosa de três dias*, do médico Peter Fallon.

"Sei... Milagre uma ova."

Ela costumava participar de conferências e seminários. "Por favor, dr. Fulano de Tal, especialista, nos dê a resposta. Eu acredito no senhor." Costumava ir à igreja todo domingo. "Por favor, Deus, nos conceda um milagre. Eu acredito no Senhor."

"Desculpe, dr. Fallon. Não existem milagres", pensa, jogando o livro no chão.

Em seguida, pega o envelope de papelão de David, levanta a aba e o vira de ponta-cabeça.

Três pedras brancas, redondas e totalmente lisas caem no seu colo. Olivia sorri. As pedras de Anthony. E três. Ela balança o envelope. Era a intenção dele que fossem apenas três, e não duas ou quatro. Ele adorava trios. *Os três porquinhos*; "Um, dois, três e já!"; pequeno, médio e grande. Claro, nunca disse com todas as palavras: "Mãe, eu gosto da história dos três porquinhos." Mas ela sabia.

Ela movimenta as três pedrinhas na palma da mão, se deliciando com a sensação fria e a textura lisa. Quando terminasse de checar a correspondência, as colocaria na tigela da mesa de centro, onde há pelo menos cinquenta outras pedras brancas e redondas de Anthony. Um altar em uma tigela.

Mas Anthony não teria gostado de ver suas pedras na tigela de Olivia na mesa de centro. Teria preferido que ficassem perfeitamente enfileiradas no chão pela casa toda. Deus os livrasse de Olivia limpar a casa e devolver as pedras para a caixa no quarto dele. No entanto, às vezes, não conseguia se conter. Às vezes, ela só queria andar pela casa sem chutar um desfile de pedras. Às vezes, só queria andar por uma casa normal. Era sempre um grande erro. Aquela não era uma casa normal. E uma mudança, por menor que fosse, não era bem-vinda para Anthony.

Ela olha dentro do envelope e vê um papel de carta dobrado.

Encontrei estas embaixo do sofá.
Com amor,
David

Olivia sorri, grata por ele ter se dado ao trabalho de mandar as três pedras, sabendo que ela gostaria de tê-las. E pelo "Com amor, David". Sabia que não eram palavras gratuitas nem falsas. Ela também continua amando-o.

O resto das pedras de Anthony está na caixa, que foi levada para o quarto dela. Foi uma das poucas coisas que Olivia insistiu em trazer na última viagem, e não foi fácil chegar ali. Ela se arrastou, sofreu e questionou a própria sanidade, do banco de trás do carro de David até a balsa em Hyannis, da balsa até o táxi na cidade, e do táxi até seu quarto. Mais de uma vez cogitou jogar as pedras na água no caminho, se libertar do fardo físico e emocional de carregar aquelas malditas pedras. Mas são as malditas pedras de Anthony. Lindas e malditas pedras recolhidas na praia e enfileiradas obsessivamente por seu lindo garoto, dispostas como se fossem uma obra de arte na tigela de vidro na mesa de centro.

Então as pedras vieram junto. Ela deixou os livros de culinária para trás, a coleção de livros que ajudou a editar na Taylor Krepps, todos os romances. Não trouxe nenhum móvel, nenhum aparelho eletrônico, nenhuma louça. As roupas de Anthony continuavam dobradas nas gavetas, a cama estava desfeita, os DVDs do Barney no rack da tevê, todos os brinquedos educativos com que ele nunca brincou, a escova de dentes no suporte do banheiro, o casaco no gancho da porta de entrada.

Olivia trouxe as roupas, as joias, a câmera e o computador. E os diários. Algum dia teria coragem de ler aquilo.

Também deixou todas as fotos — os álbuns da faculdade, do casamento e da lua de mel, a coleção de fotos artísticas que costumava tirar do pôr do sol, de árvores e conchas, algumas delas decorando as paredes da casa, e o álbum de bebê de Anthony. Deixou tudo com David. Parece que aquela vida não foi a dela. Como se fosse a de outra mulher.

Olivia guardou apenas uma foto. Está olhando para a impressão de 20x25cm emoldurada, de acabamento fosco, pendurada na parede da lareira, a imagem que levou muitas horas ao longo de muitos dias de espera e paciência para ser obtida. Ela se lembra de se sentar de pernas cruzadas diante da geladeira, a câmera diante do rosto, dedo no botão, pronta para disparar, esperando. Esperando. Anthony passou por ali muitas vezes, pulando na ponta dos pés, gritando e balançando as mãos. Toda vez ela prendia a respiração. Não se mexia. Anthony não olhava para ela.

Um dia ele estava sentado perto dela girando a roda traseira do caminhão de brinquedo com o dedo indicador fazia pelo menos uma hora. Ela não se levantou para ensiná-lo a brincar com o caminhão corretamente. "Está vendo, Anthony, o caminhão faz vrum, vrum." Não o instruiu. Não se mexeu. Anthony não olhou para ela.

A cada tentativa, os joelhos, os braços e o traseiro começavam a doer e a implorar para mudar de posição. A mente também começava a tentar dissuadi-la, zombando dela por passar a manhã inteira sentada no chão como uma idiota. Ela ignorava a si mesma e continuava sentada, em silêncio, sem representar uma ameaça, invisível.

E então, enfim, aconteceu. Ele olhou direto para a lente. Devia estar com sede, olhando para a geladeira, querendo suco. É provável que tivesse sido um acidente, mas ela apertou o botão antes que os olhos dele desviassem. Olivia olhou para o visor de LCD, e lá estavam eles! Os olhos! Janelas escancaradas para um dia claro e ensolarado. Não olhos desconectados e perdidos. Olhos castanho-escuros, profundos, que pertenciam ao seu garotinho, olhando para a mãe. Enxergando a mãe.

Ela está sentada na poltrona da sala com a correspondência no colo, perdida nos olhos do filho. Enxuga as lágrimas, grata pela oportunidade de olhar dentro deles e ver um real significado, mesmo que não entenda qual, mesmo que tenha sido apenas um momento em quase nove longos anos, e mesmo que só os tenha visto pela lente de sua Nikon e depois no papel bidimensional. Está feliz de ter registrado aquilo.

Olivia enxuga os olhos de novo com a ponta do cobertor e volta a atenção para o último envelope, de papel pardo, do escritório de advocacia de Kaufman e Renkowitz. Tira a pilha de papéis e lê a parte superior da primeira página.

"Acordo de separação de David e Olivia Donatelli."

Ela fecha os olhos e ouve o barulho de vento e da chuva batendo nas janelas, castigando o telhado, a fúria à sua volta. Cobre os pés com o cobertor e segura as três pedras com força. Como tudo mais, a tempestade não dura para sempre.

CAPÍTULO 3

Virado para a beira da cama, com o edredom até o queixo, Jimmy ainda dorme profundamente.

— Jimmy — chama Beth, quase gritando, assustando até a si mesma.

Ele se levanta de repente.

— Hã? O quê?

Jimmy não acorda com facilidade, nunca conseguiu. O pensamento dele fica confuso no começo, cambaleando e se chocando contra as paredes do cérebro como se tivesse tomado meia dúzia de cervejas. Ele não seria capaz de recitar o alfabeto nem o nome completo das três filhas nos primeiros segundos depois de acordar. Não podia sequer lembrar que tinha três filhas naquele instante. Beth hesita, dando-lhe um minuto para dissipar a névoa da cabeça. Ou talvez hesite para dar a si mesma mais um minuto de ignorância do que está prestes a acontecer.

— O que foi? — pergunta ele, esfregando os olhos e o nariz.

— O que é isso?

Beth joga o cartão e o envelope nele, tentando acertar a cabeça. Mas foi como um avião de papel malfeito; flutuou sem força até o colo dele em vez de acertá-lo no rosto. Ele pega o cartão.

— Não é meu aniversário — diz ele, ainda esfregando os olhos.

— Abra.

Beth está tremendo de ansiedade quando ele o faz.

— Não estou entendendo.

— Não se faça de idiota. Quem mandou isso?

— Espere um pouco, vou pegar meus óculos.

Então, agora ele é idiota e cego. O que viria a seguir? Surdo? Por mais que uma parte dela não queira ouvir a resposta, a outra não consegue resistir, conduzindo-a ao inevitável.

Jimmy pega os óculos no criado-mudo, coloca-os no rosto e relê o cartão. Ele o abre, fecha, abre, estudando-o como se fosse um quebra-cabeça ou um dos problemas de álgebra de Sophie, como se fosse uma espécie de teste.

"É um teste, Jimmy. É um teste da sua integridade. Este é um teste do seu caráter."

Beth observa o rosto dele, os olhos fixos no enigma misterioso, se recusando a encará-la. Ele está enrolando.

— Não é o código tributário, Jimmy. Quem mandou isso?

— Não faço ideia.

Ele a encara. Os dois fazem uma pausa, olhos fixos um no outro, sem piscar, sem se mover, sem dizer nada. Um confronto.

Por fim Jimmy se levanta da cama e joga o cartão e o envelope no lixo. Passa por Beth e vai para o corredor. Ela ouve a porta do banheiro fechar. Pelo jeito, ele disse tudo o que tinha para dizer sobre o cartão. Furiosa, com a adrenalina correndo nas veias, pega o cartão e o envelope do lixo e sai pelo corredor até a porta fechada do banheiro.

Os bons modos a fazem parar com a mão na maçaneta. Ela e Jimmy não são um desses casais que compartilham a intimidade no banheiro. Ela não passa fio dental enquanto ele usa o vaso sanitário; ele não fica conversando enquanto ela toma banho; ela não troca o absorvente interno enquanto ele se barbeia. Normalmente, não entraria. Não tinham esse tipo de casamento.

Mas que tipo de casamento tinham? Ela escancara a porta do banheiro e olha para Jimmy, que está de pé em frente ao vaso sanitário.

— Meu Deus, Beth, você pode esperar um minuto?

— Quero uma resposta de verdade.

— Espere um segundo.

— Me diga quem mandou isso!

— Espere.

Ele dá a descarga e se vira para encará-la. Beth está parada na porta, braços cruzados, bloqueando a passagem. Jimmy está só de cueca samba-canção xadrez e óculos, o cabelo bagunçado, as mãos pesadas ao lado do corpo, e parece vulnerável, indefeso. Capturado.

— Você não a conhece.

De repente as articulações das pernas dela parecem soltas, e Beth encosta no batente da porta para se amparar. Ela se sente parada nos trilhos do trem, amarrada à ferrovia, vendo o trem se aproximar, tão perto que pode sentir no rosto a lufada de ar quente de sua implacável aproximação.

— Quem é ela? — pergunta Beth, com um pouco menos firmeza e muito mais medo em cada palavra.

— O nome dela é Angela.

Pronto. Ele admitiu. Aquilo está mesmo acontecendo. Ele a está traindo com um mulher chamada Angela. Ela luta contra as ondas de tontura e o enjoo cada vez mais fortes, tentando imaginá-la, mas sem conseguir visualizar um rosto. Talvez aquilo não estivesse acontecendo de verdade.

— Que Angela?

— Melo.

Angela Melo. É o auge do inverno em uma ilha pequena. Todo mundo se conhece. Mas ele tem razão. Angela Melo. Beth não sabe quem é. Mas Petra deve saber.

— Você a chama de Angie?

Ele suspira e mexe os pés, o rosto aflito, como se só naquele momento ela tivesse feito uma pergunta pessoal demais.

— Chamo.

Ela encara o vazio dos azulejos brancos na parede atrás do marido, sem conseguir respirar. Jimmy está tendo um caso com uma mulher chamada Angela Melo. Angie. Ficou nu com ela, beijou sua boca, seus seios, tudo nela. Beth quer saber se eles usavam camisinha, mas fica constrangida e enojada demais diante desse pensamento para perguntar.

Ela volta para o quarto e se senta em seu lado da cama, sem saber o que fazer ou dizer. Gostaria de poder voltar no tempo e desfazer aquilo. Voltar para a cama, acordar e recomeçar o dia. E não ter ido buscar a correspondência. Jimmy também volta para o quarto. Está em pé diante dela, esperando.

— Faz tempo? — pergunta Beth.

— Um pouco.

— Quanto tempo é um pouco?

Jimmy hesita.

— Desde julho.

Beth não sabia o que esperava que ele dissesse. Não tinha desenvolvido nenhuma suspeita nem cenário em sua imaginação. Algumas noites furtivas. Talvez um ou dois meses. Desde julho? Ela lista os meses mentalmente. Noites furtivas demais para contar ou imaginar. Lágrimas quentes escorrem pelo rosto.

"Droga, Beth, não chore. Não desmorone."

Ela não quer se sentir vítima. Um clichê. Mas não consegue evitar. Ela se entrega e soluça em seu lado da cama contra a própria vontade enquanto Jimmy continua a mais ou menos um metro de distância.

— Você a ama? — pergunta Beth, soluçando cada palavra, trêmula e aérea.

— Não.

Ela olha as próprias mãos no colo, o anel de noivado e a aliança de casamento no dedo, anéis acompanhados de votos que não a protegeram disso. Tem medo de olhar para Jimmy, de ver se está dizendo a verdade ou se está mentindo. Fazia meses que estava mentindo, então talvez esteja mentindo sobre isso também. Saberia a verdade se olhasse nos olhos dele? O que sabe de fato sobre o marido naquele momento? Dez minutos antes, ela teria dito: "Tudo."

Ela fecha os olhos e volta a chorar. Alguma coisa tem de acontecer. Não pode simplesmente descer a escada, terminar o chocolate quente e passar o aspirador de pó na casa.

— Acho que você devia ir embora — diz ela. — Acho que você devia sair de casa.

Ele está parado. Beth se acalma e prende a respiração, esperando a resposta.

— Tudo bem.

Jimmy começa a se mexer. Entra no closet, pega as roupas dos cabides, vai até a cômoda, esvazia as gavetas. E coloca tudo na bolsa de academia.

Ela quer gritar, mas está arrasada demais para emitir algum som. "Tudo bem"? Jimmy nem tentou discutir. Não pediu desculpas nem implorou perdão. "Tudo bem"? Ele não está pedindo para conversarem sobre isso, para ficar.

"Ele quer ir embora."

Beth quer agredi-lo, sacudi-lo, machucá-lo. Quer atirar algo pesado nele. Cogita jogar a luminária de ferro. Quer odiá-lo. Mas, para seu próprio constrangimento e sua confusão, também quer abraçá-lo, acalmá-lo, impedi-lo. Quer dizer que vai ficar tudo bem. Quer ir até ele e beijá-lo como costumavam fazer. Beijos intensos e longos que lhe arrancavam suspiros.

"Agora ele beija uma mulher chamada Angie e a faz suspirar."

Ele começa a revirar as coisas no banheiro, provavelmente pegando seus pertences no armário. Beth olha para o espaço onde o marido dormia. Jimmy esteve com Angie na noite passada, antes de voltar para casa, para dormir e roncar?

Ela não consegue ficar sentada ali, na cama dos dois, por nem mais um segundo. Então se levanta e começa a tirar a roupa de cama. Ainda chorando, pega o edredom, o cobertor e os dois lençóis e os atira no chão, formando uma pilha. Enquanto está tirando as fronhas, vê as meias de Jimmy jogadas no chão, preguiçosas e descuidadas, esperando que ela as recolhesse e as colocasse no cesto de roupa suja. Beth sempre recolhia as meias fedidas dele. As meias fedidas, as cuecas sujas, o casaco, os sapatos, as migalhas caídas pelo chão dos sanduíches de pastrami com batata chips que ele comia sem prato, as manchas de pasta de dentes cuspida que ele deixava na pia, a areia que ele sempre espalhava pela casa. Recolhia as meias fedidas, limpando as migalhas, a areia, a pasta de dentes cuspida e lavando a roupa enquanto ele estava tendo um caso.

Jimmy aparece no pé da cama, com a bolsa de academia e a mala de viagem vermelha, que foi comprada no Kmart em Hyannis para a viagem de carro para a Disney em outubro. Em outubro, quando ele já traía a esposa com Angie Melo.

— Eu ligo para você — diz ele, com alguma relutância.

— Aham — murmura ela, segurando toda a roupa de cama e as meias, tentando não olhar para ele.

Jimmy fica ali parado, procurando algo mais para dizer, talvez esperando que ela fale alguma coisa, que o impeça de ir. Beth não tem certeza. Ela olha de soslaio para o marido. O rosto dele está tomado pela dor; os olhos, marejados. Ela desvia o olhar. Ele não diz nada. Nem ela. Jimmy vira e desce a escada. Ela não se mexe até ouvir o barulho da porta se fechando.

Na lavanderia, Beth mede a quantidade de sabão com cuidado. O motor da caminhonete de Jimmy dá a partida. Ela despeja o amaciante no recipiente. Ele manobra na entrada. Ela vira o botão da máquina para CAMA/BANHO e aperta LIGAR. A caminhonete engata a primeira marcha e sai pela rua. Ela vê a água quente envolver a roupa de cama. O vapor enche o tambor da máquina de lavar. Tudo começa a girar.

Jimmy foi embora.

Beth vai para a cozinha, fica parada diante da pia, olha pela janela e não faz nada. Não sabe o que fazer. Com um esforço cheio de determinação, direciona os pensamentos para sua rotina, esperando que o conforto e a segurança da programação diária contenham o pânico desesperador que surge com força dentro dela.

Ainda precisa passar o aspirador de pó na casa. Pode começar a preparar o jantar na panela elétrica. Ela vai preparar uma canja. E vai fazer brownies de sobremesa. As meninas saem da escola às duas. Sophie tem aula de teatro, Jessica tem basquete, e Gracie combinou de ir brincar na casa de uma amiga.

Não vai contar nada para as filhas, claro. Não hoje. Elas não vão notar. Jimmy quase nunca está em casa antes do jantar ou de elas irem para a cama.

Beth continua imóvel junto à pia. O vento grita. O radiador apita.

Jimmy foi embora.

Ela respira fundo e solta o ar pela boca. "Certo, está na hora de passar o aspirador de pó na casa." Mas, antes de fazer qualquer coisa, vai ligar para Petra.

CAPÍTULO 4

Ainda não amanheceu. Não está um breu completo como costumam ser as noites em Nantucket, sem lua nem estrelas, quando é impossível ver a própria mão diante do nariz. O mundo à sua volta tem as cores de um cianótipo, uma antecipação do tom cinza-azulado da manhã. Mas também está nublado, o que é comum a essa hora, especialmente perto da costa, e a falta de visibilidade faz o céu parecer mais escuro do que realmente está. Mesmo com os faróis do jipe e os limpadores de para-brisa ligados na velocidade máxima, Olivia tem dificuldade para ver aonde está indo. Dirige devagar, com cuidado. Não está com pressa.

Wauwinet Gatehouse está vazia. Ela estaciona o jipe, sai e tira o ar dos quatro pneus até 12 PSI. Entra no carro de novo e continua, o asfalto acaba e a estrada passa a ser de areia. A areia se torna macia, e o carro afunda, chacoalha e balança enquanto ela segue adiante. A neblina está ainda mais densa. Ela não consegue ver nada de lado algum, apenas poucos metros à frente.

Talvez depois de um pouco mais de seis quilômetros na estrada — ela não sabe ao certo, porque não viu nenhuma placa pelo caminho —, a passagem é bloqueada por uma cerca. O trânsito de veículos é restrito até a praia, uma medida para proteger as batuíras-melodiosas que, desavisadamente, possam fazer seu ninho nas marcas de pneu. Ela estaciona junto à cerca e sai do carro.

Olivia caminha pela areia fofa, macia e tocada pelo vento ao longo do mar, que ela consegue ouvir e sentir, mas não vê, a névoa ainda turvando tudo. Não deve estar longe. Ela tira uma lanterna do bolso do casaco e direciona o feixe à sua frente, mas a luz é escassa, difusa em meio às moléculas de água suspensas no ar e inútil. Ela continua. Sabe aonde está indo.

Quando a sensação macia da areia muda para o chão firme e úmido da maré alta de antes, ela suspira de alívio. Cada passo enfim se torna mais fácil. Apesar do frio, ela está suando, e os músculos das pernas ardem. Ela passa a língua nos lábios, saboreando o gosto de sal marinho. Ainda sem conseguir ver a água, ela sabe que está bem diante do mar, e fica desapontada por não conseguir ver o farol, que deve estar a apenas poucos metros do caminho, escondido atrás da parede de névoa.

O Great Point Light foi destruído duas vezes, uma por um incêndio e a outra por uma tempestade, e foi reconstruído ambas as vezes. É uma torre cilíndrica de mais de vinte metros de pedra branca, que se agiganta imponente e majestosa sobre esse frágil monte de areia, onde o oceano Atlântico encontra Nantucket Sound, sua existência sempre ameaçada pela erosão e pelos vendavais. Sobrevivência.

Além das gaivotas e talvez algumas batuíras, ela acredita estar sozinha. De maio a setembro, imagina que a faixa de 11 quilômetros de praia provavelmente esteja lotada de veículos, andarilhos, famílias em passeios ecológicos, pessoas de férias. Mas no dia 17 de março ninguém está ali. Ela está sozinha. Cinquenta quilômetros de água a separam de Cape Cod ao norte, e cerca de cinco mil quilômetros de oceano ficam entre ela e a Espanha, a leste. É o mais próximo de lugar nenhum em que consegue pensar. E em lugar nenhum é exatamente onde quer estar naquele dia.

No passado, há nem tanto tempo, estar tão longe de qualquer outra pessoa ou coisa não teria parecido boa ideia. Mais do que isso, é algo que a teria assustado. Uma mulher sozinha em uma praia reclusa, a quilômetros de qualquer um que pudesse ouvi-la se precisasse de ajuda — como a maior parte das meninas, tinha sido educada para evitar esse tipo de situação. Mas naquele momento não só não está com medo, como também prefere estar ali. Não ficou nem um segundo preocupada em ser estuprada ou assassinada em Great Point. Andar por Hingham, urbanizada e segura, cercada de pessoas comuns, fazendo coisas cotidianas — era isso que estava acabando com ela.

O corredor de guloseimas e lanches do mercado. Uma partida de beisebol da liga infantil. A igreja de St. Christopher. Escadas rolantes no shopping center. Suas antigas amigas abençoadas com filhos típicos, uma se gabando com inocência da peça da filha na escola, outra despretensiosamente reclamando que a matemática do terceiro ano não é desafiadora o bastante para o filho. Ela evita todas.

Todos aqueles lugares, aquelas pessoas e aquelas coisas estão cheios, carregados de lembranças de Anthony, ou do Anthony por quem rezava, ou de quem Anthony poderia ter sido. E todos eles têm o potencial para revirá-la do avesso em um instante, de fazê-la chorar, se esconder, gritar, amaldiçoar Deus, parar de respirar, enlouquecer. Qualquer uma dessas coisas e, às vezes, todas.

Ela desviava muito do caminho até o banco ou o posto de gasolina para não precisar olhar para a igreja. Parou de atender ao telefone. No último verão, no mercado, notou um garoto que devia ter a idade de Anthony andando ao lado da mãe. Olivia estava bem até chegar ao corredor de guloseimas e lanches, onde o garoto perguntou: "Mãe, a gente pode comprar?" Ele segurava uma lata de batatas chips sabor sal e vinagre, as favoritas de Anthony. Sem aviso, todo o oxigênio desapareceu da loja. Ela ficou paralisada, tentando respirar, sufocada pelo pânico. Assim que conseguiu se mover, saiu correndo da loja, abandonando o carrinho cheio de compras, e chorou no carro por quase uma hora antes de conseguir se recompor o suficiente para voltar para casa. Desde então, não tinha mais colocado os pés no corredor de guloseimas e lanches. Não era seguro.

O mundo estava cheio de armadilhas como batatas chips sabor sal e vinagre que podiam engolir Olivia por inteiro, o que não seria um problema se as armadilhas não a cuspissem de volta depois e dissessem: "Agora, siga em frente." Todo mundo queria que ela seguisse em frente. Seguir em frente. Continuar a viver. Ela não quer isso. Quer ficar ali, sozinha em Great Point, longe de todas as armadilhas. Parada, sem ir a lugar nenhum.

Ela agacha e escreve "Feliz aniversário, Anthony" com o indicador na areia molhada. Ele faria dez anos naquele dia.

Olivia se lembra do dia do nascimento do filho. O parto não tinha sido complicado, apenas longo. Tinha optado pelo método natural, mas, depois de vinte horas de trabalho de parto doloroso e improdutivo, ela se rendeu e pediu uma epidural. Duas horas, uma injeção de ocitocina e seis empurrões depois, Anthony nasceu. Cor-de-rosa e arroxeado, como as petúnias, calmo e de olhos arregalados. Ela o amou naquele instante. Era lindo e tão cheio de promessas, o garotinho que um dia jogaria na liga infantil de beisebol, seria o astro da peça da escola e um ótimo aluno em matemática. Ela não sabia na época que deveria ter alimentado sonhos muito mais simples para seu lindo filho, que deveria ter olhado para seu bebê e pensado: "Espero que você aprenda a falar e a usar o banheiro quando tiver sete anos."

Os primeiros aniversários foram normais — bolos que ela escolhia e comprava na padaria, velas que ela mesma soprava, presentes que ela e David abriam, fingindo animação e felicidade excessivas. Mas Anthony só tinha um ou dois anos, então era de se esperar. Depois dos dois anos, os aniversários começaram a se desviar cada vez mais do normal.

Anthony parou de ser convidado para a festa de aniversário de outras crianças aos quatro anos, e, quando ele completou cinco, Olivia e David responderam à altura, fazendo celebrações íntimas, só para a família. Era mais fácil assim. Anthony não participava das brincadeiras nem prestava atenção no palhaço. Mesmo assim ela ficava de coração partido.

E, enquanto os interesses dos garotos da idade dele amadureciam e se refletiam no tema das festas a cada ano — de *Vila Sésamo* para *Bob, o Construtor*, *Homem-Aranha* e *Star Wars* —, Anthony ficava totalmente satisfeito com uma festa do dinossauro Barney todo ano. Claro, ela podia ter mudado de personagem. Mas não havia motivo para fingir que ele adorava super-heróis, robôs ou ninjas. Anthony adorava Barney, e não haveria mais nenhum garoto na festa para zombar dele por amar um dinossauro roxo.

Então todo ano Olivia e David acendiam as velas no bolo do Barney e cantavam "Parabéns pra você". Depois, ela dizia: "Vamos, Anthony! Faça um pedido e assopre as velinhas!" Em seguida, não fazia nada e depois apagava ela mesma as velas. Olivia sempre fazia um pedido, o mesmo, todo ano.

"Por favor, não cresça. Você precisa aprender a falar antes de crescer mais. Precisa dizer 'Mamãe', 'Papai', 'Tenho seis anos', 'Quero ir ao parquinho hoje' e "Eu te amo, mãe" antes que a gente coloque mais um maldito bolo do Barney na mesa. Por favor, pare de crescer. O tempo está passando."

Nunca parou de pedir.

Eles enfrentaram tudo ano após ano, mas o aniversário de Anthony não era um dia divertido nem para Olivia nem para David. Em vez de comemorar como os outros pais, invejava com paixão e às vezes odiava, em vez de se maravilhar com a passagem do último ano e com quanto o filho tinha crescido e mudado, ela e David sentiam um medo e um desespero nunca comunicados no aniversário de Anthony. Dezessete de março era o dia do ano em que ela era forçada a encarar de frente a gravidade do autismo de Anthony, estar plenamente consciente de quanto progresso não tinha sido feito. Quando Olivia ia comprar o presente do filho e pensava nos brinquedos para crianças com mais de cinco anos, era forçada a admitir que eles não provocariam nenhum interesse em Anthony, que de jeito algum ele brincaria com aquilo. Ali estava, impresso em tantas caixa de brinquedos: Anthony era incrivelmente atrasado para a idade.

Então comprava um brinquedo educativo recomendado por Carlin, a terapeuta de análise comportamental aplicada, ou um novo vídeo do Barney. Certo ano, ela até embrulhou uma lata de batatas chips sabor sal e vinagre. Elas sempre o deixavam feliz. Mas o presente que Anthony mais amava todo ano era o cartão.

Quando o filho tinha quatro anos, ela comprou o primeiro dos incontáveis cartões musicais. Aquele era de Hoops & Yoyo. Primeiro só mostrou para ele. Anthony observou, fingindo não olhar. Ela abriu o cartão. Uma música começou a tocar, e os personagens, a cantar. Ela fechou o cartão. A música e a cantoria pararam.

Até hoje, Olivia se lembra do rosto do filho, maravilhado e feliz com a descoberta inesperada de algo novo e fascinante, como quando descobriu os interruptores. Ele abriu o cartão. Música. Fechou o cartão. Sem música. Abre. Música. Fecha. Nada de música. Esses cartões eram o paraíso para Anthony. A mesma canção toda vez, a mesma música; tudo o que o cartão fazia era previsível e estava totalmente sob seu controle.

Ele passava o resto do dia sorrindo, gritando e balançando as mãos enquanto abria, fechava, abria, fechava, abria, fechava. Era tudo o que queria todo ano. Brincar o quanto quiser sozinho com seu cartão. Então era isso que ela e David compravam para ele.

Ela se pergunta como David está, se já está acordado, se já se deu conta da data, se está pensando em Anthony. Espera que ele encontre um pouco de conforto hoje. Seu peito dói ao pensar nisso, desejando poder confortá-lo. Mas não pode. O conforto não existe dentro de Olivia, e ela não pode oferecer o que não tem. David também não. Os dois sabem disso.

Olivia se senta na areia, à espera do nascer do sol, ouvindo o barulho de uma gaivota acima de sua cabeça, como uma risada. A maré está subindo. A cada movimento das ondas, ela vê mais um pouco do "Feliz aniversário, Anthony" ser levado, até ser totalmente apagado pelo mar. Depois de desaparecer, é como se nunca tivesse existido. Se ainda acreditasse em Deus, pediria a Ele que levasse o bilhete de aniversário escrito na areia para seu filho no céu. Mas não pede. São apenas palavras rabiscadas com o dedo na areia, engolidas pelo oceano.

Diante dos pés, ela escreve "Eu amo você", e espera. A água vem, constante e infalível, se acumulando e borbulhando sobre cada letra. As palavras são lavadas, sem chegar a ninguém.

A névoa começa a se dissipar, e o dia começa a clarear. O mar, de um cinza metálico, arrebenta diante dela. O farol se materializa à esquerda. A onda seguinte quebra, se dissolvendo em uma cama de espuma efervescente, e deposita uma única pedra arredondada e branca a seus pés. O coração de Olivia para e depois acelera. Ela se abaixa, pega a pedra, linda e lisa, e a gira na mão.

Anthony.

"Sinto a sua falta, meu menino querido."

O sol nasce com seu brilho cor-de-rosa no horizonte acima do oceano, da cor das petúnias, lindo e cheio de promessas.

CAPÍTULO 5

Beth e Petra estão na sala de Jill esperando Courtney e Georgia. É a noite do clube do livro, mas Courtney dá aula de ioga às quintas, no fim de tarde, e a aula só acaba às seis e meia, então sabem que ela vai se atrasar um pouco. E Georgia está sempre atrasada. Jill sabe disso, mas está irritada mesmo assim. Ela faz todas esperarem na sala até o grupo inteiro chegar, porque quer todas na sala de jantar ao mesmo tempo. Está planejando uma entrada triunfal.

Beth também está ficando impaciente. Petra quer contar tudo para as demais hoje à noite, e Beth tem cada vez menos certeza de que quer que as amigas saibam que Jimmy está tendo um caso e foi embora. Ela não quer que a ilha toda fique sabendo. E é o que irá acontecer — Len, diretora da escola; Patty, caixa do Stop & Shop; Lisa, cabeleireira de Beth; a treinadora de basquete de Jessica.

Mas Petra está certa. Beth precisa levantar a cabeça diante da verdade, extrair forças do amor das amigas, e mais algum clichê da conversa motivacional de Petra mais cedo que soou bem. Mas Beth não conseguia se lembrar agora. Petra lia muitos livros inspiracionais. Também lia o tarô e se encontrava com um xamã uma vez por mês, em vez de um terapeuta comum. Muita gente na ilha achava Petra um pouco maluca. Apesar de Beth concordar com o fato de que a amiga seja um pouco excêntrica, também acredita que ela tem uma sabedoria interior que a maioria das pessoas não conhece, um centro espiritual que Beth admirava, que a atraía e que tinha certeza de não possuir em si mesma.

Além do mais, deixando de lado a honestidade, a amizade e essas coisas meio hippies, era praticamente um milagre que o caso de Jimmy já não fosse de conhecimento público. Beth sabia. Petra sabia. Jimmy e Angela sabiam que Beth sabia, então é provável que estavam sendo menos cuidadosas agora. Alguém do restaurante devia saber. E esse alguém mais cedo ou mais tarde ia contar para outra pessoa, que contaria para Jill, Courtney ou para a treinadora de basquete de Jessica.

E as meninas já sabiam que o pai tinha saído de casa. Sophie foi a primeira a notar que o papai não estava ocupando os espaços de sempre — a cama, o sofá, a cadeira do charuto. "Cadê o papai?" se tornou uma pergunta mais difícil de responder do que "O que é sexo?" ou "Você já fumou maconha?". Beth hesitava ao responder, mantendo a explicação curta e vaga de propósito (e honesta — afinal, ela também não sabia exatamente onde Jimmy estava), uma tentativa inútil de protegê-las de ter um pai do tipo que trai a mãe. Então as meninas sabiam que ele não estava morando em casa, mas não sabiam o motivo terrível e real. Ainda. Infelizmente, o pai delas estava, de fato, traindo a mãe, e era apenas uma questão de tempo até que todo mundo em Nantucket, inclusive suas três lindas filhas, soubesse.

Beth pega a edição de *Nantucket Life* da mesa de centro e começa a folhear a revista, tentando se distrair enquanto Jill se aflige com o atraso. Beth concorda. Está demorando demais para começar. Ela se sente numa sala de espera do consultório do dentista, sabendo que precisa fazer uma limpeza e que seus dentes ficarão ótimos quando terminar, mas a espera dá à sua ansiedade e à sua memória tempo demais para brincarem juntas. Ela começa a pensar no conhecido barulho dos instrumentos de metal raspando seus dentes, na dor latejante nas gengivas, na vergonha que sente quando o dentista a repreende por não passar o fio dental com mais frequência, no gosto de látex e sangue na boca. Se tivesse de esperar mais de dez minutos até o dentista chamá-la, ia ser necessário reunir todo o seu autocontrole para não ir embora e não voltar mais em seis meses.

Beth tenta esquecer Jimmy, o dentista e o que ela e Petra tinham conversado mais cedo. Tenta se concentrar em Jill. Ela está contando uma história sobre a última tentativa de remoção de Mickey. O marido de Jill, Mickey, tem uma empresa de construção. Os projetos mais incríveis para os quais é contratado não são novas obras nem reformas ousadas, e sim deslocar por alguns metros casas que já existem. Os chalés e as mansões históricos posicionados nos penhascos em 'Sconset correm perigo iminente de desabar com a erosão da beira do lugar, como se cada casa tivesse sido colocada sobre uma fatia de torta e todo ano a Mãe Natureza arrancasse mais um pedaço com um garfo. A equipe de Mickey consegue, milagrosamente, mover a casa inteira trinta metros, 120 metros, mas um dia o proprietário vai ficar sem terreno. A entrada da casa vai ficar na estrada. Não vai sobrar nada além de migalhas, e a Mãe Natureza vai continuar com fome.

Naquele momento, Mickey estava deslocando uma monstruosidade de sete cômodos na Baxter Road, mas essa era diferente. Há pouco tempo os proprietários tinham comprado uma casa bem do outro lado da rua. A equipe de Mickey a tinha demolido e agora estava movendo a casa do penhasco para o outro lado da Baxter, para uma fatia de torta totalmente intacta. Só em Nantucket.

— Não é uma loucura? Mickey diz que, se viver o bastante, vai mover aquela casa mais uma vez — comenta Jill.

— É por isso que eu moro no centro — diz Petra, que vivia no meio da ilha, porque foi onde cresceu e porque não tinha dinheiro para morar mais perto do mar.

É uma história interessante, mas Beth está ocupada testando mentalmente a credibilidade de diferentes possibilidades de escapar e mal consegue manter o traseiro no sofá. "Esqueci meu livro.

Gracie não está se sentindo bem. Eu não estou me sentindo bem."

Petra, sentada ao lado de Beth, de alguma maneira intui a fuga iminente e segura a mão dela entre os corpos das duas. Ela aperta a mão da amiga, mas não com força, oferecendo conforto e uma âncora. "Eu amo você, e você não vai a lugar algum."

Elas escutam a batida leve na porta, e então Courtney e Georgia entram ao mesmo tempo, um estudo de contrastes. O rosto redondo e sem maquiagem de Courtney está vermelho, seu cabelo está preso num rabo de cavalo alto e descuidado, e a raiz está molhada de suor. Está usando um top cor de lavanda sob um casaco de inverno de segunda mão, legging preta de algodão e chinelos. Está com um livro na mão. Vibrante e sorridente, ela se senta no sofá do outro lado de Beth, e sua energia toma conta da sala, pousando suavemente, como um delicado dente-de-leão que foi soprado na brisa. Courtney tem um perfume de patchuli.

Georgia, por outro lado, está apressada e incomodada, com uma maquiagem noturna nos olhos, batom e brincos dourados e pesados, batendo os sapatos sociais de salto, lutando com o peso da bolsa de laptop no ombro, reclamando da última noiva maluca que a manteve no telefone por 45 minutos numa agonia sobre opções para altar e tirando o chapéu, o cachecol e o casaco enquanto se desculpa por estar atrasada. Se Courtney é uma semente delicada voando com um vento morno, Georgia é um galho de árvore que foi arrancado por um furacão e caiu no chão. Vendo as duas, é difícil imaginar que Courtney e Georgia sejam melhores amigas, mas são.

Aliviada e agora em ação, Jill pede licença e corre para a cozinha. Antes que Georgia consiga se sentar, ela volta, bate palmas duas vezes, como uma professora pedindo a atenção da sala, e leva o grupo até a sala de jantar. Georgia é a primeira a levar um susto, e em seguida todas têm a mesma reação. Jill está exultante, satisfeita com todas as exclamações, feliz por ter obtido exatamente a reação que imaginava.

O livro do mês se passa no Japão pós-Segunda Guerra Mundial, e está claro que Jill se inspirou no cenário do encontro. Um animal de origami está no centro de cada prato — uma garça roxa, um cisne branco, um tigre laranja, uma tartaruga verde, um elefante cinza. Uma pequena porção de wasabi e uma pilha de gengibre rosado e brilhante estão posicionadas ao lado de cada animal de papel, e cada prato está acompanhado por um par de hashi e uma pequena tigela de molho shoyu. Pequenas velas brancas estão espalhadas pela sala, e duas garrafas de saquê estão na mesa. Sushis de salmão e atum estão servidos em uma tigela oval no centro de tudo.

— Uau, Jill. Por favor, me diga que não foi você que preparou o sushi — comenta Courtney.

— Claro que foi — diz Georgia.

— Fui eu, sim — admite Jill.

— E você também fez isto aqui? — pergunta Courtney, segurando a garça de papel roxo.

— Não foi difícil. Tem uns tutoriais simples na internet — responde ela.

— Não foi difícil para você. Você é incrível — continua Courtney. — Deve ter levado o dia inteiro preparando tudo.

— Não levou tanto tempo — diz Jill, se deliciando com toda a comoção.

— Você podia ganhar dinheiro com isso — sugere Beth.

Há 16 anos Jill é dona de casa e com certeza não vai precisar trabalhar enquanto Mickey continuar movendo residências, mas não é má ideia. Ela poderia oferecer seus serviços para os veranistas ricos, organizar luxuosas festas de clube do livro. Eles adorariam.

— Certo, agora escolham onde querem sentar. Cada lugar tem o nome de um dos personagens, então vocês vão...

— Não vamos falar sobre o livro hoje — anuncia Petra.

O estômago de Beth fica apertado. Ela gostaria de pelo menos tomar uma dose de saquê antes de todas mergulharem no assunto.

— O quê? — Jill sorri, nervosa. — Claro que vamos.

— Não vamos, não — responde Petra.

Petra é cinco anos mais nova que a mais nova delas, mas, sem dúvida, é o macho alfa do grupo. A mais velha de sete irmãos, filha de imigrantes poloneses e dona do Dish, um dos restaurantes mais adorados de Nantucket; é assertiva, mandona e afirma com um sorriso malicioso que isso é totalmente natural para ela. Mas também é sensata, e não existe um grama de maldade naquele corpo alto. Se alguém pode tirar dos trilhos o banquete do clube do livro de Jill sem lágrimas nem uma discussão que resulte no fim da amizade, esse alguém é Petra.

— E vamos precisar de alguma coisa mais forte do que saquê. Você tem vodca? — continua ela.

— Mas isso não é japonês — argumenta Jill, ainda tentando resistir à sugestão de qualquer desvio do tema do livro.

— Jimmy está tendo um caso com a *hostess* do Salt e saiu de casa — declara Petra.

Mais uma vez, Georgia é a primeira a demonstrar surpresa. Jill vira para Beth e absorve o medo e as desculpas nos olhos da amiga. Sem mais nenhuma menção ao Japão, ela vai até a cozinha e volta para a mesa com uma garrafa de vodca em uma das mãos e uma garrafa de suco de *cranberry* na outra.

— Que tal? — pergunta ela enquanto se senta.

— Perfeito — responde Petra, que começa a servir a vodca nas taças de vinho, deixando espaço para o suco. — Mostre o cartão.

Beth tira o cartão e o envelope do livro e, com obediência, os entrega para Georgia.

— Nossa, Beth — exclama Georgia depois de ler o cartão e entregá-lo a Courtney. — É a *hostess* do Salt? Quem é ela?

— Angela Melo — responde Beth.

— Não conheço — diz Jill, sem acreditar que exista alguém em Nantucket que ela não conheça.

— Faz só uns dois anos que ela chegou. Veio do Brasil com a irmã para trabalhar durante uma temporada — diz Petra. — Pediram emprego no Dish, mas eu não tinha vaga para as duas.

— Eu também não conheço — diz Courtney. — Quanto tempo faz?

— Desde julho — responde Beth.

— Meu Deus, Beth! — exclama Jill.

— Pois é — concorda Beth.

Ela dá um grande gole na vodca que está na taça. Não está gelada e falta suco de *cranberry*. Desce queimando a garganta. O saquê teria sido melhor. Falar sobre o livro teria sido melhor. Ela toma outro gole.

— Eu falei para você não deixar que ele trabalhasse no Salt — diz Georgia. — Aquele lugar é sexy demais. A música, aqueles martínis. Até eu quero fazer sexo com alguém depois de passar uma hora naquele lugar.

Jimmy costumava pegar vieiras de outubro a março e trabalhar como *bartender* aqui e ali nos verões em que é proibida a pesca do molusco. Mas na verdade não precisava ficar no bar. Quem trabalhava com vieiras em Nantucket ganhava um bom dinheiro. Ele fazia isso basicamente para se manter ocupado, não porque precisava. Tinha construído uma vida confortável ao longo dos anos, e Beth gostava de tê-lo por perto nas férias de verão com as meninas.

Mas as vieiras começaram a desaparecer do porto há alguns anos. Então, em um período assustadoramente curto, elas sumiram, e Jimmy ficou sem trabalho. Ele culpava os donos da McMansion, com seus exuberantes e verdejantes gramados cheios de fertilizantes que tinham lixiviado o porto, envenenando o ecossistema, matando as vieiras e sabe Deus o que mais.

Ele continuou trabalhando como *bartender* por meio período no verão, mas ficava sem ter o que fazer no inverno. Por um tempo eles tiveram dificuldades para pagar as contas. Jimmy ficava em casa amuado, frustrado e em negação, esperando que as vieiras fizessem um improvável retorno. Então, um pouco mais de dois anos atrás, o Salt o chamou para trabalhar lá em período integral, o ano todo. Qualquer trabalho o ano todo era raro e precioso em Nantucket, e eles precisavam desesperadamente do dinheiro, então Jimmy, o pescador de vieiras, se tornou *bartender* no Salt.

— Há quanto tempo você sabe? — pergunta Georgia.

— Mais ou menos um mês — diz Beth.

O mês mais longo de sua vida. Ela viu Jimmy três vezes desde que ele saiu de casa, todas em visitas indesejadas. Ele apareceu uma vez de manhã — depois que as meninas já estavam na escola, mas antes que Beth tivesse tido a chance de tomar banho — para pegar um par de sapatos que usava no trabalho. As outras duas vezes foram no começo da noite. Ele zanzou pela cozinha, conversou com as meninas, sem nunca se sentar, e perguntou se tinha algum recado no telefone. Ninguém deixava recados para ele no telefone.

Toda vez que Jimmy aparecia, o coração dela dava um salto, se enchendo de esperança, quase imaginando que ele estivesse ali para dizer que sentia muito, que tinha enlouquecido, que não queria viver sem ela nem as meninas, que queria voltar para casa, mas ele nunca dizia nada disso. Então Beth se sentia idiota e traída de novo. Ela fingia indiferença, agindo com desinteresse ao descascar batatas na pia enquanto Jimmy conversava com Jessica, fingindo estar absorta em um livro ao passo que ele revirava a casa procurando sapatos (de jeito nenhum ela pegaria os sapatos, mesmo sabendo exatamente onde estavam).

Sempre que está em casa, Beth se pega olhando pela janela, tentando ouvir barulhos na entrada, forçando os olhos e os ouvidos, prendendo a respiração, até mesmo se olhando no espelho para ver como está sua aparência. Odeia não saber quando Jimmy ia aparecer. Mais ainda, odeia o fato de ele presumir que pode simplesmente entrar pela porta sempre que quiser, de dia ou de noite. E se ela estiver ocupada? E se não for um bom momento? E se ela também começar a ter um caso? Ele não pode mais entrar tranquilamente em casa. Ele se mudou. Ela o odeia por ter ido embora. Porém, o que mais a destrói, quando permite que um momento de honestidade ou de guarda baixa se instale, enquanto descasca batatas ou olha pela janela, é a ideia de que em algum momento ele possa nunca mais passar por aquela porta de novo.

— Você a conhece? — pergunta Jill.

— Não — diz Beth.

— Você não foi ao Salt ver como ela é? — pergunta Georgia.

— Meu Deus, claro que não — responde Beth.

— Eu estaria morrendo de curiosidade para saber como ela é. Você não quer estar na mesma fila do banco que ela sem saber. Todas nós devíamos ir lá rogar uma praga nela. Petra, você e seu bruxo deviam colocar uma maldição nela — diz Georgia.

Todas riem, incluindo Beth, apesar de sua infelicidade e de seu constrangimento. Ela imagina uma boneca de vodu usando uma camiseta em miniatura do Salt com alfinetes enfiados nos olhos. A vodca está fazendo efeito, esquentando seu estômago, provocando um zumbido em sua cabeça. Normalmente, ela diria que já tinha bebido o bastante. Não quer se sentir mal de manhã. Mas não estava dormindo bem e já andava se sentindo mal na maioria das manhãs, então que diferença faria? E Petra ia levá-la para casa. Então se serve de mais vodca.

— Não sei se consigo fazer isso. Talvez.

— Vocês fizeram terapia de casal? — pergunta Courtney.

— Não.

— Talvez fosse uma boa ideia — diz Georgia. — Phil e eu fazíamos com o dr. Campbell. Ele era bom. Bem, não tão bom, acho eu, porque não resolveu nossos problemas. Mas nosso caso não tinha conserto.

Phil era o segundo marido de Georgia, o que mais amou. Ela tinha se casado quatro vezes. As amigas diriam que ela estava "entre maridos", mas Georgia insiste em dizer que está "divorciada". Fim de história. Ela deixou um recado na porta da geladeira preso com um ímã na altura dos olhos que diz: NUNCA MAIS SE CASE. Mas todas sabem que ela vai se casar de novo. Ela não consegue se conter. É uma romântica incurável.

Como organizadora de casamentos do Blue Oyster, duas vezes por semana por pelo menos 12 semanas no ano ela fica cercada de noivas que parecem princesas da Disney usando vestidos da Vera Wang, noivos parecendo James Bond em ternos Armani, "Ave Maria" tocando na harpa (mesma música que foi cantada e tocada nos seus quatro casamentos): festas incrivelmente impecáveis até os mínimos detalhes. Toda semana e todo verão, ela fala sobre o bolo de casamento mais lindo que já viu, o buquê de noiva mais elegante que já subiu ao altar, o brinde mais emocionante que já ouviu, com a mesma sinceridade e empolgação que demonstrou para os primeiros noivos. Os casamentos nunca ficam chatos para ela. Para Georgia, cada cerimônia tem sua própria magia, uma crença no amor verdadeiro, no destino e em Deus que tocava sua alma. E então ela transfere todo aquele romance exagerado de conto de fadas para qualquer incauto que estiver namorando. E, antes de se dar conta, o recado desaparece da geladeira, e ela ganha um novo sobrenome.

— Não sei nem se ele ia querer — diz Beth.

— *Você* quer fazer terapia de casal? — pergunta Petra.

— Não sei.

— Quer se divorciar? — pergunta Courtney.

— Não sei.

Beth não sabe o que quer. Queria que fosse um encontro normal do clube do livro. Queria tomar saquê e falar sobre o Japão. Não queria que fosse a quinta à noite em que tudo mudou oficial e publicamente. Sua vida perfeita como esposa e mãe de três filhas em Nantucket acabou. Seu casamento se desfez.

"Eu me desfiz", pensa ela.

Lágrimas surgem em seus olhos e escorrem pelo rosto. Georgia aproxima a cadeira de Beth e coloca o braço em volta da amiga.

— Não acredito que isso está acontecendo — diz Beth, com vergonha de estar chorando na frente de todo mundo, de ter um marido adúltero na frente de todo mundo.

— Você vai ficar bem — consola Georgia, fazendo movimentos circulares nas costas da amiga.

— Eu pediria o divórcio para o cretino — comenta Jill.

— Jill! — repreende Petra.

— Bom, é o que ele é, e é o que eu faria — continua Jill, olhando para Georgia em busca de apoio.

— Você sabe que eu me livraria dele. Já passei por isso. Mas provavelmente tomei uma decisão precipitada, em especial com Phil. Eu batalharia se fosse me casar de novo, o que não vai acontecer.

Georgia levanta a taça, como se fosse fazer um brinde, e bebe o restante da vodca, celebrando a própria proclamação.

— Você precisa descobrir o que quer — diz Petra. — Você e Jimmy podem superar isso se for o que os dois querem. Ou então é o fim. Mas precisa decidir o que quer. Não deixe nem ele nem ninguém decidir por você.

Petra tinha razão. Sempre tinha razão. A cabeça de Beth está imersa na vodca, e a única coisa em que pensa é que, naquele instante, tudo o que quer é que Georgia continue acariciando suas costas.

— E nós amamos você, independentemente do que decidir — anuncia Petra.

Georgia aperta os ombros de Beth, e todas assentem, todas menos Courtney, que parece perdida nos próprios pensamentos, as sobrancelhas franzidas. Beth está bêbada e constrangida, destruída e indecisa, mas, de repente, sente-se profundamente grata.

— Eu também amo vocês — diz Beth, sorrindo por entre as lágrimas, porque, mesmo que Jimmy não a ame mais, tem a sorte de ter amigas que a amam incondicionalmente.

CAPÍTULO 6

Pombas carpideiras cantam em uma conversa lamuriosa enquanto a luz do sol entra no quarto de Olivia pelas janelas sem cortinas, banhando-a em um brilho leve e delicado. Em geral é como ela começa os dias agora, em sincronia com os pássaros e o sol. Se a manhã estivesse nublada ou chuvosa, e os pássaros não estivessem piando, ela continuaria dormindo, provavelmente até pelo menos meio-dia. Talvez até mais tarde. Ela não sabe. Perdeu toda a noção de tempo. A energia elétrica caiu durante um dia no mês passado, a primeira de tantas vezes, e ela não se deu ao trabalho de reajustar os relógios. Também parou de usá-los, o que não estava sendo um problema, uma vez que não tinha aonde ir. Olivia está vivendo fora do tempo. Olha para o outro lado da cama, o edredom e o travesseiro intocados, e lembra mais uma vez que David não está lá. Ele está em Hingham. Ela, em Nantucket. Separados.

Ela continua dormindo encolhida em seu lado da cama, abraçando a borda do colchão, deixando espaço para ele. E desliza para o meio da cama e vira de costas, braços e pernas abertos, ocupando o máximo de espaço possível. É estranho.

Ela boceja e se espreguiça, sem pressa de se levantar, aproveitando a extravagância de emergir aos poucos de uma noite inteira de sono. Parece que ainda no dia anterior estava acordando cedo demais com o despertador de David ou os grunhidos de Anthony, retomando a consciência no susto, ainda exausta. Mais do que exausta. Devastada. A cada dia mais uma parte dela desaparecia. Aquelas manhãs são recentes e, ainda assim, estavam um milhão de anos no passado. O tempo é uma coisa engraçada, fazendo curvas, se distorcendo, se estendendo e comprimindo; tudo depende da perspectiva.

É abril, mas ela só sabe disso porque a carta recebida do advogado outro dia dizia 14 de abril. Sem aquela carta, acharia que ainda é março e ainda é inverno, considerando como está frio e como nada mudou.

As primaveras passadas na região de Boston eram irreconhecíveis se comparadas com as primaveras quentes, exuberantes e verdejantes em Athens, Georgia, onde tinha crescido. Primavera em Boston era só mais uma palavra para inverno, a segunda metade. Bem quando as magnólias florescem em Athens, neva em Hingham. E não só um pouco. As nevascas de março em Hingham provocam o cancelamento das aulas, a limpeza das ruas, "o que vamos fazer com toda essa neve?". Olivia não escondia seu ódio da neve de março, mas tinha de admitir: o branco pelo menos iluminava a paisagem árida, soturna antes do desabrochar.

Não neva em Nantucket como na região de Boston. Cercado pelo mar, o ar em geral é úmido demais para formar os flocos delicados, então chovia. Em algumas visitas, ela notou a neve semiderretida, mas nunca a viu cair nem precisou limpá-la. Olivia não tem nem certeza se há uma pá para neve naquela casa. A única pá em que consegue pensar está no banco de trás do jipe e é usada para remover areia, não neve, se (quando) o carro ficasse atolado.

Mas mesmo que não neve ali como no continente, ainda não parece primavera. Mesmo nos dias de sol o frio é implacável. E, de alguma maneira, tudo parece ter um tom acinzentado, como quando se vê o mundo de óculos escuros. É o mesmo inverno cinza e frio por meses. O tempo parece literalmente congelar ali.

De acordo com a carta do advogado, o andamento do divórcio também está paralisado. O acordo é inconteste e sem culpabilidade. O divórcio é uma das poucas coisas sobre as quais ela e David não brigam há muito tempo. Já leu três vezes o documento. Gostava de se ater às palavras "sem culpabilidade" impressas em preto naquela página branca legal e oficial, como se o estado de Massachusetts os reconhecesse pessoalmente e exonerasse ambos de qualquer culpa.

Poucas respirações depois da palavra "autismo", o neurologista pediátrico de Anthony perguntou a eles: "Como vai o casamento?" Olivia se lembra de ter ficado irritada e pensar "Desde quando isso é da sua conta?" e "Estamos falando de Anthony, não de mim e de David". Mas o neurologista sabia qual era o futuro deles, o viu acontecer repetidas vezes antes, a comorbidade entre autismo e divórcio.

Ela não lembra se respondeu ou não. Não se lembra da maior parte do que veio depois de "autismo" no consultório naquele dia, mas pensou nessa pergunta e na resposta muitas vezes desde então. Se tivesse conseguido exprimir uma resposta educada naquele dia, um dia que acreditava com toda certeza ser o pior de toda a sua vida — apenas para ser desbancado irrefutavelmente para sempre alguns anos curtos e longos depois —, é provável que teria dito algo como: "Bem." E seu casamento teria continuado bem, e eles não teriam sido esmagados, pressionados e dilacerados como duas pessoas jamais teriam imaginado que seriam quando disseram "sim".

Não, sem dúvida eles não estavam bem naquele dia. Mas como poderiam estar? Seria como atirar um vaso de vidro em uma parede de tijolos e não esperar que se quebrasse em mil pedaços, ficar surpreso e desapontado ao ver que o objeto não pode mais conter água. O vaso sempre vai se despedaçar. É o que acontece quando vidro se choca contra tijolos. Não é culpa do vaso.

Quando eles ainda estavam namorando, na faculdade, quando entraram no "mundo real" e as coisas ficaram sérias, Olivia se perguntou se David seria um bom marido. Fez uma lista mental das qualidades necessárias e começou a ticar os itens. Bonito. Inteligente. Engraçado. Provedor. Ajuda na casa. Gosta de crianças. Tudo conferia. Os dois se casaram quando ela tinha 24 anos.

Ela nunca imaginou os quesitos adicionais que deveria ter constado naquela lista. Sobrevive à privação de sono por vários anos. Disposto a ter seu coração e sua força de vontade despedaçados todos os dias. Não se importa de jogar todo o dinheiro que ganha num ralo sem fim.

Como o estado de Massachusetts estava dizendo, não era culpa dele.

Eles concordaram com todos os itens. Olivia ficaria com a casa de Nantucket. David ficaria com a casa de Hingham. Não havia dinheiro. Já tinham gastado todas as economias com Anthony. Terapia de análise comportamental aplicada, fonoaudiologia, modelo Floortime, integração sensorial, quelação de metal, dietas sem glúten, dietas sem caseína, injeções de vitamina B12. Pediatras, neurologistas, gastroenterologistas, terapeutas ocupacionais, terapeutas físicos, curandeiros energéticos. Do mais tradicional ao alternativo, passando quase pelo vodu, Olivia não se lembra de nada daquilo ter sido coberto pelo plano de saúde. David trabalhava cada vez mais. Refinanciaram as casas. Esvaziaram os planos de previdência. Como podiam se aposentar e ter dinheiro no banco com um filho autista, sabendo que existia uma terapia que poderia tê-lo ajudado, mas que não tinham tentado porque era cara demais?

Estiveram prestes a vender a casa da praia.

Olivia se lembra das conversas tarde da noite na cama, com as luzes apagadas, ela de um lado, David do outro, esperança e desespero vivendo e respirando entre eles e cada palavra dita. Ela leu ou ouviu falar de algum tratamento novo. “Não foi aprovado pela Agência de Regulação de Medicamentos para autismo, e eu concordo, parece charlatanismo, mas o especialista dr. Fulano de Tal disse na conferência deste ano que funciona em um subgrupo de crianças. Custa uma fortuna. O que você acha?” Ela se lembra do barulho de David expirando e do silêncio, sabendo que ele estava assentindo no escuro.

Eles experimentavam. Precisavam fazer isso.

Então não sobrou nenhum dinheiro, e metade de nada é nada. Não havia pensão. Nem para o filho, claro. Era basicamente isso. Simples e rápido. Eles podiam se libertar.

Mas David não assinou. Olivia sabe que ele vai assinar. Só precisa de mais tempo. E, como não está indo a lugar algum, não se importa de esperar.

Ela se levanta e vai até a cozinha. Abre o armário e suspira. Esqueceu-se de comprar café.

Se David estivesse ali, diria: "Não faz mal, vamos ao The Bean." Antes de terem Anthony, esse seria o programa matutino. Pegariam uma mesa, de preferência no canto de frente para a janela, ele leria o *Globe*, e ela leria um livro para o trabalho, ele beberia dois cafés grandes, pretos, e ela pediria um café com leite grande e um *scone* de mirtilo. De vez em quando David lia um trecho de alguma matéria para ela, e Olivia compartilhava uma pérola de sabedoria perspicaz e lindamente formulada ou algum parágrafo péssimo e atroz. Ela amava essas manhãs tranquilas e despreocupadas de quando eram recém-casados.

Olivia deseja que David estivesse ali. Enquanto se demora um pouco nesse pensamento, se dá conta de que o que deseja de fato é um café com leite, um *scone* e uma manhã agradável no The Bean. Não precisa de David para isso. Tomada por senso de propósito e um desejo que não sentia há muito tempo de sair pelo mundo, ela veste uma calça jeans e uma blusa de lã, fecha o casaco, pega o guarda-chuva, a bolsa, as chaves, calça as botas que estavam perto da porta e, antes de se convencer a desistir, sai de casa.

O CENTRO ESTÁ TOMADO, cheio de carros e pessoas. Nas poucas vezes que Olivia passou pela cidade de carro desde que chegou, no inverno, tudo estava deserto, mesmo nos fins de semana. As vitrines das lojas estavam escuras, com manequins nus e placas que diziam "NOS VEMOS NA PRÓXIMA ESTAÇÃO". A maior parte dos restaurantes estava fechada na metade do dia. Havia vagas para estacionar por toda parte, como era de se esperar no inverno, quando não havia pessoas suficientes na ilha para manter o comércio ativo.

Mas naquele dia tudo tinha ganhado vida como fosse meados de agosto ou de abril. "O que está acontecendo?" Ela não consegue imaginar o motivo.

Vira à direita na India Street e começa a dar a volta no quarteirão pela terceira vez, jurando abandonar a missão se não encontrar uma vaga dessa vez. Está prestes a desistir, planejando uma viagem de consolação ao Stop & Shop para comprar um pacote de café ou talvez ao Downyflake fora da cidade, quando vê uma vaga na frente do Atheneum, entre um Hummer e um Land Cruiser.

O Atheneum é a biblioteca de Nantucket, um prédio branco e imponente, cuja entrada é marcada dos dois lados por colunas jônicas colossais. Parece um anacronismo arquitetônico, está mais para um antigo templo grego do que uma biblioteca moderna, como se estivesse na Acrópole e não no coração da cidade pitoresca, historicamente restaurada, no estilo da Nova Inglaterra, de Nantucket. Como ela está bem ali e imagina como seria bom ler um livro enquanto toma seu café com leite no The Bean, como nos velhos tempos, a não ser por David, entra correndo a fim de procurar algo para ler.

Como o trânsito intenso do lado de fora deveria ter indicado, a biblioteca está infestada de gente. Carrinhos de bebê por toda parte, mães e pais repreendendo e chamando os filhos, filhos gritando e fugindo dos pais. Um bebê em um dos carrinhos está chorando inconsolavelmente. O lugar inteiro está fervilhando com atividades e vozes que ecoam e reverberam no pé-direito alto. A energia está toda errada, desrespeitosa, como quando as crianças conversam e fazem bagunça na igreja, por isso Olivia reconsidera a decisão de entrar ali.

Ela se afasta o máximo possível e faz uma pausa, se perguntando se queria mesmo um livro a ponto de aceitar se embrenhar naquele caos. Decide, no fim das contas, que prefere sair correndo dali. Ela está quase dando meia-volta quando vê a capa de um livro familiar sozinho no carrinho de metal com "DEVOLVER PARA A PRATELEIRA" escrito. *The Curious Incident of the Dog in the Night-Time.*

Ela o leu anos atrás, logo depois de Anthony receber o diagnóstico, como parte da missão de ler tudo o que já foi escrito sobre autismo. E se lembra de pensar na época que o autismo do protagonista era diferente do de Anthony. Extremos opostos do espectro, como vermelho e violeta em um arco-íris. Da maneira mais óbvia, eram completamente diferentes. No entanto, tinha encontrado semelhanças sutis e surpreendentes que a reconfortavam, restauravam sua fé. O violeta não é azul porque também contém vermelho.

— Vou levar este — diz ela, decidindo que pode estar pronta para reler o livro.

Depois de preencher a papelada para fazer uma carteirinha da biblioteca, atravessa a porta apressada e desce os degraus da frente do edifício com o livro emprestado na mão, aliviada por estar fora dali. Vira a esquina do The Bean, esperando entrar direto, mas seu trajeto é interrompido bem longe da entrada por uma fila sinuosa de clientes. Está fazendo um frio cortante, e a fila é longa, mas todos à sua volta parecem estar de extremo bom humor. Olivia nunca saiu muito do bairro, mas quando se aventurava — até o mercado, o banco — nunca via multidões. Ela não enfrentou nenhuma fila desde que tinha se mudado. Acostumou-se à bolha tranquila da vida ali, da conveniência de entrar e sair de qualquer lugar com o mínimo de contato humano.

Ela olha para o pulso nu, esperando ver a hora, se perguntando quanto tempo ia demorar. "Deve ter passado bastante do meio-dia. Por que todas essas pessoas estão aqui?" Protege o queixo com a gola do casaco, enfia as mãos nos bolsos, fecha os olhos e respira.

Enfim, depois de muito tempo, a fila avança, e ela consegue entrar. O lugar está como se lembrava — o piso de madeira gasto, o lustre de gotas de cristal, as chaleiras antigas de cobre e peltre nas prateleiras, as vasilhas de vidro cheias de *biscotti*. Mas o ar de satisfação do ambiente familiar se esvai quando ela nota que todos os lugares da casa estão ocupados.

— Posso ajudar? — pergunta a garota atrás do balcão.

— Um café com leite grande e um *scone* de mirtilo, por favor.

— Os *scones* acabaram.

— Ah, certo, então só o café com leite.

— Leite normal ou de soja?

— Normal.

— Integral, semidesnatado ou desnatado?

— Hum, integral. O que está acontecendo hoje?

— Como?

— Por que tem tanta gente aqui?

— Os narcisos.

Olivia parou para pensar.

— É uma banda?

A garota a mede de cima a baixo, observando-a, como os jovens fazem com pessoas mais velhas que não têm noção.

— A flor! Você não sabia? Por que está aqui?

— Eu moro aqui.

— Hum — murmura a garota, sem acreditar nisso nem por um instante.

— Então todas essas pessoas estão aqui para ver alguns narcisos?

— É, tem uns três milhões dando flor pela ilha toda.

"Três *milhões*." É mesmo? Ela não viu nenhum. E alguém de fato está contando? Olivia desconfia que a menina esteja exagerando, como os jovens fazem.

— Então, o quê? As pessoas ficam andando de carro para ver as flores?

A garota entrega o café com leite de Olivia, que lhe passa o dinheiro.

— Tem tipo um festival, o desfile, as pessoas fazendo churrasco na rua...

— Pessoas fazendo churrasco na rua?

— Em 'Sconset.

— Tem uma partida de futebol americano?

A garota ri.

— Com licença, você acabou? A fila aqui está longa — interrompe o sujeito atrás de Olivia.

— Desculpe.

Olivia sai do caminho e olha para o café uma última vez sem esperanças. Nenhum lugar. Sai pedindo licença para as pessoas na fila e volta para o carro. Enquanto chacoalha pelos paralelepípedos da Main Street e vira a esquina para pegar uma rua de asfalto, nota, pela primeira vez, todos os narcisos — plantados em jardins e canteiros, acompanhando cercas e entradas, plantações "selvagens" marcando a rua. Estão por toda parte. Como não reparou nisso antes?

Narcisos e pessoas fazendo churrasco na rua. Curiosa, ela decide dar uma volta rápida por 'Sconset. Ela e David costumavam fazer churrasco na rua com os amigos antes de todos os jogos de futebol americano na faculdade. Todo mundo usava moletons, jaquetas e bonés com as siglas da faculdade. Alguém sempre trazia uma grelha e alguns barris de cerveja — cheeseburgers tostados e cerveja em copos de plástico. David e os amigos conversavam apaixonada e detalhadamente sobre os jogadores, e alguém sempre comparava o zagueiro com Doug Flutie, e eles discutiam sobre quem era melhor. Todos já estavam bêbados e prontos para a briga na metade da manhã, bem antes de o jogo começar.

Enquanto ela se aproxima da Main Street em 'Sconset, lá estão eles, os carros com o porta-malas aberto, estacionados um ao lado do outro ao longo de uma faixa de grama entre a Milestone Road e a ciclovia. O trânsito é intenso, mas ela diminui a velocidade mais do que precisa para ver melhor. Um carro parado na grama mais adiante começa a manobrar quando Olivia se aproxima, e ela decide ocupar a vaga.

Ela pega os óculos de sol espelhados, sai do carro e começa a andar. A Main Street está bloqueada para carros, então ela segue pelo meio da rua. Os carros parados fazendo farra foram substituídos por modelos antigos e conversíveis mais elegantes, que devem ter permissão especial para parar ali. A maioria das placas é de Nova York ou Connecticut. Essas pessoas não moram aqui.

Todos os carros estão decorados com narcisos — enormes arranjos amarrados nos espelhos, no teto e no capô. As pessoas também exibem enfeites de narcisos. Chapéus, guirlandas, flores presas no pulso, na lapela do casaco. Quase todos estão a caráter, com roupas casuais, mas festivas, com alguma combinação de amarelo e acessórios de narciso, mas parte das mulheres usa elegantes vestidos primaveris e salto alto, e alguns homens estão de terno claro de algodão riscado e gravata, como se estivessem indo tomar chá no interior da Inglaterra. Parece um desfile de Mardi Gras organizado pelos Kennedy.

Nenhum barril de cerveja. O que há são taças de vinho, de champanhe e martíni. Bloody Marys com azeitonas verdes e talos de salsão. Cadeiras de jardim com mesas de papelão adornadas com toalhas e, claro, arranjos cheios de narcisos. As mesas também estão cheias de comida, mas não hambúrguer e cachorro-quente, e sim belos pratos, que poderiam ser servidos num casamento. Cestos de pães, tábuas de queijos, sushi, saladas e sopa de mariscos.

Tudo muito civilizado. Apesar de todos parecerem beber em público, e ela ter certeza de que boa parte desse povo está levemente embriagada, ninguém está bêbado o bastante para causar problemas. Ninguém prestes a chamar a polícia do campus. Ninguém ensaiando uma jogada de futebol americano, ou pendurado nos barris de cerveja, ou vomitando. Ninguém sem camisa e com "VAI, EAGLES" ou "VOCÊ É PÉSSIMO" escrito no peito.

Essas pessoas não estão aqui para torcer por seu amado time nem celebrar uma temporada vitoriosa. Essas pessoas fizeram as malas e viajaram centenas de quilômetros de avião, carro ou balsa, prepararam cestas de piquenique cheias de biscoitos, queijos, lagosta e vinho, vestiram seus melhores trajes amarelos e foram até 'Sconset para se sentarem na beira da via num dia gélido de abril e celebrar uma flor. Essas pessoas são loucas.

Olivia evita fazer contato visual e aperta o passo pelo meio da via, como se estivesse a caminho de um lugar específico, procurando alguém conhecido, e não tivesse tempo de passear. O ar cheira a terra molhada e um perfume adocicado e amanteigado de flores, maresia e alho. O estômago dela ronca. Queria comer um *scone* de mirtilo. Ou dar uma mordida no sanduíche de lagosta de uma daquelas mulheres.

Satisfeita por considerar já ter visto tudo nessa bizarra celebração de beira de estrada, ela dá meia-volta, retorna ao carro e segue para o outro lado da ilha, apreciando as alegres rajadas de amarelo que decoram a paisagem ao seu redor. De volta à fachada de casa, nota seis narcisos no jardim, três dourados e três brancos, totalmente abertos ao vento, como se estivessem assentindo e felizes em vê-la. Olivia se pergunta quem os teria plantado. E sorri, sentindo-se não só faminta, mas também estranhamente inspirada.

Ela esquenta uma tigela de sopa de mariscos no micro-ondas e despedaça alguns biscoitos salgados de ostra na superfície. Pega uma colher, o café com leite, a manta do sofá, o livro da biblioteca e se senta na cadeira de balanço da varanda. Café frio, sopa de três dias e seis dos três milhões de narcisos só para ela. Sua festa particular para celebrar o Dia do Narciso, ou como quer que o chamem. Perfeito. Ou, pelo menos, nada mal.

Ela toma uma colherada da sopa e observa as flores ao vento, incrivelmente brilhantes, frágeis e corajosas contra o cinza frio de abril em Nantucket. Não deve ser fácil ser um narciso aqui. Eles gostariam de ficar na terra por mais um mês, mas não têm escolha. Algum despertador biológico dentro deles aperta o interruptor da germinação, dizendo a cada bulbo para desabrochar e florescer, quer esteja fazendo sol e 21ºC na Georgia, quer pareça inverno em abril em Nantucket. Eles surgem, ano após ano.

Olivia dá mais uma colherada e pensa em todas as pessoas festejando os narcisos em 'Sconset meses antes de o bom tempo as acolher. Qual é a grande questão? Ela termina a sopa e toma o café com leite. Ainda sentada na varanda, continua olhando para as flores, sentindo um calor no rosto em meio ao ar frio. Ela fecha os olhos, absorvendo esse pequeno prazer.

Talvez seja a promessa do verão. Depois de um inverno longo e sombrio que avançou primavera adentro, talvez o narciso seja um sinal de que o verão vai chegar de novo. A Terra vai girar e dar a volta no Sol, os relógios vão andar mesmo que Olivia não os ajuste, e o tempo vai avançar. O inverno vai acabar. Isso também há de passar. Existe a promessa de um recomeço. Os narcisos vão florescer aos milhões, e a vida voltará para a ilha.

E, Olivia querendo ou não, a vida voltará para ela também. Na varanda, festejando seus narcisos, ela nota que o sol se moveu no céu e passou pelas janelas do quarto. O meio da tarde deve estar chegando. Tempo passando.

"O tempo cura tudo", dizem.

Ela lê a contracapa do livro. Com certeza está pronta para voltar a ler sobre autismo. Sente-se pronta para enfrentar o que acontecer, lembrar tudo, tentar entender a vida de Anthony e por que ele não está mais aqui, começar a se curar. Mas, se estiver se sentindo forte o bastante para enfrentar o autismo de novo, não deveria ser pela ficção. Ela leva o livro para dentro de casa e volta para a varanda um minuto depois com outra coisa.

Descansada, satisfeita e sentindo que aquele dia, o Dia do Narciso, pode ser uma ocasião tão boa quanto qualquer outra, ela abre um de seus diários na primeira página e começa a ler.

19 de março de 2001

Fizemos a consulta de um ano de Anthony hoje. Está com quase 74cm e 9,5kg, peso e altura dentro da média. Ele tomou muitas vacinas, meu filhinho. Chorei junto com ele! Não aguento vê-lo sentir nenhum tipo de dor. Fiquei tão orgulhosa de mostrar que ele já está andando. O dr. Harvey disse que agora podemos dar leite integral para ele. Vai ser TÃO *bom não ter mais que comprar leite em pó.*

Não consigo acreditar que ele já tem um ano! Está crescendo tão rápido. Se mexe o tempo todo agora. Só me deixa segurá-lo no colo quando toma mamadeira, caso contrário quer ficar no chão e explorar. Não é mais um bebezinho de colo. Ele agora é uma criança!

Deve ser isso que acontece. Ele já está começando o longo processo de crescer, ganhar autonomia, se tornar uma pequena pessoa independente. É assim que deve ser, mas eu gostaria que não fosse tão rápido.

É por isso que as mães têm mais filhos. Nós esquecemos a dor, o desconforto e o profundo incômodo da gravidez e do parto em troca da deliciosa sensação de ter um bebê aninhado e contente no nosso peito de novo. Não existe nada igual no mundo. Queremos uma família grande, e o tempo está passando para mim.

Contei ao dr. Harvey que Anthony ainda não fala e perguntei se deveria me preocupar. Ele disse que nem todos os bebês falam com um ano e que provavelmente íamos começar a ouvir algumas palavras quando ele estivesse com um ano e cinco meses, mais ou menos. Então não falta muito. Mas todas as filhas da Maria falaram antes de um ano. Eu me lembro de Bella dizer "mamãe", "papai", "lua" e apontar "mais" e "acabei" antes do primeiro aniversário.

O dr. Harvey disse que as meninas costumam falar um pouco mais cedo que os meninos. Não devemos nos preocupar. Mas a preocupação está aí. Não consigo evitar. É como me dizer para não ter olhos castanhos. Eu tenho olhos castanhos. Estou preocupada. Por que Anthony ainda não fala?

David não está nem um pouco preocupado. Ele disse que me preocupo demais com tudo. Sei que ele tem razão. Eu realmente me preocupo muito, mas isso parece diferente das minhas neuroses normais sobre proteger as tomadas e esterilizar as chupetas e a possibilidade de o leite em pó estar contaminado com bactérias.

Eu me pergunto se ele escuta bem. Anthony parece não me ouvir. Quando eu o chamo, ele não olha para mim. Na verdade, quase nunca olha para mim. Outro dia, bati palmas o mais alto que consegui, e ele nem virou a cabeça. Anthony só fica sentado no chão olhando pelas portas de vidro as folhas caídas no deque. É como se eu não existisse.

Ele é surdo? Não, não é. Sei que não, e provavelmente é por isso que não comentei nada com o dr. Harvey. Eu o vejo mexer a cabeça para acompanhar quando tem música tocando. Ele ama reggae. E outro dia, quando derrubei uma panela na cozinha, eu o vi levar um susto e começar a chorar. Com certeza ele não é surdo. Então por que parte de mim continua torcendo para que seja? Que coisa louca de pensar. Meu Deus, o que está acontecendo com Anthony? Por favor, me diga que está tudo bem com ele.

Com o que estou preocupada? O dr. Harvey diz que está tudo bem. David acha que está tudo bem. Tenho certeza de que está tudo bem com ele.

Que mentirosa eu sou.

CAPÍTULO 7

Beth está com um olhar vago para o guarda-roupa do quarto há vinte minutos, 19 e meio a mais do que costuma passar naquela posição. Seu guarda-roupa é um nicho retangular e modesto na parede, fechado por duas portas de correr. Uma única arara atravessa o cômodo, e há uma única prateleira acima dessa arara. Nada chique. O lado de Beth é o da esquerda, o de Jimmy, o da direita. Ou melhor, era.

Ela corre a porta para revelar o outro lado — a parte dos cabides vazia, a prateleira também, aquelas malditas bolas de poeira no chão, que precisa ser aspirado. Ela reclamou da falta de espaço no closet para Jimmy durante anos. E praticamente babava pelo closet que Mickey construiu para Jill (tinha até um pufe no meio para sentar — para sentar!). Agora Beth tem o que pediu: o dobro de espaço. Mas não consegue espalhar seus cabides para o outro lado nem colocar os sapatos daquele lado do piso. Não dá.

Ela move as portas e volta ao problema em questão. O que vestir. Como tudo o mais na casa, o lado de Beth do armário é limpo e organizado. Todos os cabides são iguais — brancos, de plástico e virados para a mesma direção. Pendurados da direita para a esquerda, as regatas, as blusas de manga curta, de manga comprida, os vestidos e as saias. Uma pequena pilha de moletons e suéteres dobrados ocupa a prateleira acima dos cabides, e duas fileiras de sapatos estão alinhadas no chão. Um par de cada — tênis, botas para neve, botas de couro, tamancos, saltos baixos, sandálias, chinelos. Com a exceção dos tênis, que eram brancos, mas agora têm aquele tom cinza e muitos anos de uso, todos os calçados dela eram pretos.

Quase tudo no armário dela é preto. Não um preto ousado. Não aquele preto de Nova York, chique e metropolitano. Nem mesmo um preto gótico. Tudo preto sem graça. Chato e inócuo, nada interessante. Preto invisível. O que não é preto é cinza ou branco.

Ela percorre as blusas de algodão, desajeitadas, de gola redonda e gola alta. Os suéteres são compridos e sem forma. Todos cobrem o bumbum. Ela segura contra o pescoço uma camiseta preta e andrógina que pode ficar boa com jeans. Mas os jeans não são estilosos o suficiente para o Salt. São largos, práticos e confortáveis, bons para sair com as meninas na minivan, limpar a casa, sentar no sofá, ou para jardinagem, mas não são bons para ir ao Salt. Nada bons.

Então pega os dois únicos vestidos e os coloca lado a lado na cama. Ambos são pretos, mas nenhum pode ser descrito como um "pretinho básico". O primeiro é um vestido que ela usava em velórios e funerais — decote fechado, mangas compridas, sem cintura marcada e barra no tornozelo. Ela o comprou para o funeral do pai de Jimmy porque parecia respeitoso e discreto, e gostou do fato de não chamar atenção alguma, mas, ao inspecioná-lo agora, ele a envergonha. Parece o figurino de uma peça de escola, uma peça sobre uma solteirona *quaker* do século XVII.

Beth se volta para o outro vestido, esperando que ele seja a salvação. Decote canoa, manga curta, cintura império, com uma saia rodada logo abaixo do joelho. Não é ruim. Pode funcionar. Na verdade é bem bonito. Ela pega o vestido e se olha no espelho de corpo inteiro na porta do quarto, tentando descobrir se está bonita, mas de repente se lembra da última vez que o usou, e qualquer possibilidade de se sentir bonita com ele sai voando pela janela. Ela olha a etiqueta. Mimi Maternity. Beth estava no nono mês de gravidez de Gracie quando usou aquilo pela última vez. Não pode usar um vestido de grávida para ir ao Salt, mesmo que seja sua peça mais sexy e ninguém vá ver a etiqueta.

Ela rói as unhas enquanto inspeciona seus únicos vestidos, odiando os dois. Beth os guarda de novo no cabide e volta a vasculhar suas roupas. Suas roupas pretas, velhas, feias e idiotas. Não dá. Ela não pode ir.

Ela pega o telefone no criado-mudo e faz uma ligação.

— Eu não vou — diz para Petra.

— Por que não?

— Não tenho nada para vestir.

— Você é o quê, uma adolescente de 16 anos? Coloque uma blusa preta e uma saia.

— Antes preciso fazer compras. Vamos no outro fim de semana.

Beth precisa de tempo para ir ao shopping de Hyannis, o que envolve um passeio caro com bilhete para a balsa e os horários dos ônibus — isso se tivesse dinheiro para fazer compras no centro da cidade, o que definitivamente não é o caso. Aliás, mesmo que estivessem doando roupas, jamais usaria nada daquilo. Ela nunca ia entender por que mulheres que têm dinheiro para comprar tudo e qualquer coisa *optam* por usar vestidos com estampa de abacaxi, blusas rosa-bebê com lantejoulas e cachorros bordados, bem como saias com estrelas-do-mar e baleias estampadas.

— O próximo fim de semana é Figawi, nunca vamos conseguir entrar. Vamos lá, você está adiando isso faz um mês. Coloque umas joias e faça uma maquiagem, você vai ficar ótima.

Petra está certa. O fim de semana seguinte vai ser Memorial Day e Figawi, uma corrida de barco a vela famosa internacionalmente que sai de Hyannis e atravessa o canal até a marina de Nantucket. Também é o grandioso início oficial da temporada de verão de Nantucket. Haverá banquetes do frutos do mar, elegantes eventos beneficentes, premiações e festas pela ilha inteira. E todos os restaurantes ficarão lotados.

— Não sei, não.

— Você quer ir ver quem é essa mulher ou não?

— Acho que sim, mas...

— Então vamos lá ver quem ela é.

— Como ela é?

Na pausa infinita que se segue, Beth aperta os lábios com os dedos e prende a respiração. Sente a pulsação nas têmporas. Quis muito perguntar isso a Petra desde o encontro do clube do livro um mês antes, mas o medo de qualquer resposta possível sempre a fez engolir a questão, silenciando-a. Se Angela for bonita, Beth deve ser feia. E *feia* seria uma gentileza. *Horrível* é a palavra que Beth está experimentando, sentindo que lhe serve perfeitamente, melhor do que qualquer roupa preta de seu armário. E se Angela não for bonita, deve ser simpática, engraçada ou atraente de alguma maneira interessante que Beth não é, caso contrário Jimmy não sairia em busca disso. Então se Angela for bonita, Beth seria feia, e se Angela for feia, então Beth deve ser uma megera. De todo modo, Beth seria redefinida seja lá pelo que Jimmy viu nessa outra mulher.

— É isso que vamos descobrir hoje à noite.

— Sim, mas você já a viu. O que achou?

— Acho que ela não é nada perto de você.

Beth sorri, mas em seguida seus olhos voltam para o armário.

— E se for depois do Figawi?

— Que tal hoje à noite?

— Petra, eu não preciso ir e ponto final.

— É verdade.

— Mas não suporto não saber quem ela é.

— Então pronto.

Beth morde a unha do polegar.

— Posso pegar seu colar turquesa emprestado?

— Claro. Eu chego um pouco depois das sete. Tudo bem?

— Tudo.

— Não é nem meio-dia. Você devia sair de casa. Saia de perto do armário.

— Vou sair. Assim que decidir o que vou usar.

— Blusa preta e saia, colar turquesa. Você vai ficar linda. Nós nos vemos à noite.

Blusa preta e saia. Ela veste a saia branca rodada e faz uma pausa para pensar. Vai até o corredor e para diante da foto de família mais recente pendurada na parede, tirada no último verão na Miacomet Beach. Usava essa saia. Ela, Sophie e Gracie estavam de saia branca e blusa preta; Jimmy e Jessica, que não usava nada além de calça, estavam de short branco e blusa preta. Era uma foto linda. Estavam todos sentados na areia, a vegetação rasteira da praia, nuvens brancas esparsas e o céu azul delicado atrás deles. A mão de Jimmy tocava o joelho e a saia dela, a saia que está em suas mãos. Ele a tocava com muita facilidade, com muita naturalidade.

Beth se lembra daqueles dias do começo, quando namoravam, e o começo do casamento, quando ele a tocava, mesmo que por acaso, e ela sentia. Sentia de verdade. Aquele calor elétrico e magnético da mão do marido nela. Aquela conexão invisível, mágica e química. Aonde aquilo tinha ido parar?

Jimmy a estava traindo quando essa foto foi tirada. Beth aperta as pálpebras fechadas e engole em seco, tentando se controlar. O que Jimmy sentia quando tocava Angela? Uma conexão invisível, mágica e química? O que não sentia quando a tocava? Quando costumava fazer isso. Ela abre os olhos, dá um passo para trás e observa a parede inteira — sete anos de fotos de família e uma foto em preto e branco do dia do casamento. Beth olha o sorriso de todos, sua família feliz. Sua vida. Aperta os dentes e pisca para afastar as lágrimas. Sua vida é uma fraude.

Ela endireita duas molduras que estavam levemente tortas, volta para o quarto e para a cama. A sensação da cama é boa. A cama transmite segurança.

E Beth sabe como se vestir para ficar na cama. Está usando seu velho pijama de flanela cor-de-rosa, cheio de bolinhas, suas peças mais coloridas. Ela devia ir ao Salt de pijama. Assim realmente ia causar um impacto. Só que não o tipo de impacto que quer causar.

Mas que tipo de impacto queria causar? Ela queria não ter de fazer nada disso, que pudesse ir disfarçada, de peruca e óculos escuros, para poder ver sem ser vista. Mas ao mesmo tempo tem a fantasia de ir e ser notada por todos. Entrar desfilando no Salt, confiante e sexy (sexy de bom gosto, não sexy vulgar) e acanhada por isso, pelo menos melhor que Angela, uma meta difícil considerando que não tem ideia de como Angela é. Beth está morrendo de medo de dar a essa mulher qualquer motivo para se sentir mais superior do que já deve se sentir. Infelizmente, sendo realista, há grande chance de que isso aconteça. Não está se sentindo confiante nem sexy. E nunca desfilou. Ela olha para o armário patético, vira para o outro lado, fecha os olhos e puxa os cobertores até o queixo.

Atrás das pálpebras fechadas, vê Jimmy preparando um martíni, parando antes de servi-lo, impressionado com a imagem dela ao entrar no restaurante com as amigas. Imagina que ele a puxaria de lado e diria que se sente um idiota por tê-la deixado. Imagina Jimmy implorando para ser aceito de volta bem ali no bar, na frente de Angela.

Beth dirige a cena toda, sorrindo com o filme se passando em sua cabeça. Escalou até uma Angela fictícia, arrasada e derrotada, de cabelo preto brilhante, sobrancelhas grossas, maquiagem pesada e um vestido colado (sexy vulgar). A única pessoa que não aparece nessa fantasia é ela mesma.

"Droga, o que vou usar?"

Beth se dá conta de que ouve essa pergunta ridícula de Sophie, sua filha de 13 anos que parecia ter 18, pelo menos uma vez por semana. As outras duas costumam estar vestidas e prontas na porta, enquanto Sophie ainda está no quarto, vestida pela metade, enlouquecida e chorando, as roupas jogadas por toda parte. "Não posso ir para a escola! Não tenho *nada* para vestir!"

Mais preocupada com a possibilidade de as meninas se atrasarem para a aula do que com a crise de Sophie, Beth costumava dizer alguma coisa rápida e propositalmente superficial.

"Você está linda. Seja você mesma e não vai importar o que está vestindo. Vamos, precisamos ir embora!"

Naquele momento Beth entende por que a filha revirava os olhos e chorava ainda mais. Ela devia desculpas a Sophie e uma ida ao shopping de Hyannis.

Por um instante tenta ouvir o próprio conselho. "Seja você mesma." Mas quem é ela? A sra. James Ellis e mãe de três meninas. E, se pedir o divórcio, se deixar de ser a sra. James Ellis e se tornar apenas "mãe", isso significaria ser menos? Beth tem medo disso e já sente como se um cirurgião tivesse passado um bisturi por seu abdômen e retirado uma parte necessária de seu ser. Como pode? Quem ela se tornou?

Ela vira na cama e olha para o armário. Está organizado. Ela é assim. Mas, tirando isso, Beth não está lá. Ele se senta e se olha no espelho atrás da porta do quarto. O cabelo loiro na altura do queixo está bagunçado e sem graça, os olhos azuis fundos e sem vida, o pijama cor-de-rosa com bolinhas. "Eu não sou assim."

Ela se levanta da cama e volta a olhar as fotos na parede do corredor. Os retratos mais recentes não mostram nada além de esposa e mãe. Ela sempre gostou de sua aparência nessas fotos, o cabelo não muito arrepiado por causa da umidade, a maquiagem leve, as unhas feitas, as roupas passadas. Mas, olhando para si mesma agora, o sorriso parece forçado, a postura, dura, como se fosse uma boneca de papelão. Como se estivesse posando. Ela volta no tempo e revisita a foto mais antiga de família e sua foto de casamento. Nelas viu mais a mulher que considera ser. O sorriso tinha uma entrega sem desconforto, os olhos estavam brilhantes e felizes. Onde está essa mulher?

Por alguma razão, ela olha para o teto, e lá está, como se a resposta tivesse vindo de cima. O sótão!

Ela se equilibra na ponta dos pés, puxa o cordão branco, abre a escada de madeira e sobe. Uma parede de calor denso e estagnado a recebe em sua pressa de chegar ao topo. Perto do fim de maio, os dias são ensolarados, mas se mantêm frescos, por volta dos 15°C; o calor aprisionado ali em cima, no entanto, faz parecer que o verão chegou à pele dela.

Beth faz uma pausa antes de decidir de fato entrar. O telhado é inclinado e baixo, e o teto de madeira está cheio de pontas de pregos, o que torna impossível e perigoso ficar de pé. O piso está inacabado, com apenas algumas tábuas de madeira cobrindo o cômodo a partir do centro, como uma ponte atravessando um mar de isolamento cor-de-rosa.

Ela não gosta de subir ali por medo ou de esquecer a altura do teto e acabar com um prego enfiado na cabeça ou de pisar em falso em uma das tábuas e atravessar o chão fofo de fibra de vidro e cair na sala. Por causa disso, só entra no sótão duas vezes por ano — um dia depois do feriado de Ação de Graças, para pegar a decoração de Natal, e perto do Ano-Novo, para guardá-la. Subir e entrar, sair e descer, ela nunca se demorava ali.

Há um monte de coisas de Jimmy espalhadas no canto mais afastado da entrada — varas de pescar encostadas no teto inclinado, duas delas caídas, redes emaranhadas, caixas de equipamento de pesca (uma delas aberta) uma coleção de tacos de golfe espalhados e soltos pelo chão como um jogo de varetas, o saco de golfe vazio, um único pé de sapato de golfe, uma prancha de surfe, um ancinho de moluscos e um balde.

— Jimmy.

Com as mãos na cintura, ela o repreende mentalmente e precisa resistir ao desejo de arrumar tudo. Não é por isso que ela está lá. Separados dessa bagunça estão três ventiladores de chão e dois aparelhos de ar-condicionado de acoplar à janela. Seis cestos plásticos para armazenar objetos, todos identificados com fita adesiva e com a letra dela em caneta hidrográfica se encontram enfileirados lado a lado, de dois em dois: NATAL, HALLOWEEN, INVERNO.

As caixas de inverno estão vazias. Ela e as meninas ainda usam os casacos de inverno de manhã e à noite, além das botas; com o chão finalmente descongelado, é o auge da temporada de lama. Todo ano, dali a mais ou menos uma ou duas semanas e sob as instruções de Beth, Jimmy levaria todas as peças de inverno para o sótão e desceria com ventiladores e aparelhos de ar-condicionado. Ela suspira ao se dar conta de que essa ia ser sua tarefa de agora em diante.

O último cesto, afastado dos demais, bem no fundo, está identificado com seu nome. Há poeira por toda a tampa. Faz pelo menos uma década desde que o abriu pela última vez. Ao mesmo tempo animada e assustada com o que podia encontrar ali dentro, ela cruza as pernas e abre a tampa.

Primeiro, pega um *frisbee* vermelho com a assinatura de todos os membros de seu time e o vira, observando cada dedicatória e assinatura. Johnny C! Seu amor não correspondido da Faculdade Reed durante quatro anos. Há muito tempo não pensava nele. Era tão gentil. Ia fazer medicina. Beth se pergunta onde ele está agora. Provavelmente é um médico bem-sucedido em algum lugar e não trai a esposa.

Depois encontra uma pilha de ingressos presos por um elástico. Rolling Stones, Stomp, *Rent*, Cirque du Soleil, o Metropolitan Museum of Art em Nova York, uma passagem de avião de Portland para Nova York, outra para o Novo México, até ingressos de cinema, todos marcados com o nome dos amigos ou dos namorados que foram com ela. Não lembra o último show que tinha visto (podia ter sido dos Stones), e a última viagem de avião foi de Nova York para Nantucket, só ida. Ela sente falta das viagens de férias para novos lugares, dos espetáculos da Broadway e dos museus (e as excursões com a turma de terceiro ano de cada filha para o museu da baleia não contam).

Ela vasculha as carteirinhas da faculdade, as fotos de festas e de férias. Ri do cabelo enorme e do delineador azul-piscina. Os anos 1990!

E então encontra uma pilha de cartões de aniversário e hesita, reunindo coragem emocional. Oito cartões da mãe. Beth lê todos, começando com um de seus 16 anos, apreciando cada palavra escrita à mão, cada "Eu amo você. Mamãe", enxugando as lágrimas com a manga do pijama toda vez que as palavras ficam embaçadas demais para ler por entre as lágrimas.

Sua mãe se submeteu a uma lumpectomia um verão antes de Beth se mudar para Nantucket. O médico disse que tinha retirado o tumor inteiro. Ela fez rádio e quimioterapia depois da cirurgia. Tudo de acordo com o padrão. Tudo parecia bem.

O cabelo caiu quando Beth se mudou para Nova York, em setembro. Era seu primeiro emprego depois da faculdade, editora-assistente da revista *Self*. Sua mãe insistiu para que ela fosse e começasse a vida, e garantiu que ia ficar bem.

Mas ela não ficou bem. Não tinham removido tudo. Em novembro, teve de fazer outra cirurgia, dessa vez para remover todo o seio e parte do tecido linfático. Mais uma vez, os médicos disseram que tinham tirado tudo. Beth e a mãe comemoraram no fim de semana do Dia de Ação de Graças, aliviadas e agradecidas.

Mas não havia nada para celebrar, porque alguns vestígios microscópicos do câncer já tinham se espalhado antes que os médicos retirassem o seio e passeado pelo corpo de sua mãe em busca de uma nova residência. Foram para o fígado primeiro. Depois, para os pulmões. Ela morreu em janeiro.

Beth segura o último cartão de aniversário, o último "Eu amo você, mamãe". Foi no seu aniversário de 23 anos. Nunca imaginou que sua mãe não estaria presente para vê-la completar 24, 38.

Muitas vezes se perguntou se teria se casado com Jimmy se a mãe não tivesse morrido. Sair da cama e ir trabalhar se tornou quase impossível depois do funeral. Beth se lembra de se sentir totalmente incapaz de fazer seu trabalho, ainda que só consistisse em tarefas de escritório bem automáticas como atender ao telefone, conferir faxes e agendar reuniões. Lembra-se de tentar esconder a torrente de lágrimas em inúmeros momentos nada profissionais. Precisava se afastar por um tempo. E se arrastou semana após semana até junho, quando pediu demissão e saiu de Nova York. Ela largou tudo e foi para Nantucket.

Herdou um pouco de dinheiro da mãe, o suficiente para alugar um chalé com três amigos pelo verão e iniciar a pós-graduação no outono. Foi aceita pelo programa de mestrado em escrita criativa da Universidade de Boston. Fora isso, não havia planos. Ela não previa que conheceria Jimmy e se apaixonaria por ele. E com certeza não planejava se casar com ele e começar uma família em vez de voltar a estudar.

Mas foi exatamente o que fez. No Dia do Trabalho, quando seus amigos embarcaram num avião a fim de voltar para o mundo real, Beth ficou. Um ano depois, ela e Jimmy se casaram, e no ano seguinte Sophie nasceu.

Beth muitas vezes se perguntou o que a mãe teria achado de Jimmy. Provavelmente não teria gostado dele. Com certeza não seria fã do genro naquele momento. Sua mãe nunca achou grande coisa dos homens. Divorciou-se quando Beth tinha três anos, e as duas nunca mais viram o pai depois do aniversário de quatro anos. Ela não se lembrava de ver a mãe namorando, pois se dedicava totalmente a ganhar a vida e criar a filha única.

Beth revira o cesto, procurando uma foto específica. Sabe que está ali. Está no fundo de tudo, a única imagem do pai. Ele está usando uma camiseta branca e óculos de armação preta. Seu cabelo castanho-claro tinha começado a cair. Ele sorria. Seus braços pareciam fortes. Beth estava em seu colo, com duas maria-chiquinhas e um vestido de festa cor-de-rosa. Era seu aniversário de dois anos. Ela também sorria. Os dois pareciam felizes juntos. Ela não tinha nenhuma lembrança desse homem nem de si mesma como essa garotinha, mas acreditava que eram eles. Atrás da foto, com a letra da mãe, estava escrito “Denny e Beth, 10/2/1973”. Beth dá um longo suspiro e joga a foto no fundo do cesto.

Ela aperta a pilha de cartões de aniversário contra o peito. Sente falta da mãe, especialmente nesse momento. Sorri e seca os olhos com a manga, perdida em pensamentos melancólicos sobre as próprias filhas. Sua mãe podia não ter gostado de Jimmy, mas teria amado as netas.

Os cartões voltam para o cesto, e ela pega uma brochura. *Escrevendo com a alma*, de Natalie Goldberg. O livro que a fez acreditar que um dia seria escritora. Por que estava ali e não na estante da sala ou no criado-mudo?

Quando se mudou para lá, Beth costumava escrever matérias para *Yesterday's Island*, nada espetacular, mas escrevia e era paga. Depois que Jessica nasceu, conseguiu um trabalho melhor como jornalista do *Inquirer and Mirror*, mas, depois de Gracie, trabalhar e criar três filhas se tornaram tarefas difíceis demais de conciliar, e Beth pediu demissão. Ainda assim, por um tempo, sua caneta se manteve ativa.

Ela encontra seus ensaios, poemas e contos. Depara-se com seus cadernos — cadernos comuns de espiral, desmazelados e gastos, com todos os cantos ocupados por tinta azul —, exercícios de escrita, ideias para contos, esboços, sua imaginação, seus pensamentos e suas emoções, seu interior delicado e nu exposto em páginas pautadas de 22x28cm. Ela folheia os cadernos, e um texto em especial chama sua atenção, um conto sobre um garoto que vivia estritamente nos confins de um mundo imaginário bizarro e lindo. Ela se lembra de quando o escreveu. Uns seis ou sete anos atrás, depois de uma manhã na praia com as meninas, inspirada por um garoto que viu brincando com rochas perto do mar. Ela costumava se inspirar pela vida cotidiana ali e escrevia sobre isso. Quando foi que parou de escrever? Quando sua vida perdeu a inspiração?

Um dos cadernos que encontra está novo, intocado. Ela o pega, faz uma promessa para si mesma e o coloca de lado.

Em seguida vêm as roupas — o casaco com estampa falsa de onça que pertenceu à mãe, a calça de couro (preta como a de um astro do rock), o vestido de estampa geométrica cor-de-rosa e laranja à moda de Goldie Hawn, bem anos 1960. Beth *ama* esse vestido.

E o usava sempre — festas, casas noturnas, casamentos, primeiros encontros. No primeiro encontro de verdade com Jimmy. Tira o pijama velho e coloca o vestido, passando-o pela cabeça sem bater no teto. Por um milagre, servia. E o espelho do quarto não foi necessário para saber se caiu bem. Ela sabe que sim.

Encontra um monte de bijuteria barata — as argola prateadas e enormes, pulseiras de plástico coloridas e pesadas, muitas pedras de *strass*, colares emaranhados, tudo estilo Madonna na fase *Procura-se Susan desesperadamente*. Ela coloca o anel com uma pedra da lua no dedo médio da mão direita e o admira, se questionando por que o guardou.

Beth se pergunta por que não se livrou de todas essas coisas. Uma parte tinha a ver com a mudança de Nova York para Nantucket e a tentativa de se encaixar. Os moradores de Nantucket usam jaquetas de *fleece* gigantes da L.L. Bean e galochas que vão até a coxa, das calças e anéis com pedras do humor. A outra parte tinha a ver com o inchaço e o ganho de peso que acompanham três gestações. Não foi humanamente possível usar aquelas calças de couro justas por muitos anos. Mas, para além das calças, aquelas coisas — os cadernos, as roupas, as fotos e os cartões — fazem parte dela, de sua história, de seu espírito de aventura e seu estilo, de seus sonhos para o futuro.

"Esta sou eu", pensa Beth, olhando para o cesto.

Ela e Jimmy faziam festas improvisadas em casa com nada além de um pacote de batatas chips, uma caixa de cervejas e uma garrafa de vinho barato. Todo mundo levava alguma coisa, e sempre havia o suficiente. Sempre se divertiam. Fazia muito tempo que não davam uma festa. As festas de alguma maneira tinham mudado, não surgiam mais espontaneamente de uma ideia rápida e divertida: "Ei, por que não chamamos uns amigos para vir aqui hoje à noite?" Haviam passado a exigir planejamento, preparação de pratos, limpeza da casa. Tudo tinha de estar perfeito. Tornaram-se festas trabalhosas, e Beth não se lembrava da diversão, só das brigas com

Jimmy, que aconteciam por causa de algum aspecto estressante dos preparativos, da raiva e do ressentimento presos às suas costas muito tempo depois de o último convidado ter ido embora.

Ela usava azul, verde e laranja. Costumava ter vivacidade. Costumava nadar nua na Fat Ladies Beach e dançar ao som das músicas de que gostava. Mas passou a usar roupas largas sobre o biquíni na praia e só ouvia as músicas que as meninas queriam ouvir, em geral Britney Spears ou alguma adolescente com o olhar do Bambi do filme da Disney.

E costumava escrever.

Beth não consegue acreditar que guardou tanto de si mesma em uma caixa, banida no sótão por tantos anos. Pelo menos não se doou para a caridade ou, pior, se jogou fora. Continua revirando a caixa, revisitando suas memórias a cada item até pegar o medalhão, o primeiro presente de Jimmy. Ela abre o coração prateado liso e manchado, e o segura na palma da mão. Ela e Jimmy se beijando. Ela e Jimmy apaixonados. Beth observa a foto dos dois, e é como se estivesse vendo outro casal, como se fossem velhos amigos de quem gostava, amigos com quem perdeu contato, que se mudaram para longe. Seu coração fica pesado. Ela usou aquele relicário todo dia durante anos e o amava. E então, em algum momento, não lembra exatamente quando, o coração de prata começou a ficar manchado, e o que um dia foi novo, romântico e sofisticado de repente parecia velho, sem graça e infantil. Ela se cansou de usá-lo e o guardou. Com o cuidado de não pisar demais para o lado, ela arrasta o cesto até a escada e o leva para baixo, até o quarto. Equilibrando-o no quadril, ela abre o armário e o solta no chão, no lado de Jimmy. Pega *Escrevendo com a alma*, os antigos cadernos, incluindo o que estava em branco, e os coloca no criado-mudo. Beth meneia a cabeça. Coloca o medalhão no pescoço, esfrega o coração de prata entre os dedos e vai se olhar no espelho da porta.

"Aqui estou eu."

Pronta para o Salt.

CAPÍTULO 8

Falta pouco para o pôr do sol na Fat Ladies Beach, e Olivia caminha com a câmera na mão. Ela caminha todo fim de tarde nessa praia e entendeu por que os fotógrafos chamam esse momento do dia de hora mágica. Iluminando essa faixa de terra pelos últimos minutos do dia ali no horizonte, em vez de diretamente no céu, o sol recobre tudo com um brilho difuso e delicado. As cores estão mais saturadas, douradas, românticas. Mágicas.

Olivia passou a primavera toda caminhando sem a câmera, sem inspiração. Tudo em toda parte era cinza. Mas então o cinza dominante pareceu recuar antes de desaparecer de vez nesse fim de semana, como se finalmente tivesse esquentado o suficiente para Nantucket abrir o zíper e tirar o casaco cinzento de inverno, revelando a beleza impressionante do lugar, especialmente a essa hora. Os incríveis tons de azul do céu se dissolvendo no oceano, as viçosas folhas verde-claras da vegetação da praia, a areia brilhante, e o pôr do sol extraordinário, um sol laranja forte cada vez mais intenso sumindo de vista, trocando de lugar com um céu tomado cada vez mais por tons de rosa e lavanda, incrivelmente mais magnífico do que segundos antes. Tudo implora para ser fotografado.

Ela ama a sensação de ter a Nikon nas mãos. E admite que uma câmera portátil, dessas do tamanho de um baralho, seria mais fácil de carregar e, tecnicamente, ofereceria quase tudo de que precisa em uma câmera, mas parece um brinquedo barato. Prefere a volumosa Nikon, o barulho reconfortante do botão de disparo sob seu dedo, o ajuste manual do foco, o peso em geral.

Lembra como amava a sensação dos novos livros chegando da gráfica, o ápice de anos de escrita do autor e seus meses de edição, a capa lisa e brilhante, com letras em alto-relevo, o peso cheio de satisfação nas mãos. Ainda ama a sensação de pegar um livro novo. Apesar de aceitar a conveniência dos *tablets* finos e pretensiosos, eles não transmitem a experiência sensorial tridimensional que um livro de verdade proporciona.

Olivia vai até a beira da água, parando de vez em quando para tirar uma foto ampla do horizonte, de uma concha em *zoom*, de um maçarico, da silhueta de uma mulher passeando com um cachorro a distância. Ao contrário dos meses anteriores, quando podia andar ali pelo tempo que quisesse na solidão mais completa e quase garantida, sempre há outras pessoas na praia agora. A ilha está ganhando vida, e, no caminho, ela se dá conta de como está fora do compasso com o mundo à sua volta. O cinza penetrante *não* sumiu, ainda é inverno em seu coração. Sentindo como se estivesse testemunhando a vida, mais do que de fato vivendo, dessa mulher que mora em Nantucket, toma café, lê seus diários, sai para caminhar e tira fotos, como se estivesse vendo um filme, um filme chato sobre uma mulher chata em que nada de mais acontece, e ela gostaria de desligar a tevê ou mudar de canal, mas, por alguma razão, está presa à tela. Se continuar assistindo, algo vai acontecer.

A respeito de uma coisa, algo tem de acontecer logo. Precisa arrumar um emprego ali. Mesmo com sua existência modesta, há os custos do dia a dia. David concordou em pagar pelos primeiros seis meses, o que significa que ela não tem muito tempo para viver às custas dele. Ou vai precisar ganhar a vida ali, ou terá de vender a casa e se mudar, provavelmente voltar para a Georgia a fim de ficar perto da mãe, da irmã, Maria, e da família. Ou talvez venda a casa e fuja para algum lugar ainda mais remoto, alguma ilha no sul do Pacífico onde possa desaparecer.

Pensou nisso, em desaparecer de verdade. Diversos suicídios em Nantucket foram noticiados no jornal desde que Olivia chegou. Terapeutas e psicólogos opinavam sobre o porquê de os suicídios serem mais comuns em Nantucket do que em outros lugares, destacando a depressão e o transtorno afetivo sazonal somados ao abismo profundo do inverno naquele ponto de terra isolado. Ela imagina o próprio nome impresso, a personagem principal de uma daquelas matérias de jornal. Ela entende. Um vazio quase insuportável que se descortina a cada manhã. E então vêm as perguntas.

"Por quê? Por que Anthony veio para cá? Qual era o propósito de sua curta vida?"

Nenhuma resposta.

"Por que estou aqui? Por quê?"

Nenhuma resposta. Nunca havia resposta, nem em suas orações nem nos sonhos, até o momento, nem nos diários ou na fé que tinha em Deus e na igreja, tampouco na magia de um pôr do sol na Fat Ladies Beach. Parte dela aceitou que essas questões jamais encontrariam resposta, que não há motivo para essa vida, mas outra parte continua a busca, fazendo essas perguntas sem parar, com a mais profunda sinceridade, repetindo o ciclo inquisidor muitas vezes por dia, perseverando.

"Como alguém com autismo..."

O silêncio que se segue depois do último "Por quê?" do dia sempre paira no ar, ecoando por um longo momento antes de flutuar até o vazio infinito, deixando Olivia tão completa e dolorosamente sozinha que ela muitas vezes deseja se dissolver bem ali e desaparecer com sua pergunta naquele nada. Mas alguma coisa bem dentro dela insiste em se segurar, em enfrentar. Observar e esperar. E, logo, procurar um emprego. Mas fazendo o quê? O que podia fazer?

"Por que estou aqui? Por quê?"

Olivia se agacha, olha pelo visor, ajusta o foco e tira uma foto da costa, a espuma branca, a areia molhada e metálica, as camadas de líquido azul. Olha para a frente e vê a cabeça preta e escorregadia de uma foca na arrebentação. Aumenta o *zoom* e dispara. Com o *zoom* na mesma posição, consegue ver com clareza os olhos pretos e redondos da foca, que parecem mirá-la diretamente. Olivia abaixa a câmera, e as duas se encaram por um longo momento até a foca mergulhar sob a superfície da água e desaparecer, deixando-a sozinha.

Atrás dela, um bando de vozes surge na praia. Ela vira e olha. Dois garotos correm em direção ao mar, em direção a ela, rindo. A mãe, levando o peso de uma grande bolsa de praia em um ombro e uma criança de colo no quadril, não consegue acompanhar e grita, alertando para os dois não entrarem na água. Primeiro o pai anda ao lado dela, depois começa a correr. Os dois estão descalços, de camisa azul e calça cáqui.

O pai alcança os meninos, pega os dois no colo, um em cada braço, pouco antes de os dedos dos pés tocarem a arrebentação. Os garotos morrem de rir. O pai gira os dois, cai no chão, e os três brincam de lutar na areia.

— Você é Rebecca?

— Como? — pergunta Olivia, não porque não ouviu a pergunta da mulher, mas porque não consegue processá-la, de tão desabituada a qualquer voz se dirigir a ela nessa praia, a qualquer um se infiltrar na camada cinza que envolve sua pele com tanta força.

— Você é a fotógrafa? — pergunta a mãe, indicando a Nikon com a cabeça.

— Eu? Não.

— Desculpe. Achei que fosse. — A mãe olha por sobre o ombro para o estacionamento e suspira, arrumando mais a criança no colo, que tenta descer, e então a aperta mais contra o quadril. — Não sei por quanto tempo vou conseguir manter os três limpos e secos. Max! Não!

Max é o do meio, Olivia lhe dá uns cinco anos, o que começou a perseguir uma gaivota pela praia. O garoto é rápido e ignora a mãe. O pai corre atrás dele.

O mais velho, de uns oito anos, vai até a mãe, depois de perder o interesse na água fria sem ter o irmão para correr junto. Ele para ao lado dela e pega sua mão livre.

Os três garotos são ao mesmo tempo familiares e estranhos para Olivia, dois gumes da mesma faca, cada um igualmente capaz de parti-la em duas. Todos têm o tamanho e o corpo de Anthony — os pés aos dois anos, as pernas aos cinco, as mãos aos oito.

Max, que corre pela praia ignorando os alertas dos pais, se parece muito com Anthony. E, no entanto, não tem nada a ver com ele. O garoto salta e sai correndo com um brilho nos olhos e uma malícia no sorriso. Está brincando e envolvendo os pais na brincadeira. "Venham me pegar!" E vai adorar ser pego.

Quando Anthony corria na praia, era para sentir o impacto do chão sólido comprimindo suas articulações, a sensação fresca do vento na pele, a areia quente e granulada entre os dedos dos pés, para chegar à água que ele amava mais do que tudo. Ele corria e não ouvia os chamados dela nem de David; nunca era uma brincadeira que os incluía em seu mundo.

A fotógrafa chega, e o pai volta com o filho do meio embaixo do braço, como se fosse uma bola de futebol americano, e a mãe reúne todo mundo, encorajando os meninos a sorrir.

— Olhem para mim — diz a fotógrafa, e arrepios inesperados percorrem o centro do corpo de Olivia.

"Olhe para mim."

Quantas centenas de milhares de vezes ouviu essas três palavras, da própria boca, de David, dos médicos, de uma série de terapeutas de fala e de análise comportamental aplicada.

"Anthony, olhe para mim", enquanto segurava uma batatinha chips na altura do nariz.

"Anthony, olhe para mim", enquanto prendia a respiração.

"Anthony, olhe para mim", enquanto ele não olhava.

O menor joga a cabeça para trás e contrai os braços e as pernas, chorando, o rosto inchado e vermelho, os olhos fechados com força.

A mãe o entrega ao pai, pega na bolsa de praia um brinquedo ainda dentro da embalagem e o dá à fotógrafa. É um caminhão. Um suborno. Ela é esperta.

— Olhe o caminhão.

Funcionou. A atenção do menor é atraída pelo caminhão, que a fotógrafa segura estrategicamente no alto da cabeça. O menino para de chorar e aponta. Ele aponta e diz:

— Meu.

Até aquele momento, Olivia se perguntava se ele estaria no espectro. Já havia decidido que os outros dois eram neurotípicos, mas não tinha certeza do menor, no colo da mãe. Depois do diagnóstico de Anthony, ela observa todo garoto que encontra — em idade pré-escolar, adolescentes, filhos das mulheres que conhece e de estranhos, garotos sentados na frente dela na igreja e brincando no parque — em busca de sinais de autismo. Até mesmo naquele momento ela não consegue olhar para um garoto e ver apenas um garoto. Tem de ver ou não o autismo também. Como olhar para as letras de uma palavra e ler a palavra, Olivia precisa fazer os dois. Estão inextricavelmente ligados.

E, ao passo que sentia um vínculo silencioso e uma afinidade solidária em relação às mães de crianças no espectro, muitas vezes sentia todo tipo de emoções nada nobres em relação aos pais de meninos e meninas sem autismo. Ciúmes, irritação, ódio, raiva, dor. Aquelas vidas normais, abençoadas, fáceis se exibiam bem diante dela.

"Olhe só", costumava pensar; ciúmes, irritação, ódio, raiva e dor a consumindo, a envenenando.

Mas hoje, de um jeito inesperado, não sentiu nada daquilo. Em vez disso, sentiu alívio e esperança de que essa mãe consiga pelo menos uma foto decente com a família toda sorrindo e olhando para a câmera. O menor continua apontando para o caminhão preso ao quadril da mãe, os mais velhos gritando "Xiiiiiis", e o pai com um braço em volta da esposa e a outra mão no ombro do mais velho enquanto a fotógrafa tira fotos, ainda repetindo: "Olhem para mim."

Olivia leva a Nikon até a altura do olho e observa a família pelo visor. É quase pôr do sol. A luz no rosto deles é acolhedora e bela. *Clique. Clique. Clique.* Ela olha pela tela, para a última imagem capturada. Vê a saturação, o brilho, o contraste, a composição, e aprova. Uma boa foto. E então algo muda, talvez parte do cinza ao seu redor tenha se dissipado, e ela tenha esquecido os aspectos técnicos da foto. Olha para a imagem na tela e vê a alegria, a intimidade, a família, o amor. A magia capturada.

"Eu podia trabalhar com isso."

CAPÍTULO 9

Beth e Petra encontram Jill, que as espera — como sempre, antes do horário combinado — na frente do Salt. Courtney não veio porque tem uma aula de ioga para dar nessa noite, e Georgia não pôde porque está supervisionando um casamento no fim da rua, no Blue Oyster. Mas, com Petra e Jill, Beth pode contar com poder feminino mais do que suficiente ao seu lado e está se sentindo confiante e pronta com seu vestido anos 1960. Porém, quando Petra sobe os degraus, abrindo caminho, Beth se dá conta de que seu coração está disparado, incitando seu corpo a algum tipo de reação física grandiosa à altura de seus batimentos acelerados. "Corra!" Ela se concentra na nuca de Petra, no fecho do colar turquesa, que pediu emprestado mas não estava usando, enquanto se forçou a dar cada passo, entrando devagar atrás da amiga, de propósito, contrariando o instinto de seu coração, na cova dos leões.

— Olá, bem-vindas ao Salt.

Antes de Beth notar qualquer coisa, lá está ela, sorrindo para Petra. A *hostess* de sábado à noite do Salt. Angela.

É mais nova que Beth, talvez vinte e muitos. O cabelo é comprido, enrolado e castanho-escuro. Está usando uma blusa preta e sem graça, mas justa e com um decote em V revelador. Isso e um pequeno crucifixo dourado pendurado em uma longa corrente dourada atraíram o olhar de Beth, e provavelmente o de todos, para seus seios grandes e interessantes. Claro. Na casa dos vinte e seios grandes.

Beth endireita os ombros e cruza os braços na frente do peito, já muito bem coberto pela mistura de poliéster do vestido retrô. Mesmo levantados pelo sutiã mais eficiente da Victoria's Secret, mesmo antes que a gravidez os tivesse estirado e a amamentação lhes tirasse o viço, seus peitos nunca foram assim. Os olhos de Angela, grandes, pretos e irritantemente bonitos, ainda sorriem enquanto se movem para incluir Jill, mas hesitam ao ver Beth.

"Ela já sabe quem eu sou."

Angela limpa a garganta e coloca o sorriso falso e profissional de novo em ação.

— Mesa para três?

— Não, obrigada — responde Petra. — Vamos sentar no bar.

"Vamos?" Beth queria corrigir Petra, dizer que preferiam uma mesa, uma mesa virada para a rua e não para o bar, mas um gosto ruim de pânico surgiu no fundo de sua garganta, e ela só conseguiu engolir. Como um cordeiro a caminho do abate, ela segue Petra e Jill até o bar e se senta entre as duas. E lá está Jimmy.

No começo ele as cumprimenta com uma animação neutra, como faria com quaisquer três mulheres que se sentassem em seu bar, claramente sem enxergar nenhuma delas. Mas então a informação é registrada. O sorriso se torna mais delicado para Beth, mais genuíno, mas apenas por um breve momento antes de ser substituído por um sorriso tenso, que contém surpresa e incerteza entre os dentes, até o maxilar por fim ficar tenso a ponto de impedi-lo de dizer o que provavelmente está pensando: "Merda."

— Olá.

— Olá, Jimmy — cumprimenta Petra.

— Beth — diz ele.

— Oi — responde Beth.

— Então, o que traz vocês aqui esta noite?

— Isto — conta Petra. — Viemos espionar você.

Jimmy ri e mexe o martíni, que está preparando com muito mais vontade. Beth seca as mãos nas pernas. Não sabia que podia ficar com as mãos suadas.

— Você não é exatamente sutil, não é, Petra? — pergunta ele.

— Nunca — responde ela.

Direta e destemida, Petra nunca bateria num prego com delicadeza cem vezes com um martelo de borracha se pudesse fincá-lo de uma vez com uma marreta e concluir a tarefa. Apesar de admirar essa qualidade na amiga, Beth nunca se sentia confortável com essa característica. Tinha medo demais de perder a cabeça do prego, de fazer um estrago na parede.

— O que vão querer? — pergunta ele.

— O que você recomenda? — retruca Petra.

— Qual é a ideia? Cerveja, vinho?

— Algo mais forte. Algo que você prepare — diz ela.

Ele serve um pouco do drinque que acabou de preparar em uma taça pequena e a coloca diante de Petra, que dá um gole.

— Que bom. Martíni com expresso?

Jimmy assente.

— Vou querer um desses — anuncia Petra.

— Eu também — diz Jill.

— Quer experimentar? — pergunta Petra, oferecendo o que resta na taça para Beth.

— Não, não, eu... — retruca Beth.

— Não pode consumir cafeína depois das quatro — completa Jimmy, sabendo a resposta. — Ela vai ficar acordada a noite toda.

Beth se ajeita no assento.

— Que tal algo doce? — sugere ele, pegando algumas garrafas.

É estranho vê-lo preparando todas essas bebidas sofisticadas. Jimmy é o tipo de sujeito que toma cerveja no gargalo. E não as cervejas novas, cheias de infusão de noz-moscada ou mirtilos. Ele gosta de cerveja "de verdade". Budweiser e Coors. E admitia com relutância gostar da Whale's Tale da Cisco, mas só porque a cervejaria ficava no fim da estrada da casa dos dois.

Esse não é o tipo de bar dele. Jimmy gosta de bares masculinos, mas não necessariamente pubs esportivos — ainda mais com os Red Sox, Patriots, Bruins ou Celtics jogando na tela plana da tevê. Gosta de bares escuros e sujos, com um pote de ovos cozidos e tigelas de amendoim no balcão, piso de madeira empenado por anos de cerveja derramada, Def Leppard tocando na caixa de som. O cardápio pode ter queijo empanado e asas de frango, mas com certeza nada que envolvesse *foie gras* ou azeite trufado. Uma mesa de sinuca, um alvo para dardos e um segurança, porque pelo menos um bêbado descuidado vai comprar briga antes do fim da noite.

O Salt é o oposto do tipo de bar de que Jimmy gostava. Os lustres redondos de um laranja-acobreado brilham contra o teto de estanho, criando uma iluminação romântica. O público variado — alguns moradores, a maioria não — é mais feminino que masculino, e todos estão bem-vestidos, com aparência refinada, em busca de uma noite civilizada. Beth lê o cardápio de drinques e leva um susto com os preços. Por vinte dólares cada um, todos ali estão em busca de uma noite civilizada e cara. Ela olha para o tamanho do bar, para os homens e as mulheres sentados ao lado delas, tentando entender quem frequenta o lugar. Não percebe nada digno de nota até ver uma grande cesta da Nantucket Basket pendurada no bar, propriedade da loira sentada ao lado de um careca de paletó claro e riscado. Cara demais para um morador de Nantucket; Beth já viu versões menores dessas cestas custando mais de mil dólares.

O bar em si é uma placa de pedra rústica e polida decorada com pedras do mar cor de âmbar. Beth desliza a mão pela superfície lisa. É linda, uma obra de arte. A música eletrônica está alta. Ninguém canta "Pour Some Sugar on Me" aqui.

— Aqui está — diz Jimmy, oferecendo a Beth uma taça de martíni com um líquido cor-de-rosa. — O melhor drinque do cardápio.

Beth dá um gole. É doce e condimentado, com um toque forte, mas não desagradável, o tipo de drinque que a deixaria bêbada com facilidade.

— Que bom. O que é?

— Vodca, rum, pimenta, limão e gengibre. Chama-se Martíni Hot Passion.

"Hot Passion? O que ele está fazendo?" Beth ficou envergonhada, indignada e, em seguida, estranhamente lisonjeada.

— E essa barba? — pergunta Petra.

— Estou experimentando — respondeu ele, coçando o novo rosto peludo. — Gostou?

— Não — retruca Petra.

Há um mês ele estava deixando a barba crescer, e Beth achou que ficava bem nele, rústico, masculino. Compensa a falta de queixo. E ela o conhecia: Jimmy não estava só fazendo uma experiência. Jimmy parava de se barbear sempre que estava com problemas — quando perdeu o pai, quando as vieiras sumiram e eles não conseguiam pagar as contas, quando Jessica fez uma cirurgia nos ouvidos em Boston. E agora. Beth sorri para si mesma, feliz em constatar que pelo menos a separação está à altura da morte do pai dele, que Jimmy ainda se importa com ela. Que ele parou de se barbear não porque está distraído e oprimido demais com o estresse da vida para se dar ao trabalho, mas principalmente porque a barba o faz se sentir protegido, escondido. Jimmy de barba é igual a ela com um dos suéteres compridos e sem forma que cobrem seu traseiro.

Mas ela não está com um daqueles suéteres. Está de vestido retrô, e Jimmy está de barba. Interessante. Não ocorreu a Beth que ele esteja passando por um momento difícil. Talvez ele não queira isso. Talvez também esteja sofrendo.

Angela aparece atrás do balcão e diz alguma coisa para Jimmy que Beth não escuta. Angela ri, e ele sorri, revelando seus dentes tortos e charmosos. Foi rápido e então desapareceu, mas estava ali. Ela o fez sorrir.

"Continue sofrendo. Continue se escondendo. Espero que você fique parecendo o Grizzly Adams."

Jill se inclina para Beth:

— Acho que ele está experimentando coisas suficientes no momento.

Jimmy volta a atenção para o casal ao lado de Jill e começa a abrir uma garrafa de vinho para eles. Beth toma seu martíni, ciente de Angela logo atrás dela, de que seu marido que saiu de casa está a poucos centímetros à sua frente, de que está sentada entre os dois. É muito estranho. Ela vira o restante da bebida. E odeia a ideia de que Angela a esteja observando, analisando, sem ser vista. Ela se sente constrangida, exposta. Esfrega os braços como se estivesse com frio e checa o celular. Nenhuma mensagem das meninas.

Sem conseguir observar Angela, que Beth supõe ser o objetivo da noite, continua sentada olhando para Jimmy. Não consegue se lembrar da última vez que o observou por tanto tempo. Antes de ele sair de casa, os dois dormiam de costas um para o outro, um hábito que começou por causa do ronco e do hálito de charuto dele. Por causa dos horários do marido, eles raramente faziam as refeições juntos e, quando acontecia, em geral era na sala, o prato no colo, diante da tevê. E ela ignorava sua existência quando brigavam, o que, nos últimos anos, acontecia com frequência.

Agora está num lugar privilegiado sem nada para fazer além de olhar para ele. Nunca o viu trabalhar no bar. Jimmy fica em constante movimento, em controle, confortável. Suas mãos, abrindo garrafas de vinho, servindo martínis até a borda da taça, espremendo limões, são confiantes, eficientes, elegantes. Ele sabe onde cada garrafa e cada instrumento ficam. Sabe de cor como cada drinque deve ser preparado. Ele é bom e gosta desse trabalho.

Beth não sabia de nada disso. Está surpresa e um tanto magoada de descobrir que existe algo sobre Jimmy que não conhece. Ele não é exatamente um sujeito complexo. Trabalhar, dormir, ver tevê, filhos, charutos. Não que trabalhar num bar seja o mesmo que neurocirurgia ou corrida de carros, mas, mesmo assim, ele tem habilidade e talento. O bar é o centro desse lugar. Tudo gira em torno do balcão, e Jimmy mantém as engrenagens funcionando e os clientes satisfeitos.

Isso é tão diferente de pescar vieiras, uma atividade externa e solitária, algo que Beth acreditava combinar com ele. Mas ali está ele, em um restaurante lotado, confinado em um pequeno espaço interno, conversando com estranhos, preparando bebidas "de menina" e com jeito de quem adora aquilo. Ele parecia estar se sentindo em casa.

Mas não está vestido como se estivesse em casa. Em casa, usava jeans ou shorts cortados de calças jeans — desfiados e tortos onde tinha passado a tesoura nas pernas —, camisetas, um boné do Red Sox e botas de cadarço. Ali, usa uma camisa de botões com riscas verticais azuis e brancas. Está até passada. E não está por dentro da calça, as mangas dobradas até os cotovelos, e há um botão aberto, um a mais do que a maioria dos homens usaria, revelando parte do peito. Jimmy tem um peito bonito e musculoso. A barba, o sorriso, os antebraços, o peito — ele parece relaxado, e Beth quer se matar por pensar isto: sexy. Auxiliada pelo menos em parte pelo Hot Passion, ela está ao mesmo tempo atraída por ele e furiosa.

Como Jimmy pode estar presente, envolvido e ser tão competente ali, quando em casa ele se arrastava, exausto demais para fazer qualquer coisa além de ficar deitado no sofá? Como pode estar tão arrumado, tão bonito e bem cuidado para trabalhar, e em casa só usar camisetas com manchas de molho barbecue na frente e de suor embaixo dos braços? Como pode guardar essa parte cheia de vida e diversão de si mesmo para o trabalho e não compartilhá-la com ela e com as meninas?

— E então, Jimmy, aqui é sempre tão movimentado? — pergunta Petra.

— Isto? Isto não é nada. Espere mais uma hora, e vai ter um muro de três pessoas de espessura atrás de você.

— Hum — murmura Petra.

O restaurante dela, Dish, vai bem, mas não a ponto de formar um muro de três pessoas de espessura no bar sem conseguir se sentar, pelo menos não nessa época do ano.

— Gostou da bebida? — pergunta ele a Beth.

— Gostei.

— Quer mais uma?

— Não, obrigada — responde ela, pensando que já tomou o suficiente do drinque Hot Passion.

— Não gostou?

— Gostei, mas quero experimentar uma coisa diferente agora.

— Que tal uma taça de vinho? Você vai gostar do…

— Posso decidir o que quero sem a sua ajuda.

— Ok.

— Quero um martíni com expresso.

— Tem certeza? — pergunta Jimmy.

— Absoluta.

Ele dá de ombros, concordando. Pega duas garrafas e as vira ao mesmo tempo no misturador de coquetéis de aço inoxidável.

— Como estão as meninas?

— Bem.

— Como foi o jogo de Jessica?

— Longo. Elas perderam.

— E a Soph?

— Está chateada com uma prova de matemática, acha que foi mal, mas tenho certeza de que foi bem.

— Como está Gracie?

— Bem.

"Ela sente sua falta. Todas elas sentem."

— Que bom.

— Você não quer saber como Beth está? — pergunta Petra.

— Claro que quero. Como você está, Beth?

— Bem.

— Você parece bem.

— Obrigada.

— Gostei do colar.

Beth põe a mão sobre o medalhão. Seu rosto está em chamas. Quase esqueceu que o colocou. Antes que possa responder, Angela está de novo atrás do balcão, desta vez mostrando alguma coisa no telefone para Jimmy, atraindo a atenção dele. Ela ri e toca o antebraço dele. A mão de Angela no braço de Jimmy. Beth pode aguentar o riso, os sorrisos, o flerte e os seios, mas alguma coisa naquele leve toque, na intimidade, a desarmou.

— Tudo bem? — pergunta Jill no ouvido de Beth. — Você está um pouco pálida.

Beth assente ao mesmo tempo que trava o maxilar e engole em seco. Não consegue falar. Se abrir a boca agora, vai chorar. Seja qual for o objetivo da noite, o objetivo agora é sair dali sem chorar na frente de Jimmy e Angela.

— Você só precisa comer alguma coisa.

Ela assente mais uma vez, esfregando o medalhão entre os dedos, enojada com a garota boba que foi algumas horas antes.

Jimmy serve o drinque de Beth e o jantar do grupo. Petra pediu uma garoupa; Jill está com vontade de comer sushi desde o encontro do clube do livro de abril, o rolinho de atum apimentado; e Beth pediu um hambúrguer com batata frita — feita no azeite trufado.

— Como está tudo? — pergunta Jimmy depois de alguns minutos.

— Bom — responde Petra. — A comida é muito boa, Jimmy. Quem é o chef?

Enquanto Petra e Jimmy discutem questões relacionadas ao restaurante, e Jill manda mensagem para os filhos, Beth se concentra em comer e beber. Depois de terminar seu segundo martíni, nota que a vontade de chorar desapareceu. Está basicamente anestesiada, como se um grosso borrão a envolvesse como um casulo, impenetrável, mais eficiente que uma barba ou um suéter preto.

Ela está no terceiro drinque, outro martíni com expresso, quando ouve alguém gritar seu nome. Ela vira. Georgia acena e tenta atravessar a multidão, trombando em corpos e taças, derramando bebidas ao se aproximar do bar, deixando um mar de expressões hostis pelo caminho.

— Estou tão feliz que vocês ainda estejam aqui — diz ela, sem fôlego. — Como estão as coisas? Onde está a amante do Salt?

Beth, Petra e Jill se entreolham e depois viram para Jimmy, que sem dúvida ouviu tudo. Petra ri.

— Você quis dizer *hostess*? — pergunta Petra.

Georgia riu.

— Ops, claro! E ainda nem bebi nada. Onde ela está?

— Você não a viu quando entrou?

— Não, onde?

— Atrás de você. Perto da porta.

— Onde?

— De cabelo escuro e enrolado.

Georgia fica na ponta dos pés e contrai o rosto todo.

— De blusa preta — diz Petra.

Georgia balança a cabeça, ainda procurando.

— A dos peitões.

— Ah, achei! — exclama Georgia. — Que vadia. Nunca achei que Jimmy gostasse de peitões.

Beth aperta os próprios seios ofendidos. É verdade que os seus não têm nada de mais, e que Jimmy gosta de pernas. As pernas de Beth são ótimas, longas e torneadas. Ela está sempre caminhando nas praias, na Bartlett's Farm, por toda Nova York antes de se mudar.

Então se dá conta de nunca ouvir falar de um homem que gostasse dos olhos, do cérebro ou da personalidade. E vira o restante da bebida. Os homens não prestam. Talvez isso seja uma bênção. Talvez fique melhor sem Jimmy. Nenhum homem na casa. Seu lar estaria sempre limpo e organizado e sempre cheiraria bem. E não haveria mais brigas. Tudo está em paz desde que ele foi embora.

Em algum lugar de sua cabeça, Marilyn McCoo canta "One Less Bell to Answer", uma música de que sua mãe gostava quando Beth era pequena e que não tinha ouvido nem lembrado de propósito desde então.

— Não que os seus não sejam bons — se corrige Georgia.

— Espere até ela ter filhos — diz Jill. — Vão ficar pendurados como os nossos.

Uma rachadura no torpor alcoólico de Beth se abre, porque o comentário é como um soco, deixando-a sem ar. E se Angela engravidar? Beth pensa em como engravidou rápido. Todas as vezes foi de primeira: gol! Ela fica tonta. Os cantos de sua visão, escuros e embaçados. Precisa sair dali.

— Olá, Georgia — diz Jimmy.

— Não é um prazer ver você — responde ela.

— Eu sei.

— Mas eu perdoo você se Beth perdoar.

— É justo — comenta ele, virando para Beth em busca de uma reação como se estivesse esperando uma janela se abrir, mesmo que apenas uma fresta.

— Beth, você está pálida de novo — observa Jill.

Jill está bem ao lado de Beth, mas é como se sua voz viesse de algum lugar muito distante.

— Beth, você está bem?

— Não estou me sentindo bem — responde Beth, com mais ar do que voz.

— Eu levo ela para casa — avisa Petra.

— Vou ficar e tomar um drinque com Georgia — diz Jill.

Petra paga a própria conta e a da amiga, e, quando Beth se levanta, Georgia a abraça.

— Ela é uma vadia — diz Georgia.

— Obrigada.

— E você é uma rainha.

Beth sorri.

— E amei seu vestido.

— Obrigada.

Jill se levanta e abraça Beth.

— Você foi ótima. Ligo para você amanhã.

Beth assente. E olha para Jimmy antes de se virar para ir embora.

— Boa noite, Beth — se despede ele.

— Boa noite, Jimmy.

Petra a leva pela mão, e as duas abrem caminho pela multidão, deixando o Salt para trás. Deixando Jimmy para trás. Deixando-o lá com Angela. Deixá-lo parece completamente errado. Em algum lugar embaixo do borrão e acima da música de Marilyn McCoo que ainda toca em sua mente, uma voz grita: "Não o deixe! Não vá embora!" Mas era tarde, Beth comeu de menos e bebeu demais, e cansou de olhar para os seios de Angela e para o sorriso de Jimmy, então não há nada a fazer além de ir embora.

— Tenham uma boa noite — vem a voz de Angela de algum lugar atrás dela.

O comentário soou como se Angela estivesse sorrindo, talvez se gabando, mas Beth não sabia ao certo. Já tinha atravessado a porta sem olhar para trás.

Petra para no meio-fio. A casa está escura. As meninas se esqueceram de acender a luz da varanda. Pelo menos tinham ido para a cama.

— Você está bem? — pergunta Petra.

— Estou.

— Está muito quieta.

— Estou bem.

— Não precisa disfarçar na minha frente.

— Não estou disfarçando nada. Estou bem — diz Beth, com dificuldade para pronunciar "disfarçando nada". — Estou um pouco bêbada, mas estou bem. Estou bêbada e bem.

— Vocês dois precisam muito conversar e descobrir o que vão fazer.

— Eu sei.

— Tome água e vá para a cama.

— Vou fazer isso.

— Eu amo você.

— Eu também.

Beth acompanha a luz dos faróis do carro de Petra até a porta de entrada. A noite deve estar nublada, porque não consegue ver a lua nem estrela alguma no céu. Tirando o feixe de luz dos faróis, o mundo todo é pura escuridão. O ar está fresco, com cheiro de maresia, peixe e forsítia. Rãs gritam em um coro alto e estridente à sua volta, um tanto parecido com a música eletrônica do Salt zumbindo nos ouvidos. Ela ouve Petra se afastar com o carro ao abrir a porta da frente e acender a luz.

Beth sobe a escada e abre a porta do quarto de cada uma das filhas, que estão dormindo, para ver se está tudo bem. Suas meninas lindas e adoráveis. Ela desliga o computador de Sophie e joga a roupa suja no cesto; pendura a toalha molhada de Jessica no gancho do banheiro; e cobre Gracie. Em seguida, desce as escadas, vai até a cozinha se servir de um grande copo d'água.

No andar de cima, para no corredor e olha para as fotos da parede. Vê Jimmy tocando sua saia e revive o momento em que Angela encostou no braço dele; uma raiva temperada com humilhação surge em seu interior e toma conta dela. Em outra foto, Beth estava com o medalhão, o mesmo que ele notou mais cedo.

Não dá para aguentar. Ela não vai mais aguentar andar por esse corredor, olhando para aquele sorriso cheio de dentes, a mão dele na dela, o medalhão no pescoço, a mentira do casamento perfeito, a mentira de Jimmy, que zomba dela toda vez que Beth vai da sala para o quarto, do quarto para o banheiro. Chega. Chega.

A primeira é a foto do casamento. Beth afrouxa o fecho, tira a parte de trás, a folha de papelão e arranca a foto, para, em seguida, pendurar a moldura vazia de novo. Metódica, ela repete a operação, respirando com dificuldade, com cada foto até que todas estejam numa pilha.

Sentada no chão do corredor, ela olha as imagens. Chega até a mais recente, do último verão, e a observa. Uma parte razoável dela, que passou incólume pela vodca, pelo rum e pela raiva cheia de humilhação, sugere guardar as fotos em uma gaveta, diz que ela vai se arrepender do que está prestes a fazer. Mas Beth está furiosa demais, bêbada demais e agitada demais pela cafeína para ouvir a voz da razão e cansada de se sentir um capacho.

O primeiro rasgo é lento, hesitante e, em seguida, deliberado, atravessando o rosto sorridente de Jimmy. E então os rasgos se tornam rápidos, um na sequência do outro. Não dá para parar agora. Ela continua rasgando até os pedaços ficarem bem pequenos, e então começa a soluçar, odiando Jimmy por obrigá-la a fazer isso. De repente ouve uma das filhas espirrar. Beth para de chorar e fica atenta, com medo de acordá-las. Ainda ouve a música eletrônica do Salt zumbindo nos ouvidos, os barulhos da primavera lá fora, e consegue escutar e sentir o coração batendo no peito e pulsando nos dedos, mas as meninas estão quietas. Beth enxuga os olhos e solta o ar preso no peito.

Recolhe os pedaços de papel, vestígios de sua família feliz, e os joga no lixo do quarto. Volta para o corredor e olha para a parede a fim de testemunhar o que acabou de fazer. Pronto. Oito molduras, pedaços foscos de papelão. Ele se foi. Não dá para voltar atrás. Assim como a infidelidade de Jimmy. Essa é a realidade.

Beth ajeita duas molduras que estão tortas, apaga a luz e vai para o quarto. Tira o vestido retrô e coloca o pijama de flanela cor-de-rosa. Em seguida, se enfia na cama, esquecendo o medalhão ainda no pescoço, vira para o lado onde Jimmy dormia ao seu lado, os pés inquietos e os olhos totalmente abertos.

Acordada a noite toda.

CAPÍTULO 10

Tudo mudou em junho, e Olivia, alheia a essa época do ano naquela pequena ilha, não estava preparada. Começou com o fim de semana do Memorial Day, quando a simplicidade tranquila e protegida de sua vida cotidiana passou a ser bombardeada por todos os lados pela chegada rápida e implacável de invasores. Os veranistas. Olivia levou umas duas semanas para parar de sentir que precisava se esconder em casa; para não se sentir ameaçada nem violada na presença deles; para recuperar a compostura e restabelecer sua rotina. Mas, depois dessas duas semanas, ela por fim respirou fundo e pensou: "Pronto, não é tão ruim."

E então veio julho. Junho fez muito pouco para prepará-la para julho. Junho é uma pequena colina em The Berkshires, enquanto julho é o monte Everest. As estradas ficam cheias de bicicletas motorizadas, jipes e enormes veículos utilitários, escapamentos e rádios despejando poluição no doce ar do verão. As praias que antes pareciam desoladas e privativas se encheram de famílias com suas cadeiras, guarda-sóis, pranchas de isopor, lixo de piqueniques e conversas incessantes, e todas as casas de temporada estão ocupadas. Em todo quarto e toda entrada de garagem, os ocupantes celebrando a semana de férias com festas e jantares ao ar livre noite após noite.

Esses são os verdadeiros veranistas e chegam às dezenas de milhares, quintuplicando a população da ilha. Vinham pelo ar, pela água, com filhos, cachorros, babás, assistentes, *personal chefs* e hóspedes. E todo mundo (com exceção dos cachorros) trazia um celular. Olivia imagina a plataforma geológica em que Nantucket se encontra, frágil e precária, e receia que a ilha possa de fato ruir sob o peso de todos aqueles turistas e de seus pertences, fazendo-a submergir até o fundo do oceano. Uma Atlântida moderna.

Até o céu está lotado. Voos locais e jatos particulares vindos de Boston e de Nova York recortam a imensidão a cada poucos minutos. O dia todo.

Se tivesse se adaptado em junho, estaria apenas lidando com julho. Olivia sente uma espécie de afinidade com os outros moradores, que são fáceis de identificar em meio aos veranistas, como diferenciar cavalos selvagens e zebras de circo, ainda que saiba que a recíproca não seja verdadeira. Apesar de ter adquirido um pouco de respeito por ter vivido ali por parte do inverno e por uma primavera, ainda não passou um ano inteiro "na ilha". Não é membro de verdade do grupo. Ainda não dedicou tempo suficiente. Mas, depois de um ano inteiro — na verdade, mesmo depois de cinquenta anos —, sempre vai ser vista como algo trazido pelo mar, algo transplantado, nunca uma moradora local e definitivamente nunca uma nativa (é preciso nascer ali para merecer o título).

Ela assumiu alguns hábitos que se tornaram suas leis de verão para a vida.

Nunca ir à praia entre dez da manhã e três da tarde. É quando todos eles vão.

Evitar o centro da cidade a todo custo. Se precisar ir, não ir de carro na hora do almoço nem em qualquer horário depois das seis da tarde. Não vai ter nenhuma vaga para estacionar.

Nunca ir ao Stop & Shop de sexta a domingo, em horário algum.

Acrescentar minutos extras para tudo.

Escreveu essas regras em uma folha de papal e colocou na parede perto da porta de entrada com fita adesiva, um lembrete bonitinho, mas sério, caso ela se esqueça ou tente ser ousada. Por isso é que Olivia está se xingando naquele momento, parada no limite do corredor de massas em frente ao molho marinado da Newman's Own, perto do fim da desencorajadora fila do caixa do Stop & Shop em um sábado à tarde.

Olivia precisava comprar café e ovos e achou que seria bom preparar uma salada para o jantar sem pensar no calendário nem nas regras de verão. E não se deu conta de que dia era até entrar no estacionamento lotado. Ela hesita, pensando que deveria esquecer a salada e ir para casa, mas a mulher de Land Rover logo atrás buzina, obrigando Olivia a se mexer, e é o que faz, pensando: "Não pode ser tão ruim."

Isso foi há uma hora. Ela conta os itens na sexta. Catorze. Se devolver o pão e o papel higiênico (dava para segurar até segunda), pode ir para a fila do caixa rápido, que está ainda mais longa e parece mais carregada de hostilidade entre os clientes.

— Está demorando muito — murmura a mulher atrás de Olivia. — Com certeza vou me atrasar.

Olivia fica feliz de pelo menos não estar com pressa. Não tem nenhuma sessão de fotos na praia. A família com quem marcou horário para o fim da tarde cancelou pela manhã.

Tornar-se fotógrafa profissional acabou sendo mais fácil do que ela imaginava. Primeiro, fez uma pesquisa ligando para os outros fotógrafos da ilha, perguntando sobre valores. Depois, fez as contas e descobriu que, se fizesse quatro sessões por semana de junho até o Dia do Trabalho, ganharia dinheiro suficiente para se sustentar o ano todo. Mais do que suficiente.

Mas também havia a questão de como obter clientes, ainda mais quatro por semana, que a contratassem, uma desconhecida sem formação profissional nem experiência, apenas um bom olho e uma habilidade natural com a câmera. Para lidar com esse problema, ela fez duas pequenas coisas. A primeira foi imprimir panfletos e espalhá-los por toda a cidade — o centro de visitantes, Young's

Bicycle Shop, The Bean, a biblioteca, a Câmara de Comércio, as docas Hy-Line e Steamship Authority e até ali no Stop & Shop. A segunda foi fixar preços duzentos dólares mais baratos que a tarifa corrente "mais barata".

As ligações e e-mails começaram a chegar, e ela marcou mais sessões do que achou que conseguiria, de quatro a seis vezes por semana, muitas vezes duas na mesma tarde. Já chegou a agendar uma família para o fim de semana do Dia do Trabalho. As impressões são encomendadas on-line com uma empresa, então tudo o que precisa fazer é fotografar com a câmera digital, editar a imagem no computador e fazer o upload no site. O pagamento é feito on-line, por cartão de crédito. Não há boletos impressos para enviar, nem cheques para esperar pelo correio. Não há burocracia alguma além do serviço de internet. É simples e fácil.

As mulheres à frente conversam calmamente o tempo todo, parecendo não estar incomodadas com as longas filas e com a atmosfera de impaciência cada vez maior à sua volta. Uma delas, que parece ser loira natural, está de regata preta de algodão sem marca nem adornos, uma saia branca comum e chinelos, e a outra usa roupas de ioga. Nenhuma joia chamativa, nenhuma marca, as unhas não estão feitas, e nenhuma das bolsas parece ter custado mais do que cinquenta dólares. Moradoras.

— É normal eu não querer contratar Roger?

— Não, claro que não.

— Ele fez todos os outros e sempre trabalhou muito bem. Não sei, parece que estou sendo desleal, mas seria estranho demais aparecer sem o Jimmy.

— Eu entendo.

— Ele ia perguntar "cadê o Jimmy?". E eu ia ter que admitir que ele não vai aparecer, e ia ser esquisito.

— Então não contrate Roger. Ele não vai nem saber.

— Todo mundo sabe tudo por aqui.

— É verdade. Então ele já deve saber sobre você e o Jimmy.

— Acho que sim, talvez.

— E, sabe, ele não ia se importar. Essas coisas acontecem. Acho que ele acabou de se divorciar, não foi?

— Acho que não.

— Foi, sim. A mulher dele foi embora da ilha, se mudou para o Texas.

— Ah, é, foi isso mesmo. Então quem você chamaria?

— Não sei, você devia perguntar a Jill. Eles contrataram alguém no verão passado.

— Eles contrataram Roger.

— Ah.

— Sei que não devia gastar esse dinheiro, mas preciso das fotos. Vão ser um lembrete visual de que minha vida está bem sem ele, de que ainda tenho minhas lindas meninas, de que não preciso dele para ser feliz.

— Visualizar é bom.

— É o meu primeiro passo para tocar a vida de fato.

— Você manifesta o que visualiza.

— Pois é. E preciso fazer isso logo. Aquelas molduras vazias no corredor são muito deprimentes.

— Por que você não pede para Gracie fazer uns desenhos bem bonitos e os coloca nas molduras por enquanto?

— Eu pedi, ela não quis. Nenhuma delas quis. As três estão bravas comigo por ter rasgado as fotos. Não as culpo. Foi uma idiotice.

— Jimmy trair você foi uma idiotice. Você tinha esse direito.

— Shhh!

— O quê?

— Estamos no Stop & Shop, alguém vai ouvir você.

— Pelo amor de Deus. Até Kevin Bacon sabe que Jimmy traiu você.

— Você tem razão, eu sei.

Olivia coloca a mão na bolsa, lembrando que tem um folheto dos retratos na praia. Ela devia cutucar o ombro da mulher e entregar o folheto, mas, ao se imaginar fazendo isso, parece agressivo demais. E não queria interromper nem admitir que estava ouvindo uma conversa pessoal. Então decide cuidar da própria vida e esperar que a loira veja o folheto afixado no mural na saída.

Por fim, a fila avança até passar do corredor de massas, e Olivia consegue enxergar todos os caixas. À esquerda, nota uma mulher com o filho. Ele deve ter seis ou sete anos e está sentado na cadeirinha do carrinho de compras. As pernas longas e bronzeadas estão penduradas para fora, quase tocando o chão. Ele gira um cata-vento apertado contra o nariz. Autismo.

Está tão completamente imerso no mundo giratório das cores metálicas borradas que não parece nada abalado pela longa fila, pelas multidões irritadas à sua volta, pelas luzes incômodas nem por Michael Bublé cantando uma canção de Tony Bennett nos alto-falantes.

E então algo muda. Talvez o garoto tenha se dado conta de que está com fome, entediado, de que odeia Michael Bublé ou de que a etiqueta nas costas da camisa está coçando mais do que o suportável. Como sabe o porquê? Ele joga o cata-vento no chão e começa a gritar, os polegares nos ouvidos, os olhos fechados e apertados.

A mãe pega o cata-vento, o faz girar e o coloca perto do rosto do filho, chamando-o de volta para aquele encantamento mágico, mas ele não abre os olhos. Ela tenta acalmá-lo com a voz, lutando para se manter serena, prometendo que vão voltar para casa logo, mas os ouvidos protegidos pelos polegares não estão disponíveis para a lógica nem para mentiras. Ela não tenta tocá-lo. Olivia sabe que isso só pioraria as coisas. E muito.

Então parece que a mãe não está fazendo nada. Que está ignorando o filho.

Olivia vê a expressão no rosto das pessoas e ouve as críticas sendo distribuídas como balas ao longo da fila.

"Ele não tem mais idade para isso."

"Meus filhos jamais se comportariam assim."

"Mimado."

"Que tipo de mãe é essa?"

Elas não entendem. Mas Olivia, sim. Com exceção de pegá-lo no colo e levá-lo embora, aquela mãe está fazendo o que qualquer mãe de uma criança autista e um carrinho cheio de compras faria. Está respirando, segurando firme o carrinho, se apegando à coragem e rezando.

"Deus, por favor, faça-o se acalmar."

"Deus, por favor, antes que eu perca o controle também, nos tire daqui."

"Deus, por favor."

— Eu não culpo o garoto — comenta a mulher com roupas de ioga. — Se esta fila não começar a andar mais rápido, vou começar a gritar também.

— Isso não condiz com uma *yogi* — diz a amiga loira interessada nas fotos.

— É verdade. Mas com certeza aliviaria toda a energia negativa que estou absorvendo neste lugar. O Stop & Shop está entupindo totalmente meu quarto chacra.

A loira ri. Olivia abre um sorriso. A loira olha para o garoto e a mãe na fila. A expressão em seu rosto não parece ter nenhuma crítica, e sim um grande interesse, quase um fascínio. Olivia adoraria saber o que a outra está pensando, mas não disse nada.

Por fim, depois de muito tempo, Olivia chega ao caixa. Cumprimenta a funcionária com um olá simpático, empacota as compras, carrega a bolsa de lona até o carro e vai embora.

Trinta minutos depois, chega em casa.

LÁ, OLIVIA COZINHA dois ovos. Fatia os tomates, os pepinos e um pimentão vermelho. Corta a alface e joga tudo em uma tigela grande. Acrescenta azeitonas, cebolas, queijo parmesão, croutons e, quando ficam prontos, os ovos. Coloca um pouco de azeite de oliva e vinagre de vinho tinto, junto com uma pitada de sal e pimenta. Uma taça de *Sauvignon Blanc* gelado, uma fatia de ciabatta, e pronto.

Ela leva o jantar, uma vela de citronela e um dos diários para o deque no quintal. Senta-se com seu suado banquete, abre o diário e começa a ler de onde tinha parado.

5 de julho de 2003

Minha vida agora gira em torno da comunicação, ou melhor, da falta dela. Passo todo o meu tempo acordada exigindo algum tipo de comunicação de Anthony. Anthony, fale SUCO. SUCO. SUUUUUCO. *Diga a palavra. Diga o que você quer. Diga:* EU QUERO SUCO. *Fale* BALANÇO. *Fale:* QUERO SAIR E BRINCAR NO BALANÇO. *Por favor. Olhe para mim, Anthony, e me diga o que você quer. Diga o que está sentindo. Diga por que está gritando. Em geral eu consigo discernir se é um grito de animação, de pânico e ou de frustração, mas, nesse momento, estou cansada demais e não consigo entender. Por que você está gritando? Como posso ajudar se você não me diz o que quer?*

E também tem a questão entre mim e David. Também não sabemos como nos comunicar. Não olhamos mais um para o outro. Não aguento olhar nos olhos dele e ver o desespero, a exaustão, às vezes a acusação e muitas vezes o desejo de ter passado uma hora a mais no escritório. Talvez, se eu já estivesse na cama quando chegasse, ele não tivesse de lidar comigo e com o que está nos meus olhos.

Não conversamos mais. Não de verdade. Falamos muito sobre o que precisa ser feito. Você comprou o SUCO *de Anthony? Vou ao mercado, precisamos de* SUCO*? Você empurrou Anthony no* BALANÇO*? Ele está gritando porque quer sair e brincar no* BALANÇO. *Você vai tirar o lixo, ir ao supermercado, lavar as roupas, pagar as contas? As contas, as contas, as contas, as contas.*

Dizemos todas essas palavras, mas não conversamos sobre nada. É tudo sem sentido. Blá-blá-blá.

Não conto a David sobre o que estou pensando, que somos pais de uma criança com uma deficiência permanente ou que nosso casamento está em frangalhos. Penso nisso todo dia, mas nunca digo as palavras. Não conto a David.

Não transamos mais, eu não quero transar mais, mas sinto falta da parte de mim que se sentia conectada a David, que sentia tesão e queria transar. Não conversamos sobre isso.

E quem ia querer fazer sexo depois dos dias que eu tenho? Fico exausta com a preocupação e o esforço físico de cuidar de Anthony. Tenho hematomas dos beliscões e chutes dele e muitas marcas de mordidas. Parece que fui agredida. Eu me sinto agredida, mas não conto a David.

Não sinto de fato que sou agredida por Anthony; eu me sinto agredida por esta vida. O que aconteceu com a minha vida? Minha vida gira em torno do autismo. Se não o estou vivendo, estou lendo ou conversando sobre ele. E estou tão farta disso que sou capaz de vomitar. Tenho medo de que vá ser sempre assim. Anthony é autista, ele não vai dizer SUCO *nem* BALANÇO *nem por que está gritando, e David e eu não estamos conversando, somos companheiros na mesma cela.*

Ou, na melhor das hipóteses, somos colegas, terapeutas autodidatas trabalhando com o mesmo paciente, um garoto lindo chamado Anthony, tentando ajudá-lo. Só que estamos fracassando. Não estamos conseguindo fazer nada por ele. O autismo não está indo a lugar nenhum, temos esse enorme elefante na sala e não estamos conversando sobre a realidade, que vamos conviver com o autismo pelo resto da vida e precisamos aceitar isso. Por mais que eu queira chorar e sair quebrando tudo neste mundo, por mais que eu queira resistir, lutar e implorar, precisamos aceitar Anthony e o autismo.

Por que não podemos falar sobre isso? Por que não dizemos um ao outro o que sentimos, o que queremos, do que temos medo, que ainda nos amamos? Amamos? Ainda nos amamos?

Que ótimos modelos para Anthony, hein? Ei, Anthony, FALE. *Está vendo como a mamãe e o papai* NÃO *fazem isso? Mandamos Anthony para a terapia por 35 horas por semana para aprender a se comunicar. Eu me pergunto de quantas horas por semana David e eu precisaríamos...*

ELA E DAVID NUNCA fizeram terapia de casal. Talvez devessem ter feito. Mas, entre todas as terapias — ocupacional, comportamental, fonoaudióloga, tudo para Anthony, os grupos de apoio para pais e o aconselhamento, sendo que nada disso surtiu efeito —, os dois não estavam exatamente loucos para trazer mais um terapeuta, mais um gasto, para sua vida já tão saturada de terapia.

Olivia fecha o diário e reflete com os olhos cerrados. Ela estava lendo um pouco de seus registros todo dia, lendo sobre seu passado, tentando se entender com tudo, buscando paz. Então abre os olhos. Hoje não.

Ela suspira e volta para a cozinha a fim de se servir de mais uma taça de vinho. Ao abrir a porta da geladeira, ouve um som agudo. Ela para, tentando decifrar o que é. Sempre ouvia coisas na casa, barulhos inexplicáveis, misteriosos, que costumavam assustá-la quando se mudou, mas que agora despertam mais curiosidade do que medo.

A névoa que costuma pairar sobre a ilha em geral abafa o som. O silêncio de uma névoa densa em Nantucket pode ser palpável. Mas, às vezes, e ela não entende por quê, a névoa amplifica o som, distorce e dispersa, enviando-o para quilômetros de distância da origem. Olivia jura ter ouvido de seu quarto pescadores conversando nos barcos. E às vezes ouve um lamento melódico e assustador que gosta de pensar que seja o barulho das focas perto da praia.

Uma névoa está pairando naquela noite, então o barulho pode ser o sino de ventos de um vizinho, a buzina da bicicleta de uma criança do quarteirão, um caminhão de sorvete na praia. Mas parece mais alto, mais imediato. Mais *perto*. Ela pega o vinho da geladeira, e lá vai de novo. Será a campainha?

Olivia deixa a garrafa no balcão da cozinha, seca a mão no short, vai até a entrada e abre a porta da frente.

— Oi, Liv.

Ela leva um susto. Não esperava encontrar ninguém de fato ali. E com certeza não esperava que fosse ele.

— David.

CAPÍTULO 11

São 9h15, e Beth já deixou as meninas no centro comunitário. Gracie e Jessica adoram aquele lugar, mas Sophie odeia. Ela começou a dar sinais de que estava grande demais para os jogos e atividades perto do fim do verão passado, aos 12 anos, reclamando que aquele acampamento era "chato". Bom, se foi chato no ano anterior, neste ano será pura agonia. Mas é aonde vão todas as crianças que ainda não têm idade para arrumar empregos temporários no verão, e Beth prefere que ela sofra no centro comunitário a ficar mofando em casa o dia todo, entediada e sofrendo.

Quando estaciona em frente ao centro comunitário, fala para as três:

— Divirtam-se!

Jessica e Gracie sorriem e acenam, mas Sophie responde:

— Não se preocupe, *não vou* me divertir! — E bateu a porta do carro.

Ah, os 13 anos.

A colônia de férias vai até as 14h. Jimmy tirou a noite de folga e se ofereceu para ir buscá-las, passar a tarde com as filhas e levá-las para jantar no Brotherhood. Ele disse que as deixaria em casa às oito da noite.

Beth tem as 11 horas seguintes para fazer o que bem entender. Um dia totalmente livre.

Uma semana antes, usaria esse tempo para fazer faxina, uma extensa tarefa como limpar as janelas, passar água sanitária no mofo e no bolor da mobília do deque ou arrancar as ervas daninhas. Mas está relendo *Writing Down the Bones* [Escrevendo os ossos] e revendo seus cadernos, os poemas antigos, os contos, os muitos trechos inacabados e saboreando-os. E começou a sonhar de novo.

Então deixou o mofo, o bolor, as manchas de pólen e as irritantes ervas daninhas quietas. Em vez disso, foi à biblioteca para escrever em um lugar tranquilo, livre de distrações. Naquele dia, sente-se pronta para espanar a poeira de sua parte criativa, que foi encaixotada anos antes, e ver se ainda funcionava. Está finalmente se dando tempo e espaço para explorar aquela voz expressiva lá dentro, que inconscientemente ficou sufocada, perdida primeiro por causa das demandas da maternidade jovem e depois seduzida pelo enfado da rotina cotidiana.

Ela sobe até o segundo andar e se senta em uma cadeira de madeira sem braços em estilo Shaker na enorme mesa de madeira, muito maior do que sua mesa de jantar, de frente para a janela também gigante, de pelo menos dois metros e meio de altura. A janela está aberta, e uma brisa refrescante da manhã preenche o ar da sala. Nove outras cadeiras iguais cercam a mesa, todas desocupadas.

Pega o caderno em branco com espiral, comprado anos atrás, e abre na primeira página. Há muito tempo não escreve nada além de cheques para pagar as contas. Está animada, nervosa. Pega sua caneta favorita e olha para a folha em branco, tentando pensar em como começar. Os começos são sempre difíceis. Ela batuca a caneta no dente, um hábito adquirido na adolescência sempre que empacava em um problema da lição de casa, e consegue ouvir a voz da mãe em sua cabeça dizendo: "Pare com isso, Elizabeth." Então para.

Beth olha para o relógio na parede: 9h25. Assim como a janela e a mesa, o relógio é maior que a média, feito de carvalho, com números romanos em um mostrador de marfim. A madeira tem intricados arabescos entalhados que parecem ondas do mar quebrando. O relógio parece velho, e devia ser. Provavelmente tem uma história e um significado histórico, mas Beth não sabe qual é. A biblioteca está tranquila, tão tranquila que dá para ouvir o tique-taque do relógio.

Tique. Taque. Tique.

Por que a biblioteca está tão vazia hoje? Beth olha pela janela. Céu azul, sem nuvens, uma brisa leve e constante. Um dia perfeito para a praia. É o que poderia fazer em seu dia livre. Podia ir à praia! Beth afasta a cadeira, mas, antes de colocar a tampa na caneta, reconhece a verdadeira motivação por trás da ideia impetuosa. Medo. Medo da página em branco à sua frente. Além do mais, é uma ideia idiota e impetuosa ir à praia no meio do dia em julho, disputar um pedaço de areia com os veranistas. É onde todo mundo está. Ela sabe que não faz sentido mergulhar naquela loucura.

Beth aproxima a cadeira da mesa, ajeita as pernas e tenta encontrar uma posição confortável. Certo. Comece. Mas o quê? Ela quer trabalhar em um dos contos inacabados? Devia tê-los trazido. Devia se passar em Nantucket? Talvez Nova York? As perguntas continuam surgindo, ecoando em sua cabeça, paralisando sua mão.

Olha para o relógio: 9h45.

Tique. Tique. Tique.

Talvez ela deva fazer um dos exercícios de *Escrevendo com a alma*, colocar a caneta em movimento, fazer a tinta fluir, lubrificar as engrenagens um pouco. Ela lembra que era assim que costumava começar.

Beth abre o zíper da bolsa, uma grande bolsa de nylon preta, volumosa e gasta. Foi presente de alguém. Georgia? Faz tanto tempo agora que não se lembra. Foi um presente de chá de bebê. A bolsa na verdade era para levar fraldas. Jill a considera uma verdadeira desgraça.

Ela admite que não é o acessório mais lindo, e, sim, as meninas já sabiam usar o banheiro há tempos, mas gosta da alça larga, do fato de ser impermeável, de ser possível limpar o tecido com facilidade e de ter um monte de bolsos úteis. O bolso para mamadeira é onde agora fica a garrafa d'água. O bolso para os lenços umedecidos agora abriga a carteira. No compartimento com zíper que era usado para as chupetas agora fica o celular. A parte do meio é onde todo o resto era jogado.

Todo o resto, ao que parece, menos *Escrevendo com a alma*. Não está lá. Esqueceu-se de trazê-lo. Talvez deva ir para casa pegar o livro. Ela olha para o caderno.

Branco.

Precisa ir buscá-lo. Mas, se for embora, sabe que não vai voltar. Se for embora, usará luvas amarelas de borracha e um balde de água sanitária em vinte minutos. Firmando os pés pesadamente no chão como se fossem duas âncoras, ela respira fundo. Ia ficar.

Beth pensa em trabalhar no conto sobre o garoto que encontra conforto e sentido dentro de um mundo imaginário onde cores têm emoções, a água pode cantar, e o garoto pode se tornar invisível. Mas então se lembra do garoto que viu uma vez na praia, a intensidade curiosa e a alegria que ele demonstrava, mesmo para uma criança, enquanto formava uma fileira de pedras brancas, e o momento infinitesimal que compartilharam que pareceu um segredo maravilhoso entre eles. Sente-se compelida pelos dois garotos. Talvez possa combiná-los. Mas como?

Beth batuca de leve nos dentes e pensa no ditado: "Escreva sobre o que você sabe." O que sabe? Ela olha para a página em branco.

Então vira para o relógio e suspira. São 10h25. Talvez deva ir ao The Bean, comprar um café e algo para comer. Talvez seja disso que precise, um pouco de cafeína, algo para comer e uma mudança de ares. Talvez a atmosfera aqui esteja errada. Beth olha em volta — as muitas estantes pintadas de branco-gelo, lotadas de livros de capa dura; os tapetes persas; as pinturas a óleo de escritores famosos como Ralph Waldo Emerson, Henry David Thoreau e Herman Melville nas paredes; o maldito relógio. Tudo sério demais, acadêmico demais, intimidante demais. Há pressão demais.

Há motivos suficientes para ir embora, desculpas absurdas para serem válidas, e, no entanto, ela fica. Quer escrever. Ela olha em volta, para os livros nas prateleiras. Centenas de livros, cada um escrito por alguém. E decide se sentir inspirada em vez de intimidada. Por que não alguém como ela?

Seus olhos param em um livro com a capa virada para o lado de fora na estante mais próxima da janela, na segunda prateleira de cima para baixo. *The Siege* [O cerco]. A capa é cinza e branca com uma foto em preto e branco de uma garota. A garota talvez se pareça um pouco com Sophie quando era criança de colo, mas não foi essa leve semelhança que chamou sua atenção. Nada disso — nem o título, nem a capa, nem mesmo a foto da garota — parece marcante ou especialmente interessante para Beth. Porém, sente-se atraída pelo livro, como um estranho magnetismo.

Ela se força a desviar o olhar, voltar a atenção para as outras prateleiras, ainda sentada. Não encontrou nenhum outro livro com a capa visível em nenhuma delas. Nenhum. Então volta para o que viu primeiro, sentindo de novo que não consegue desviar o olhar, não porque seja uma distração como o relógio ou a bolsa, não para evitar ter de encarar a página em branco, mas porque se sente estranhamente *compelida* a olhar para ele.

É a mesma sensação de quando conheceu Jimmy. Foi tarde da noite no Chicken Box, o lendário bar de Nantucket. Não conseguia parar de olhar para ele. Não era porque aquele homem era atraente, apesar de ser. Muitos homens atraentes e solteiros estavam em Nantucket naquele verão, para onde quer que olhasse. E não era porque estava bêbada de cerveja e doses de gelatina com vodca, apesar de estar. Naquela noite, apenas Jimmy existia. O bar inteiro era estática, e Jimmy era um canal nítido. Beth se sentiu quase enfeitiçada por ele, como se fosse um ímã a atraindo para si.

Agora aquele livro na prateleira parecia a mesma coisa. Ela o observa, encantada com sua capa simples e nada atraente, perguntando-se o que aquilo significa. Com uma incrível força de vontade, ela desfaz o encanto e volta para a página em branco.

Em branco. Branco. Totalmente branco.

Tique. Taque. Tique.

Ela olha para o livro, agora com a impressão de que a garota a está encarando.

"Pelo amor de Deus."

Então Beth vai até a estante e volta com o livro. *The Siege*, de Clara Claiborne Park. Lê a capa e a contracapa. É uma história verídica, escrita por uma mãe sobre a filha autista. Beth gostou de *The Curious Incident of the Dog in the Night-Time*, mas o autismo não é um assunto sobre o qual costuma ler por conta própria. Mas está claro que não vai começar a escrever o grande romance americano naquele dia. E *não* vai voltar para casa e fazer faxina. Então, ela tampa a caneta, abre o livro e começa a ler.

HORAS DEPOIS, ALGUÉM toca seu ombro, assustando-a. É Mary Crawford, a bibliotecária.

— Desculpe, Beth, não quis assustar você, mas vamos fechar em cinco minutos.

Beth olha para o relógio. São 16h55. Olha pela janela. A luz está se tornando mais suave, mais difusa, sugerindo sombras mais longas e o fim de tarde. Volta para o relógio e confirma: 16h55. Como aquilo tinha acontecido?

Olha para o caderno.

Em branco.

— Desculpe, fiquei totalmente distraída com este livro.

— Quer levá-lo emprestado?

— Sim, por favor.

Beth não escreveu nada e não limpou nada, mas, pelo menos, encontrou um livro incrível.

AO CHEGAR EM CASA, ainda tinha muito tempo em seu dia livre antes que as meninas voltassem. Podia limpar algo ou comer alguma coisa. Escolhe a segunda opção. Está faminta. Não comeu nada desde o café da manhã.

Prepara um sanduíche de presunto e queijo e, em homenagem ao seu dia livre, decide preparar um drinque de verdade.

Mistura vodca, suco de limão, suco de *cranberry* e um toque de refrigerante de gengibre na garrafa térmica da lancheira de Gracie, porque não tem uma coqueteleira. Acrescenta gelo, mexe e serve em uma taça de vinho. Ela dá um gole e sorri. Ficou gostoso. Veja só! Não precisa de Jimmy. Pode preparar sua própria bebida.

O ar na casa está abafado e rançoso. Não há ninguém lá para ligar o ar-condicionado nem abrir as janelas. Beth leva sua refeição, sua bebida e o livro da biblioteca para o deque e se senta em uma das cadeiras mofadas.

A mais cheia de mofo, a cadeira onde Jimmy fumava charuto, foi empurrada para o lado e está virada para o canto do deque, como se tivesse sido colocada de castigo. Beth pediu a Jimmy que a tirasse de lá, de uma vez por todas, semanas antes. Já estava ruim antes, mas ela com certeza não ia deixar a cadeira do charuto ali enquanto ele se relacionava com outra mulher. Virando a própria cadeira para tirá-la de seu campo de visão, ela janta e lê.

Ainda está imersa na leitura e no terceiro drinque Passion à la Beth, que a essa altura tinha sido aperfeiçoado (menos limão, mais vodca), quando ouve a porta da frente se abrir e fechar.

— Olá! — grita ela.

Sophie e Jessica surgem no deque.

— Cadê Gracie? — pergunta.

— Na cozinha, trabalhando num projeto para a colônia de férias — responde Jessica.

— Ah, que projeto? — quer saber Beth.

— Não sei — responde Jessica.

— O que vocês jantaram?

— Cachorro-quente — diz Jessica.

— Hambúrguer — conta Sophie.

É uma frustração morarem em uma ilha e nenhuma das meninas comer peixe. Beth ama frutos do mar, mas não pode prepará-los em casa sem que as filhas tampem o nariz e reclamem do cheiro.

— Cadê seu pai?

— Foi embora — diz Sophie.

— Ah — responde Beth, estranhamente decepcionada que ele não tivesse entrado. Devia ser o efeito da vodca. — Como foi o acampamento hoje?

— Chato — responde Sophie.

— Você pode, por favor, melhorar seu comportamento e não estragar a experiência para suas irmãs? Você adorava quando tinha a idade delas.

— Certo. Foi *incrível*! — retruca Sophie, pronunciando a palavra "incrível" com um grito agudo, o rosto longo com covinhas formando um sorriso adocicado demais para ser verdadeiro, como o de Shirley Temple.

— Tudo bem. Como foi o jantar?

Sophie não diz nada e olha para Jessica.

— Foi incrível! — fala Jessica com o mesmo tom e expressão da irmã mais velha.

— Foi um saco — comenta Sophie.

— Olha a boca — advertiu Beth.

— *Ela* foi — revela Sophie.

— Ah — murmura Beth.

— Eu não gosto dela — diz Sophie.

— Eu também não — emenda Jessica.

Beth tenta invocar algum tipo de sabedoria materna, conselho politicamente correto ou, pelo menos, algo positivo para dizer às filhas, mas os drinques estavam contra ela, então optou por algo sincero.

— Eu também não gosto dela.

— É, mas você não tem que fazer coisas com ela como nós. Eu queria que a gente não precisasse encontrar com ela — reclama Sophie.

— Eu queria que o papai voltasse para casa — completa Jessica.

Beth fica de coração partido.

— Ele não vai voltar, não é? — pergunta Sophie.

— Não, acho que não — responde Beth.

Lágrimas surgem nos olhos de Jessica, e fúria nos de Sophie.

— Sinto muito, meus amores. Sinto muito mesmo. Que saco.

— Sinto falta dele, mãe — diz Jessica.

— Eu também sinto — confessa Beth.

— Achei que você odiasse o papai — comenta Sophie. — Achei que foi por isso que você rasgou as fotos.

— Não foi por isso, e às vezes eu odeio. Sinto falta dele e odeio ao mesmo tempo. É complicado.

— Você odeia mais ou sente mais falta? — pergunta Jessica, com seus olhos grandes e úmidos cheios de esperança.

Beth seca as lágrimas da filha com a mão e a beija no rosto.

— Sinto mais falta — responde Beth, sentindo compaixão pela filha do meio.

— Bom, eu odeio o papai — retruca Sophie.

— Soph — adverte Beth, num tom que em geral prenuncia um de seus sermões.

— Por que você pode odiar o papai e eu não?

É uma boa pergunta, mas Beth não tem o que dizer. Não diz que, mesmo que Jimmy não fosse mais seu marido, ia sempre ser o pai de Sophie. Nem que não é bom odiar ninguém. Mas será que tem problema Sophie odiar o pai se era isso que sentia? Não pode fazer bem esconder esses sentimentos sinceros. Talvez ela deva marcar um horário com a orientadora da escola para as três meninas conversarem sobre tudo isso.

— Porque eu sou a mãe — declara ela, por fim, balançando a varinha materna irritantemente vaga e toda-poderosa sobre a discussão de modo a encerrá-la. — Está ficando tarde. Vão se preparar para dormir.

Sophie revira os olhos e entra em casa. A irmã mais nova vai junto. Antes de entrar para ver como Gracie está e para coordenar o processo de ir para a cama, ela lê mais algumas páginas.

Pouco depois de as meninas irem dormir, Beth leva o livro para a cama, mais cansada do que teria o direito de estar depois de um dia livre tão luxuoso. Tem a esperança de terminar o próximo capítulo, talvez até o livro todo, mas seus olhos se fecham antes de virar uma página.

Ela cai num sono profundo, pensamentos não processados sobre a garota autista da história buscam elementos semelhantes descobertos alguns meses antes sobre o personagem principal de *The Curious Incident of the Dog in the Night-Time*. Distante das pessoas. Confuso pelas emoções. Fascinado pela repetição. Uma inteligência fora do comum. Uma necessidade incontrolável por ordem. Uma série de blocos. Uma série de números. Sensibilidade a sons e ao toque. Persistência. Silêncio. Honestidade. Bravura. Incompreensão.

Esses elementos se combinam no sono, transformando-se em algo novo, algo que não se pode mais distinguir como pertencente à garota em *The Siege* ou ao garoto do outro livro. É um pré-pensamento, a sombra de uma ideia se formando.

A sombra viaja por sua mente, ganhando força, se entremeando naquele conto sobre o mundo imaginário de um garoto peculiar, se fundindo com a imagem de um cata-vento girando e o barulho de um grito, absorvendo a memória de um garotinho e a alegria nos olhos dele enquanto alinhava pedras na praia. E, então, depois de coletar os elementos e o poder necessários, através de uma alquimia neurológica ainda não descrita em nenhum livro, essas muitas imagens e esses sons dentro da sombra em sua mente se organizam, primeiro em um coro e, por fim, em uma única voz. A sombra não é mais uma sombra. Torna-se uma inspiração.

Naquela noite, um garoto de olhos e cabelos castanhos frequenta seus sonhos, um garoto que vê, ouve e sente o mundo de maneira única e quase inimaginável. Ela não o conhece, mas sua mente, sim. Ela o vê claramente. O garoto tem vida e é real. Ela o entende. Ainda está sonhando com esse menino quando é acordada de manhã pelo despertador.

Às nove, deixa as filhas no centro comunitário, deseja-lhes um bom dia, e Sophie bate a porta do carro. Em seguida, Beth vai direto para a biblioteca.

Ela sobe as escadas e olha para o relógio, que marca 9h15. Sentada na mesma cadeira do dia anterior, abre o caderno, destampa a caneta, respira fundo e começa a escrever na voz do garoto do sonho.

CAPÍTULO 12

Estou deitado no deque do quintal, olhando para o céu. Olhar para o céu é umas das minhas atividades favoritas, especialmente num dia sem nuvens. Num dia sem nuvens, eu olho para o céu azul e amo fazer isso. Olho para o céu azul por tanto tempo, e amo tanto isso, que saio da minha pele e me disperso nele, da mesma maneira como as poças de chuva voltam para o céu num dia quente.

Deixo o garoto deitado no deque e me torno o céu azul. Sou o céu azul e estou acima da terra e do garoto deitado no deque, estou flutuando e sou livre. Sou o céu azul e sou o ar, flutuando nas ondas do vento, rodopiando e soprando, sem peso e quente sob o sol, acima da terra e do garoto no deque.

Sou o céu azul e sou o ar. Estou por toda parte.

Sou o céu azul e estou soprando ar nos pulmões. Sou a respiração. Entro e saio de esquilos e pássaros, minha mãe e meu pai e as folhas verdes nas árvores. Sou o ar se transformando em energia dentro dos corpos, se tornando parte do que está vivo lá dentro. Sou corações, ossos e pensamentos, palavras não ditas dentro da cabeça do garoto deitado no deque, os músculos do meu pai, a tristeza da minha mãe. Sou o céu azul e o ar e a respiração e a energia, uma parte de todas as coisas vivas à minha volta.

Olho para cima, para o céu sem nuvens, estou em toda parte, ligado a todas as coisas vivas. Olho para baixo, para o garoto deitado no deque. Ele está feliz.

CAPÍTULO 13

David acompanha Olivia até a cozinha, se demorando um pouco e olhando em volta enquanto caminha, provavelmente inspecionando a situação dos pisos e do caixilho das janelas, avaliando o valor atual do imóvel. É mais forte do que ele. Olivia serve uma taça de vinho para o ex-marido.

— O chalé está bonito.

— Obrigada. Está com fome? Fiz uma salada — diz ela.

— Não, comi um sanduíche de lagosta no caminho. O vinho está bom. Trouxe isto para você.

Ele lhe entrega um pequeno saco de papel.

— Da Aunt Leah's — diz Olivia, sorrindo, chacoalhando o embrulho, sabendo o que é mesmo antes de abrir e ver o pedaço de torta de chocolate.

— Você parece bem — comenta ele.

— Você também.

Parece mesmo. Está usando uma camisa de algodão xadrez, aberta e por fora da calça, sobre uma camiseta cinza, jeans e sapatos italianos de couro preto. O cabelo, preto mas grisalho nas têmporas e nas costeletas, está muito mais comprido do que de costume. Era grosso e liso quando curto, mas esse novo comprimento, não penteado e bagunçado, revela o ondulado natural e os redemoinhos. Olivia gostou.

Todo o resto continua igual. A pele oliva, os óculos de armação escura, o pomo de adão pronunciado, os olhos castanhos, como os dela, só que mais escuros. Como os de Anthony. E então ela nota as mãos de David, seus dedos vazios. Sem aliança.

— Desculpe não ligar antes, mas eu precisava muito ver você e achei que me pediria para não vir.

— Vamos sentar na sala.

Ele a acompanha, e os dois se sentam lado a lado no sofá a uma distancia respeitosa. David olha para a parede acima da lareira, para a foto de Anthony. Amor, alegria e dor tomam conta do rosto dele, de uma vez e na mesma proporção, como se cada emoção estivesse lutando para se sobrepor às demais. Ele solta um suspiro longo e audível, tentando se livrar daquela sensação, e toma um gole de vinho.

— Eu vou me mudar.

— Para onde? — pergunta Olivia, temendo imediatamente que ele diga que vai para *lá*.

— Chicago.

Ela ainda está processando a surpresa da visita não anunciada, da presença de David, ali, sentado ao seu lado no sofá da sala. E agora isso. Nascido e criado na região de South Shore em Boston, formado na Faculdade de Boston e administrando uma empresa com os pais e o irmão desde então, David tinha vínculos fortes e duradouros com aquela região. Se Olivia ficou surpresa quando ele chegou, agora está em choque.

— Por que Chicago?

— Não sei ao certo. Sully está lá e sempre diz que eu deveria ir trabalhar para ele. Mas principalmente porque não é Hingham. Preciso sair de lá. Tudo me faz lembrar que perdi Anthony. — Ele olha para a foto acima da lareira, como se estivesse incluindo Anthony na conversa, e então volta a encarar Olivia. — E você, Liv. Tudo me faz lembrar que perdi Anthony e você.

Tudo na sala fica paralisado. Olivia não bebe o vinho nem come o chocolate. Ela olha nos olhos de David e espera, absorta, tentando não afugentar o que ele parece finalmente pronto para dizer.

— Preciso ir para algum lugar novo, onde eu não veja você e Anthony em todo canto. Só de passar pelo quarto dele, meu dia acaba. É horrível. E não é só a casa, é todo mundo. Meus pais, Doug, todo mundo fala comigo com aquela voz triste e cuidadosa, olha para mim com preocupação, e é o que eu provavelmente faria se fosse eles, só que não aguento mais. Não posso mais ser o sujeito triste o tempo todo, sabe?

Ela assente, pois sabe como é.

— Não posso ser essa pessoa todo santo dia. Quero ser David Donatelli. — A voz dele evapora ao dizer o próprio nome. David seca os olhos. — Mal consigo me lembrar de quem eu costumava ser. Achei que ficaria mais fácil, mas não está ficando. Não está nem perto de ficar mais fácil.

— Eu sei, David. Eu sei.

— Tive até que mudar o sabão em pó porque era o cheiro de vocês. Não é uma loucura?

Olivia balança a cabeça. Não é loucura de jeito nenhum. Ela fez a mesma coisa.

— Então, Chicago — continua ele, como se fosse a resposta óbvia, como dois mais dois são quatro.

— Mudar de casa me ajudou. Vai ajudar você.

Nantucket a salvou de ver qualquer pessoa que conhecia, de se deparar com os olhares bem-intencionados mas devastadores de pena, de cheirar o travesseiro de Anthony e pegar os sapatos dele, de viver dentro das paredes coloridas do que deveria ser o lar feliz deles. Olivia está surpresa por ela e David terem sentido tantas emoções parecidas. E está ainda mais surpresa que ele esteja ali sentado, conseguindo articular esses pensamentos tão bem, se comunicando.

Se ao menos...

— Além do mais, sou um homem sozinho em uma casa de quatro quartos na zona residencial. Está na hora de partir para algo que faça mais sentido, sabe?

— Vai vender a casa?

O mercado não está bom para vender, e ela desconfiava que David fosse mantê-la, alugar e esperar as coisas melhorarem.

— Já coloquei à venda com Doug. Posso deixar suas coisas com ele por enquanto, se quiser.

— Pode ser.

— E você? Acha que vai se mudar?

— Para onde eu poderia ir?

— Pensei que fosse voltar para Georgia talvez, ficar perto da sua mãe e da sua irmã.

Olivia achava que acabaria voltando para casa, de volta aos braços da mãe e ao seu quarto de infância, especialmente durante aquelas primeiras semanas frias de março. Mas agora sabe que não vai fazer isso. Ela voltaria para a Georgia para fazer uma visita, mas nunca se mudaria para lá. Acabaria encontrando a mesma coisa de que David estava fugindo — a piedade bem-intencionada, os lembretes constantes da perda e a dor.

— Não, eu gosto daqui — responde ela.

— Como você está? Financeiramente. Sei que falamos em seis meses, mas se precisar de mais...

— Estou bem. Estou tirando fotos de novo. Faço retratos na praia. Estou ganhando o suficiente por enquanto.

— Tem certeza?

— Tenho, é suficiente.

David observa a foto de Anthony novamente.

— Aposto que você é boa nisso.

Ela sorri.

— Até agora ninguém pediu o dinheiro de volta.

David olha em volta da sala, de novo com seus olhos de corretor, mas talvez também para evitar encarar Olivia ao seu lado e Anthony na parede.

— Imaginei que você fosse mexer mais na casa.

— Ei.

— Não, está bonito. Quero dizer que ainda não está parecendo com você.

Em Hingham, ela pintou todos os cômodos assim que se mudaram. Amarelo-ouro, turquesa-claro, verde-água. Paredes quentes e acolhedoras envolviam todos os espaços. Ali, todas as paredes continuam brancas, não pintadas. E a mobília, as obras de arte e as quinquilharias são esparsas e neutras, as mesmas peças colocadas às pressas logo que a casa foi comprada a tempo de receber os primeiros inquilinos.

— Gostei disso — comenta ele, se referindo à tigela de vidro da mesa de centro cheia até a borda de pedras brancas e redondas. Olivia as vê por toda parte.

— Obrigada.

— Eu gosto daqui. Sempre achei que íamos acabar vindo para cá. Juntos. Um dia.

— Eu também.

— Nós tínhamos tantos sonhos grandiosos antes…

"Antes." A palavra paira sozinha no ar, se recusando a aceitar companhia.

David se aproxima da mesa e pega uma pedra do topo da pilha. Fecha a mão sobre ela e depois os olhos, como se estivesse fazendo um pedido. Então abre os olhos e a mão e devolve a pedra para a tigela.

— Está ficando tarde — diz ele, olhando para o relógio. — Preciso ir se quiser pegar a última balsa.

— Você pode ficar se quiser.

Ele inclina a cabeça e a observa, sem entender direito o convite.

— O quarto de hóspedes já está feito. Não tem problema.

Ele parece aliviado. E desapontado.

— Tem certeza?

— Tenho. Podemos ir ao The Bean de manhã antes de você ir embora, como nos velhos tempos.

Ele sorri.

— Eu gostaria de fazer isso. E de um pouco mais de vinho, se você tiver.

Está tarde. Faz umas duas horas que Olivia foi para a cama e ainda está acordada. Ela ouve a porta do quarto de hóspedes se abrir e David ir para a sala. Então ouve o rangido da porta dos fundos. E o barulho da porta de tela se fechando. Ela espera e fica com os ouvidos atentos. Mas não ouve nada. Então se levanta, vai até a sala, abre a porta de tela e sai. David está deitado de costas em um cobertor sobre a grama, olhando para o céu.

— David?

— Oi.

— O que você está fazendo?

— Não consigo dormir.

Olivia vai até ele e deita ao seu lado. É um cobertor, o que torna difícil ficar deitada ao lado dele sem tocá-lo. Ela cola os cotovelos ao lado do corpo.

— As estrelas são maravilhosas aqui — comenta David.

— É. Eu amo o céu aqui.

— Nunca vi deste jeito. E aquela lua. É incrível.

A lua está quase cheia, um branco amarelado claro e brilhante, as marcas de sua superfície visíveis, e o céu à sua volta azul-claro. O restante do céu está totalmente preto, salpicado de estrelas brancas e brilhantes por toda parte. Olivia encontra primeiro a Ursa Maior, em seguida a Ursa Menor e Vênus. É tudo o que conhece. Realmente devia aprender mais sobre as constelações.

Os dois continuam olhando para o céu. Os olhos dela se ajustam à escuridão, e mais estrelas aparecem. E então, por incrível que pareça, mais outras. Uma estrela depois da outra, névoas sutis de luz, camadas de galáxias de energia existindo, queimando, brilhando, a distâncias incomensuráveis deles. Ela imagina os dois vistos de cima — dois corpos minúsculos respirando deitados em um cobertor na grama em uma pequena ilha cinquenta quilômetros mar adentro. Dois pequenos corpos que um dia sonharam com uma vida juntos, que tiveram um filho lindo juntos, ali deitados lado a lado em um cobertor na grama, observando o infinito.

— Está vendo? — Ele aponta para o alto, desenhando um W com o dedo no céu. — Cassiopeia.

— Incrível.

Uma noite de céu claro em Nantucket é realmente impressionante. Mesmo que esteja suficientemente visível para chamar atenção, o céu à noite não impressiona em Hingham. Também não impressiona em Chicago. Ela pensa em David vivendo lá, cercado de arranha-céus e luzes urbanas, andando pela beira do lago Michigan, olhando para o céu em uma noite clara e vendo apenas escuridão enquanto Olivia pode ver tudo isso.

A noite está fresca e sem insetos graças ao vento constante. Olivia sente um calafrio, precisando de mais do que sua camisola de algodão sem mangas. David se aproxima, fazendo os ombros, os quadris e as pernas dos dois se tocarem, e entrelaça os dedos sem aliança nos de Olivia; a mão dela aceita a dele. O toque de seu corpo, o calor de sua mão, familiar e reconfortante, a aquecem.

— Eu sinto a sua falta — diz ele, ainda olhando para o céu.

— Eu também.

— Eu assinei os papéis.

Como ela já viu acontecer, David demora mais para aceitar as coisas, mas uma hora a ficha cai. E foi o que aconteceu.

Olivia aperta a mão dele.

— Eu precisava ver você, ter certeza de que está bem, antes de ir embora — diz ele.

— Eu estou.

— Está, sim.

— Você também vai ficar.

Eles ficam de mãos dadas olhando para o céu. A lua, as estrelas, os céus, o Universo. É um céu que quase conseguiria fazê-la acreditar em Deus de novo, que o incompreensível na verdade é ordem divina, que tudo é como deve ser.

Se ao menos...

CAPÍTULO 14

Beth acorda assustada, se senta na cama, prendendo a respiração, os olhos arregalados, prestando atenção. "O que foi isso?" Ela olha para o despertador: 3h23 da manhã. De novo. Os nervos dela saltam. Ela endireita mais o corpo e arregala mais os olhos.

Alguém está andando no andar de baixo, alguém de andar pesado, alguém grande, não uma das meninas. Ela não costuma trancar nada, nem a casa nem o carro, desde que se mudou para lá. Ninguém sabia disso. Só os veranistas trancam as casas e os carros em Nantucket. Qualquer um podia entrar. Mais um barulho. Alguém está aqui. Um ladrão? Um estuprador?

Jimmy?

Beth sai do quarto, o coração acelerado, desejando não ser o único adulto da casa para mandar alguém investigar o barulho. Ela para no alto da escada e presta atenção. Não ouve nada. Talvez tenha imaginado coisas. Estava tendo sonhos extremamente vívidos nos últimos tempos. Talvez tenha sonhado o som. Quando está prestes a voltar para a cama, vem o rangido do piso de madeira. Não é sua imaginação. Não é um sonho.

Antes de enfrentar a escada, ela vê a bolsa de tênis de Jessica no corredor. Abre o zíper, pega a raquete da filha e a segura como se fosse uma espada. Ela não sabe ao certo de que iria servir uma raquete de tênis se encontrasse um ladrão ou um estuprador na casa (seu saque nunca foi forte), mas sente pelo menos um pouco de conforto por ter algo para segurar.

Mirando a raquete-espada à sua frente, ela desce a escada na ponta dos pés, atravessa a sala e entra na cozinha. Conta até três, acende a luz, e lá está ele, sorrindo, pego no flagra. E totalmente bêbado.

— Jimmy, que diabos você está fazendo aqui?

Ele pisca, franze a testa e coloca a mão sobre os olhos como se fosse um visor, tentando ajustar a visão às luzes da cozinha depois de perambular na escuridão completa. Seu rosto está suado, o boné do Red Sox, virado para trás e torto, e ele fede a charuto e bebida.

— Vim trazer isto para você.

Ele segura um envelope branco do tamanho de um cartão.

— Ah, não. Pode dizer para sua namorada que meu aniversário é em outubro, e não quero mais nenhum cartão dela, nunca mais.

— É meu, e ela não é minha namorada.

O coração de Beth para. Se Jimmy disser "Ela é minha noiva", iria bater nele com a raquete até matá-lo. Ela jura por Deus.

— Nós terminamos. Eu saí de lá.

O sangue volta para a cabeça de Beth. E ela diminui a força com que segura a raquete.

— Bom, sinto muito que não tenha dado certo para vocês dois, mas você não pode simplesmente voltar para cá.

— Não é isso. Eu só queria entregar isso para você.

Ele oferece o cartão a Beth.

Apreensiva de tocar o que quer que esteja naquele envelope, ela estende a raquete-espada com cuidado, e Jimmy deposita o cartão sobre a tela. Segurando a raquete na frente do corpo como se tivesse um rato morto ou algo nojento e talvez venenoso em cima, ela atravessa a cozinha e deixa o envelope sobre a mesa.

— Pronto, peguei. Pode ir embora agora. — Beth aponta sua "arma" para a porta.

— Podemos conversar antes?

— Não, você não está em condições de conversar sobre nada.

— Eu estou bem.

— Você não cheira nada bem.

— Por favor.

— Está tarde.

— Preciso falar com você.

— Você teve *meses* para falar comigo. Só quer conversar comigo agora porque sua namorada o expulsou.

— Ela não é minha namorada e não me expulsou. Eu fui embora. Terminei tudo.

— Você precisa ir embora — diz Beth da maneira mais enérgica que consegue sem levantar a voz. Não quer acordar as meninas.

— Você pode abrir o cartão antes de eu ir?

— Não.

Ela vira para sair da cozinha. Se Jimmy não quer ir embora, ela vai. É madrugada. Ia voltar para a cama.

— Beth. — Jimmy segura a mão livre dela, fazendo-a parar. — Olhe para mim.

Ela vira.

— Eu sinto sua falta — diz ele.

— Que bom.

— De verdade.

— Você só está sentindo minha falta agora porque está sozinho.

— Eu senti sua falta o tempo todo.

— Você precisa ir embora.

Ainda segurando sua mão, Jimmy a puxa e a beija. Ele tem gosto de suor, cerveja e charutos. Beth devia ter sentido repulsa e ficado ofendida. Devia acertá-lo na cabeça com a raquete. Mas, por alguma razão inexplicável, solta sua arma e se entrega ao beijo.

Jimmy começa a tirar sua camisola, e ela deixa. Continua beijando-a, arranhando seu rosto com a barba; Beth retribui o beijo, e em algum lugar de sua cabeça, uma parte indignada grita: "O QUE

VOCÊ ESTÁ FAZENDO?!" Mas a outra parte está bem calma, respondendo: "Shhhh, vamos conversar sobre isso mais tarde. Agora fique quieta e abra o zíper da calça dele."

Quando se dá conta, os dois estão no chão da cozinha. Beth está nua, e Jimmy, com a calça na altura dos joelhos, mas continua de camisa e sapatos. Nos 15 anos em que se conheciam, nunca fizeram sexo no chão da cozinha. Aliás, Beth nunca ficou nua em nenhum lugar da casa além do próprio quarto e do banheiro.

A coisa toda é urgente, faminta e objetiva e, apesar da dor do piso de madeira contra os ossos de sua coluna e de acabar em mais ou menos um minuto, é, por incrível que pareça, uma boa transa. Uma idiotice completa, e é muito provável que se arrependa, mas surpreendente e inegavelmente boa.

Suas orelhas ficam alertas. Está ouvindo uma das meninas no andar de cima? Oh, meu Deus, ela e Jimmy fizeram muito barulho, e agora uma das garotas está descendo a escada para ver o que está acontecendo. Beth afasta Jimmy e tenta recolocar a calcinha e a camisola.

— Rápido, acho que as meninas ouviram — sussurra ela. — Vista a calça.

Ele tenta escutar e não se move.

— Não estou ouvindo nada.

Jimmy está certo. Tudo em silêncio.

— Você precisa ir embora.

— Tudo bem, mas podemos conversar?

A calça continua nos joelhos.

— Agora não. Outra hora. De dia, quando você não estiver bêbado e estiver vestido.

Ele sorri, aquele sorriso maluco que ainda a faz derreter.

— Tudo bem.

— Agora vá embora.

— Tudo bem, tudo bem. Cadê meu boné?

— Ali. — Beth aponta para o balcão, onde tinha atirado o boné.

Ele o ajeita na cabeça, do jeito certo dessa vez.

— Eu senti sua falta.

— Vá.

— Tudo bem. — Ele vai até a porta. — Vejo você depois, certo?

Beth assente, e Jimmy vai embora. Ela torce para que ele esteja sóbrio o suficiente para dirigir até onde quer que estivesse indo. E se pergunta aonde ele está indo. E se pergunta sobre o que ele queria conversar. E que diabos acabou de acontecer.

A parte dela que terá de enfrentar Petra e as outras amigas, até Georgia, está envergonhada e se sentindo idiota com o acontecido. A parte dela que tem a impressão de estar constantemente ameaçada, como se tivesse sido colocada sem seu consentimento em uma competição injusta com aquela vadia, Angela, se sente vitoriosa com o que acabou de acontecer. Mas o resto dela não sabe como lidar com aquilo.

Beth vai até a mesa da cozinha e abre o cartão.

Beth, me desculpe. Eu amo você. Por favor, me aceite de volta.
Com amor, Jimmy.

CAPÍTULO 15

São dez e meia da manhã, e Beth está na biblioteca. Está escrevendo. O texto começou como um conto, inspirado em um sonho, mas logo está se tornando outra coisa, algo mais substancial: uma coleção de histórias interligadas, uma novela ou talvez até um romance. Ela ainda não sabe.

Está escrevendo sobre um garoto com autismo, mas a história dele é diferente de *The Siege*, de *The Curious Incident of the Dog in the Night-Time* ou de qualquer outro livro que tivesse lido sobre autismo. Sua história é sobre um garoto com autismo que não fala, mas ela está escrevendo do ponto de vista dele, dando voz a uma criança sem voz.

Naquela manhã, está usando seu caderno em vez do laptop de Sophie. Ela consegue escrever bem mais rápido do que digitar, mas, mesmo com a caneta, faz um enorme esforço para sua mão se mover tão rápido quanto as palavras surgem em sua imaginação, segurando a caneta com tanta força que seus dedos estão com câimbra. Beth para, balança a mão e olha para o que escreveu sobre como seu personagem acredita que a própria mente funciona.

Escuto o tempo todo que meu cérebro não funciona direito. Dizem que ele tem um defeito. Minha mãe chora por causa do meu cérebro defeituoso, e ela e meu pai brigam por causa do meu cérebro defeituoso, e as pessoas vêm até minha casa todo dia para tentar consertar meu cérebro defeituoso. Mas ele não me parece quebrado. Acho que estão errados sobre meu cérebro.

Não é como meu joelho quando caio na entrada de casa e machuco a pele, e a pele machucada sangra e dói e às vezes fica cor-de-rosa, branca ou azul e roxa. Quando caio e machuco a pele, dói, e eu choro, e minha mãe coloca um curativo do Barney na minha pele machucada. Às vezes o curativo do Barney perde a cola na banheira e se solta, e a pele ainda está cor-de-rosa e machucada, e eu pego outro curativo do Barney. Mas, depois de alguns banhos, o curativo do Barney se solta, e a pele está boa.

Meu cérebro não dói, meu cérebro não sangra. Meu cérebro não precisa de um curativo do Barney.

E não está quebrado como a caneca de café que derrubei da mesa ontem e se quebrou em três pedaços quando caiu no chão, e meu pai disse que podia colar de volta, mas minha mãe disse para esquecer, que não podia colar, e jogou os três pedaços que costumavam ser a caneca de café branca no lixo. Coisas quebradas estão arruinadas e vão para o lixo.

Meu cérebro não caiu no chão, não se quebrou em três pedaços nem deve ir para o lixo.

E não está quebrado como a formiga em que pisei e se partiu e ficou amassada, por isso não consegue mais se mover e está morta. Coisas mortas estão quebradas para sempre. A formiga está quebrada, mas meu cérebro não está. Meu cérebro ainda consegue pensar na formiga e lembrar o som de seu corpo se partindo embaixo do meu sapato, então meu cérebro ainda funciona.

Meu cérebro não está morto como a formiga.

Eu gostaria de poder dizer que meu cérebro não está quebrado para eles pararem de chorar e brigar e pessoas pararem de vir à minha casa para me consertar. Elas me deixam cansado.

Meu cérebro é feito de diferentes quartos. Cada quarto é para uma coisa diferente. Por exemplo, tenho o Quarto dos Olhos para ver coisas, e o Quarto dos Ouvidos para ouvir coisas. Tenho o Quarto das Mãos, o Quarto da Memória (que parece o escritório do meu pai, cheio de gavetas, pastas e caixas cheias de papéis), o Quarto de Coisas Novas, o Quarto dos Números (meu favorito) e o Quarto do Horror (eu gostaria que esse quarto estivesse quebrado, mas está funcionando direitinho).

Os quartos não encostam um no outro. Existem corredores compridos e circulares entre cada quarto. Se estou pensando em alguma coisa que aconteceu ontem (como quando derrubei a caneca branca), estou no meu Quarto da Memória. Mas, se quero assistir ao vídeo do Barney na tevê, preciso sair do Quarto da Memória e entrar no Quarto dos Olhos e, às vezes, no dos Ouvidos.

Às vezes, quando estou nos corredores viajando para um quarto diferente, eu me perco e fico confuso e preso No Meio do Caminho, e sinto que não estou em lugar nenhum. É quando parece que talvez meu cérebro esteja com um algum defeito, mas sei que só preciso encontrar o caminho para um dos quartos e fechar a porta.

Mas, se tem muita coisa acontecendo ao mesmo tempo, posso ter um problema. Se estou contando os ladrilhos do chão da cozinha (180), estou no Quarto dos Números, mas se minha mãe começa a falar comigo, preciso ir para o Quarto dos Ouvidos para escutar. Mas quero ficar no Quarto dos Números porque estou contando e gosto de contar. Mas minha mãe continua falando, e o barulho dela fica cada vez mais alto, e me sinto pressionado a sair do Quarto dos Números e entrar no Quarto dos Ouvidos. Então vou para o corredor, mas ela pega a minha mão, e eu levo um susto que me força a ir para o Quarto das Mãos, que não é aonde eu queria ir, e ela está falando comigo, mas não consigo ouvir o que está dizendo porque estou no Quarto das Mãos e não no dos Ouvidos.

Se ela soltar minha mão, posso ir para o Quarto dos Ouvidos. Ela está dizendo: "Olhe para mim." Mas, se eu olhar para ela, preciso sair do Quarto dos Ouvidos e entrar no Quarto dos Olhos e não vou conseguir ouvir o que ela está dizendo. Então não sei o que fazer, estou vagando pelos corredores e não consigo decidir aonde ir; estou No Meio do Caminho e é quando eu tenho problemas.

Se eu ficar nos corredores por tempo demais e não entrar em um quarto para me sentir seguro, posso ficar preso no Quarto do Horror, e não é fácil sair de lá. Às vezes fico trancado dentro daquele quarto assustador por muito tempo, e o único jeito de sair é gritar o máximo que puder, porque às vezes meu grito muito alto faz a porta abrir e me levar direto para o Quarto dos Ouvidos.

O barulho da minha própria voz é a única coisa que pode fazer todo o resto sumir.

Minha voz faz gritos e sons, mas não palavras.

Mas esse não é um quarto quebrado dentro do meu cérebro. Eu converso comigo mesmo com palavras dentro do meu cérebro sem nenhuma dificuldade. Acho que talvez eu tenha lábios quebrados, ou uma língua quebrada, ou uma garganta quebrada. Eu gostaria de poder dizer para minha mãe e meu pai que minha voz está quebrada, mas meu cérebro está funcionando, mas não consigo, porque minha voz está quebrada. Eu gostaria que eles descobrissem isso sozinhos.

CAPÍTULO 16

25 de janeiro de 2004

Ontem não foi um dia bom. Tive um surto enorme e horrível.

Isso tem acontecido com uma frequência cada vez maior. Minha terapeuta acha que eu deveria começar a tomar antidepressivos. Acho que é algum tipo de piada de mau gosto. Estou procurando, implorando e rezando por um remédio que conserte tudo, e essa é a resposta para minhas malditas preces? Anthony tem autismo, então vamos ME *dar antidepressivos — problema resolvido!*

Que tal um remédio para ELE*?! Que tal? Um remédio que de fato funcione, por favor. Que tal uma receita que o faça falar e empilhar blocos em vez de mexer nos interruptores e de gritar e de gemer e de ranger os dentes? E que tal um remédio que não o transforme em um zumbi dopado nem em um psicótico furioso louco de crack? Que tal? Que tal algo que não o faça vomitar nos lençóis e nos tapetes e em mim? Que tal?*

Mas, não, vamos ME *dar um remédio. Tudo vai ficar melhor agora.*

Anthony tem pelo menos um surto por dia, e agora eu tenho pelo menos um surto por dia; e, como não conseguimos lidar com os dele, vamos lidar com os meus. Vamos cuidar de mim para que todo mundo possa lidar com o autismo de Anthony.

Minha terapeuta me receitou um antidepressivo mês passado. Joguei a receita fora. Entendo o raciocínio dela, mas fiquei com ódio. Estou tentando não a odiar. Se estou deprimida, que seja. Parece uma reação bem normal para minha vida agora. Se ela tivesse minha vida, também estaria deprimida. Qualquer um estaria. Ela pode ficar com sua solução simples e limpinha para todos os meus problemas. Eu prefiro o vinho, muito obrigada.

Então, a crise de ontem. Fui ao mercado sozinha, David ficou em casa com Anthony, e eu estava de bom humor. Adoro ir ao mercado sozinha. Então voltei para casa e a primeira coisa que vi quando abri a porta foi Anthony em pé no meio da sala. Ele me olhou de soslaio e então começou a pular, cotovelos grudados nas costelas, balançando as mãos, gritando. Esse é Anthony feliz em me ver. E a primeira coisa que pensei foi: "Olá, Anthony. Também estou feliz em ver você."

Então pensei: "Talvez eu devesse tentar." Se ele não nos imita, talvez eu devesse copiá-lo. Soltei as sacolas de compras, forcei um grito agudo e comecei a pular e balançar os braços.

Então lá estávamos nós — David no sofá assistindo ao aquecimento de uma partida de futebol americano, e Anthony e eu gritando, pulando e balançando as mãos. Pareceu forçado e estranho, como se eu estivesse zombando dele. Pareceu errado. Não é assim que as pessoas demonstram alegria, animação nem amor. E pensei: "Pareço uma retardada." E senti tanta vergonha por pensar nessa palavra. Odeio essa palavra.

Por que ele não pode simplesmente sorrir e dizer: "Oi, mãe, que bom que você chegou"? Porque não. Porque tem autismo. Eu ODEIO *o autismo. Então ele grita, balança as mãos e parece um retardado, e esse é Anthony demonstrando alegria, e não consigo me unir a ele e demonstrar alegria.*

E então pensei: "É isso." Isso é tudo o que vou receber. Nada de abraços nem beijos. Nem "Oi, mãe", nem "Eu amo você, mãe". Nenhum cartão de Dia das Mães feito por Anthony. Ele pula, balança as mãos e grita, e é assim que demonstra alegria. É como demonstra amor. E é isso.

Às vezes, eu consigo ser grata por isso. Consigo mesmo. Mas ontem não consegui aguentar. Eu estava furiosa, só isso. Racionalmente, sei que é o melhor que ele consegue fazer, e eu o amo por isso. Eu não estava furiosa com ele. Estava furiosa com Deus.

Deixei Anthony e as sacolas de compras, liguei para o padre Foley e descarreguei tudo nele. Que tipo de Deus horrível daria autismo a um garoto? Que tipo de Deus afligiria uma criança pequena com esse tipo de sofrimento? Por quê? Por que Anthony não consegue conversar conosco? Por que ele não consegue olhar para mim, sorrir, dizer "Mamãe!" e vir correndo para os meus braços como os outros garotos fazem? O que ele fez para merecer esse tipo de vida? O que eu fiz para merecer isso? Por quê?

Então o padre Foley disse um monte de palavras inúteis, alguma coisa sobre a vontade permissiva de Deus, manifestações do mal e o pecado original. Não sei direito. Tudo se transformou num borrão sem sentido. Não falei nada. Eu ainda estava com POR QUÊ *na boca, esperando uma resposta de verdade.*

Então ele disse: "Continue rezando, Olivia. Deus vai ouvir se você rezar para Ele."

E foi nesse momento que tive meu surto. Falei alguma coisa como: "Eu não quero que Ele me ESCUTE. *Quero que Ele* FAÇA *alguma coisa. Quero* RESPOSTAS, *cacete! Estou cansada de rezar. Fodam-se as orações. Chega de rezar. Cansei de Deus."*

Então joguei o telefone do outro lado da sala e comecei a gritar e chorar com se estivesse sendo assassinada, como se isso estivesse me matando.

E, sabe, acho que está. Isso está me matando.

David perdeu o primeiro tempo do jogo tentando me acalmar. Tomei uma garrafa de vinho enquanto ele assistia ao segundo tempo e fui dormir sem jantar.

Acordei hoje com a pior dor de cabeça da minha vida. Tomei quatro remédios para enxaqueca com um copo grande d'água, e a pior dor de cabeça da minha vida tinha passado até a hora do almoço.

Temos comprimidos para dores de cabeça. Temos antidepressivos para a tristeza. E temos Deus para os fiéis.

Não temos nada para o autismo.

Olivia tinha esquecido completamente aquele surto, que ficou guardado em uma caixa, trancado e enterrado no porão de sua mente, mas, depois de reler aquele trecho do diário naquela manhã, lembrou-se do episódio como se fosse ontem. Aquelas emoções horríveis e poderosas que tomaram conta dela seis anos antes, despertadas pela memória, voltam a se revirar lá dentro, mas parecem mais brandas e deslocadas agora, como a sombra de outra pessoa.

É o fim da manhã, e ela está caminhando por entre hordas de turistas na cidade, uma tentativa de se distrair de si mesma. Não tem um destino certo, talvez o The Bean, a biblioteca, a Aunt Leah's para comprar mais torta ou talvez ela simplesmente fique caminhando. Caminhar era o plano.

Quando caminhar é o plano, ela costuma ir à Fat Ladies Beach ou à Bartlett's Farm, lugares onde podia se mover livremente e se perder na natureza. Então é estranho escolher ir para lá, confinada nas estreitas calçadas de tijolos, seu ritmo natural restrito pelo passo arrastado dos turistas à frente, bombardeada por todos os lados por consumidores e pela conversa unilateral dos celulares.

Sentindo o telefone vibrar dentro da bolsa, Olivia para de andar e procura o aparelho. Ela o encontra no quarto toque.

— Alô? — Ela espera. — Alô?

Observa o código de área e não o reconhece, mas isso não é raro. Pessoas do mundo todo iam a Nantucket. Já fez retratos na praia para famílias da Califórnia ou da Alemanha. Ela começa a ficar preocupada com a possibilidade de ter esquecido uma sessão de fotos matutina e de a família estar esperando ansiosamente em alguma praia. Mas a preocupação não é real. Ela sabe que tirou o dia de folga.

Olivia olha para a frente e se dá conta de que está diante da igreja de St. Mary. É uma igreja linda, com um exterior de tábuas brancas, grandes portões de teca polida e uma torre de dois andares sem sino. Uma estátua simples de Nossa Senhora, esculpida em mármore branco, fica no gramado da entrada, dando as boas-vindas de braços abertos aos paroquianos.

Mas Olivia não é uma paroquiana. Maria não está *lhe* dando as boas-vindas. No dia do surto jurou nunca mais ir à igreja. Se Deus ia virar as costas, ela ia fazer o mesmo. Os dois podiam jogar esse jogo.

E, mesmo que tenha parado de frequentar a missa de domingo e receber os sacramentos, mesmo que culpe e odeie Deus, ainda rezava. Não fazia disso um espetáculo e parou de fazer o sinal da cruz, mas ainda sussurrava suas preces para Anthony. Ela rezava no chuveiro, enquanto escovava os dentes, parada no sinal vermelho, na fila do Costco para comprar fraldas para uma criança de seis anos, antes do jantar, antes de dormir. Continuou rezando, porque mesmo que tenha virado as costas para Deus, seu boicote era mais uma postura que uma convicção real. Ela ainda acreditava.

Até ano passado, quando parou de acreditar Nele.

Olivia continua andando pela Federal Street. Pessoas por toda parte ocupando todo espaço externo possível. Comendo e bebendo nas mesas externas, andando de bicicleta, passeando com cachorros, tomando café gelado nos bancos, olhando vitrines enquanto passeiam e conversam pelo celular. Um fluxo contínuo de pessoas de carro avança centímetros por vez em todas as vias, interrompendo a fila apenas para deixar montes de pedestres atravessarem a rua na faixa.

Ela faz uma pausa para decidir se deve voltar para casa e ir de carro a algum lugar com menos gente ou continuar andando por ali. Enquanto cogita uma caminhada na Bartlett's Farm, alguém esbarra nela, empurrando seu corpo para o lado.

— Cuidado, moça — diz um homem alto e magro por sobre o ombro sem parar de andar, sem ao menos diminuir o ritmo.

"Foi VOCÊ que esbarrou em MIM", pensa ela.

Olivia planta os pés no meio dos tijolos da calçada, em parte como um gesto de desafio e em parte porque não sabe aonde ir, prendendo-se ao chão enquanto dúzias de pessoas passam, nas duas direções, como se ela fosse uma pedra cercada de corredeiras selvagens. Estranhamente, ela se sente empacada naquele ponto e, ao mesmo tempo, ansiosa por permanecer ali.

Devia ter ido à praia.

E então se dá conta de onde está. Diante da igreja de St. Mary. De novo.

Oliva sabe que jurou nunca mais entrar em uma igreja, mas também jurou amar e louvar David até que a morte os separasse. E está se divorciando. Então já é alguém que rompe votos.

E talvez ainda acredite em Deus. Desde que David foi para Chicago, Olivia se flagrava em conversas com Ele de novo. Foi para a ilha a fim de se desligar de tudo e de todos, para ficar sozinha, e o isolamento autoimposto foi uma salvação necessária para sua alma ferida. Mas saber que David ainda estava em Hingham era uma tábua de salvação a que se apegava com todas as forças. Ela podia voltar. Talvez não para David nem para o casamento, ainda que, para ser sincera, também existisse essa possibilidade, mas para a casa deles, seu lar, sua vida. Agora ele está em Chicago, e não há para onde voltar. Não há nada que a ligue a sua antiga vida, ao antes. O antes desapareceu.

Outra família ia viver naquela casa, onde era para Anthony ter crescido e se tornado o melhor que ele pudesse ser, seja lá o que isso signifique, onde ela e David deveriam envelhecer juntos. Talvez outra pessoa tivesse essa vida lá. Alguém com mais sorte. Alguém abençoado.

Quando David ainda estava em Hingham, Olivia podia considerar sua vida em Nantucket uma experiência, uma visita, um período sabático, um estado de isolamento temporário. Era uma prática, um fingimento, um ensaio. Agora é para valer. Essa é sua vida. Está sozinha em Nantucket, e não tem volta.

Olivia se tornou um espaço vazio, e, apesar de sua dor e resistência, Deus se infiltrou de novo. Ela se pega conversando com Ele enquanto cozinha, enquanto lava roupa, enquanto anda pela praia. E reconhece que não está simplesmente falando sozinha. Está falando com Deus. E, então, é isso. Se está conversando com Deus, deve acreditar que Ele existe.

Ela faz as mesmas perguntas familiares, esperando em silêncio as respostas. E, nesses silêncios, sua solidão parece cortante demais, como se pudesse parti-la ao meio. Não é a solidão em relação a David nem mesmo a Anthony. Não desejava sua antiga casa nem seus amigos. Sua solidão é por causa das respostas. As respostas são a companhia que Olivia buscava.

E quer acredite em Deus ou não, ela sempre acreditou em sinais. Alguém ou alguma coisa a está chamando para a igreja. Olivia aperta o passo, passando pela Nossa Senhora, sobe os degraus, depois, com alguma relutância, abre umas das portas de teca brilhante e entra.

A igreja é menor que a de St. Christopher em Hingham e provavelmente abriga cerca de trezentas pessoas na missa do meio-dia de domingo. A iluminação é delicada, e, depois que seus olhos se ajustam, ela nota que tudo parece totalmente novo — o tapete vermelho, os bancos polidos, o lindo órgão de tubos, a coleção de cestas trançadas de Nantucket. E o ar-condicionado. O dinheiro da ilha está por toda parte.

Não há ninguém ali. A missa diária deve ter sido rezada mais cedo, e as confissões são feitas no sábado à tarde. Antes de ir até a parte da frente, Olivia se ajoelha diante de uma mesa de velas de oração. As velas não são de verdade. A cidade de Nantucket foi incendiada tantas vezes que todo mundo na ilha é, se não abertamente temeroso, pelo menos um pouco supersticioso com fogo — até mesmo, ao que parecia, os padres católicos.

Ela acende uma, ligando o botão, e a coloca na mesa. O brilho é laranja, mas não é tão satisfatório quanto uma chama de verdade. Ela "acende" outra vela para Anthony, como costumava fazer, e mais uma. Para David. Em seguida, fecha os olhos e tenta rezar, mas não consegue encontrar as palavras. Há muito tempo não reza para Deus na igreja. Ela junta a palma das mãos e tenta de novo. Nenhuma palavra.

Talvez deva usar as palavras de outra pessoa, uma oração pronta como "Ave Maria" ou "Pai Nosso". Ela começa sussurrando a "Ave Maria", mas para depois de "o Senhor é convosco". O verso parece memorizado e sem sentido, como se estivesse recitando uma cantiga de ninar. Não são as palavras que a levaram para lá. Deixando as três velas "acesas", ela vai até a parte da frente da igreja, atrás do altar, e encontra uma porta fechada. Olivia fica parada ali por mais de um minuto antes de reunir coragem suficiente para bater.

— Sim? Pode entrar.

Ela abre a porta e se depara com uma pequena sala. Um padre está sentado no centro de um sofá marrom exatamente embaixo de um crucifixo de latão pendurado na parede. Ele tem um livro fechado nas mãos. Uma luminária de leitura está acesa à sua esquerda. Há um biscoito intocado num prato branco no meio de uma toalhinha de crochê sobre uma pequena mesa de madeira à esquerda.

— Desculpe incomodar — diz ela.

— Não é incômodo nenhum. Por favor, entre e sente-se.

Há duas poltronas, uma modesta e coberta com uma capa floral e outra em estilo Queen Anne forrada com um tecido azul-pavão vibrante. Ela opta pela Queen Anne e se senta com as mãos unidas sobre o colo. Olha para o chão por um instante. Está coberto de hexágonos brancos e pretos. Anthony amaria esse piso.

— Sou Olivia Donatelli. Eu nunca tinha vindo a esta igreja antes.

— Bem-vinda à igreja de St. Mary. Sou o padre Doyle.

O padre Doyle tem a cabeça coberta de cabelos grisalhos e um rosto rosado e brilhante, corado de dentro para fora, e não pelo sol. Está usando uma camiseta preta de manga curta, calça preta, tênis preto, sem colarinho.

— Não sei ao certo por que estou aqui.

O padre Doyle espera.

— Eu abandonei a Igreja cinco anos atrás, mas continuei rezando.

— Você não abandonou a Igreja se está em comunhão com Deus.

— Bem, eu não chamaria de comunhão. Não existe conversa. Faço perguntas e não recebo respostas. Sou só eu falando comigo mesma, acho.

— Quais são suas perguntas?

Ela aperta as mãos e respira fundo.

— Meu filho tinha autismo. Ele não falava, não fazia contato visual e não gostava de ser tocado. E então ele morreu aos oito anos por causa de um hematoma subdural em consequência de uma convulsão. O que quero saber é: por quê? Por que Deus fez isso com meu filho? Por que ele veio para cá e foi embora tão cedo? Por que eu o tive? Qual foi o propósito da vida dele?

— São perguntas difíceis.

Ela assente.

— Mas são boas perguntas. São perguntas importantes. Fico feliz que você não tenha desistido de fazê-las.

— O que o senhor acha?

— Não entendo muito sobre autismo, mas sei que todo ser humano é feito como uma expressão do amor de Deus.

Ela já ouviu esse tipo de resposta condescendente da cartilha católica dos padres em Hingham, e era sempre o fim da conversa. Uma referência vaga ao amor universal de Deus não ajudava. Quando muito, intensificava a tempestade que já rugia dentro dela. Em geral Olivia já estaria de pé a caminho da porta depois de ouvir "expressão do amor de Deus". Mas, por algum motivo, talvez porque não se sentiu afrontada pela voz acalentadora do padre Doyle, talvez porque naquele dia estava sentindo mais paciência do que fúria, talvez porque estivesse gostando da poltrona azul onde estava sentada, ela continua ali.

— Todas as noites da vida dele, eu o coloquei na cama e disse: "Boa noite, Anthony. Eu amo você." E nunca soube se ele entendia o que eu estava dizendo. Quero dizer, não é que ele não nos entendia. Ele entendia bastante, mas o amor, não sei. Ele era bom com coisas concretas, regras específicas e rotinas. Ele gostava de ordem. Mas coisas sociais, pessoas, emoções compartilhadas, ele não parecia notar nem se importar com isso. Então eu não sei.

Olivia sabia que ele amava pedras, o dinossauro Barney e balanços, mas amar coisas é diferente de amar outra pessoa. O amor recíproco é diferente. Ele não a deixava abraçá-lo nem beijá-lo. Eles não se olhavam nos olhos. Anthony não conseguia dizer a ela o que sentia. Não conseguia pronunciar as palavras: "Boa noite, mãe. Eu também amo você."

— Mas você o amava mesmo assim.

— Claro. Eu o amava loucamente.

Ela range os dentes e engole em seco, tentando conter as lágrimas, mas não adianta. É impossível fazê-las parar. O padre Doyle lhe passa uma caixa de lenços de papel.

— Não sei se ele se sentia amado.

— Crianças surdas que nunca conseguem ouvir nem dizer as palavras "eu amo você" sentem amor. Crianças que nascem sem membros ou que perdem os braços e não conseguem abraçar ainda assim sentem amor. O amor é sentido para além de palavras e do toque. O amor é energia. O amor é Deus.

— Eu sei. E sei que outros pais têm filhos que nascem com deficiências ou têm câncer ou sofrem um acidente trágico, e sei que não sou especial nem mereço nada melhor, mas mesmo assim não entendo. Sinto que esses pais pelo menos conseguem dizer que amam os filhos, e é algo mútuo. E existe conforto nisso. Pelo menos essas mães podem abraçar os filhos e dizer: "Está tudo bem, eu estou aqui. Eu amo você." E essas crianças conseguem ver o amor da mãe nos olhos dela e senti-lo; eu nunca tive isso com Anthony. Se ele estivesse sofrendo, gritava e chorava, e nós não sabíamos qual era o problema nem como resolver. Não sabíamos se estava com dor de estômago ou de dente, se queria ir para o balanço ou se eu tinha tirado as pedras dele do lugar por acidente. Eu sentia que nunca conseguia chegar perto dele o suficiente para confortá-lo.

— E você? Você também precisava de amor e conforto — sugere o padre Doyle.

Ela assente e limpa as lágrimas do rosto.

— E agora Anthony se foi, e o pai dele e eu estamos nos divorciando, e não sobrou nada. Não ficou nada.

— Você ficou, e Deus ficou.

— Então onde Ele *está*? Onde Ele *esteve* nos últimos dez anos?

— Sei que pode ser difícil manter a fé. Esse tipo de adversidade pode fortalecê-la ou destruí-la. Até mesmo Jesus Cristo disse na cruz: "Meu Deus, meu Deus, por que me abandonaste?" Por mais difícil que seja para nós, seres humanos, entender, Ele está sempre presente.

— Eu me sinto totalmente sozinha.

— Você não está sozinha. Deus está com você.

— Não ouço nenhuma resposta às minhas perguntas.

— Você não vai ouvi-lo com os ouvidos. Precisa escutar com o coração, com o espírito. As respostas dele estão aí, dentro de você.

— Não sei — diz ela, balançando a cabeça.

— Continue fazendo suas perguntas. Continue se comunicando com Deus e tentando ouvir com o espírito.

Olivia assente, mas continua cética e sem saber ao certo com o que está concordando. Ela agradece ao padre Doyle pela conversa e diz que precisa ir. O padre coloca a mão no ombro dela e a convida para ir vê-lo quando quiser.

Ela passa pelo altar, pelas três velas "acesas", e sai. O dia claro, iluminado pelo sol, ofusca sua visão, forçando-a a franzir a testa e esperar. E, naqueles poucos segundos de olhos fechados, ela imagina Anthony — o cabelo castanho sem corte, os olhos castanhos e profundos e a alegria em seu sorriso. Ela sorri, amando o filho.

E, então, antes de descer os degraus da igreja, ela raciocina: se consegue ver Anthony sem os olhos, talvez consiga ouvir Deus sem os ouvidos.

"Deus, por que Anthony veio para cá? Por que ele tinha autismo?"

Olivia abre os olhos e tenta ouvir com o espírito enquanto anda pela calçada cheia de gente.

CAPÍTULO 17

Beth toma banho, se veste e prepara panquecas para o café da manhã. Ela embala três almoços, limpa a mesa, lava a louça e rega as plantas. Depois deixa as meninas no centro comunitário, vai para o centro e encontra uma vaga para estacionar na India Street sem dificuldades, grata por os turistas sempre dormirem até tarde. Tudo nessa manhã parece típico até ela entrar na biblioteca. E então tudo está diferente.

Tem alguém no seu lugar.

A criminosa é uma mulher mais velha, de pelo menos setenta anos, de cabelo curto, branco e brilhante, óculos grossos presos a uma corrente de contas em volta do pescoço. Com um lápis na mão, ela está fazendo o que parece ser um sudoku. Novelos de lã, agulhas de tricô e uma brochura estão visíveis na bolsa de tecido matelassado no chão ao seu lado. "Meu Deus, essa mulher vai passar o dia todo ali. Na minha cadeira."

Claro, Beth sabe que não é dona da cadeira. Não é a "cadeira dela". Mas se sentou naquele lugar todas as manhãs do verão. Ela gosta de se sentar de costas para as pilhas de livros, virada para a janela, podendo olhar para o relógio. Gosta do canto esquerdo da mesa, com espaço suficiente à direita para espalhar os cadernos, papéis e o laptop. E, para ser sincera, acredita nos poderes mágicos desse lugar.

Naquela cadeira específica, onde tinha escrito página por página sem duvidar de sua prosa, sem ridicularizar seu diálogo, sem se tornar refém do medo, sem parar. Enquanto estiver sentada naquela cadeira de madeira, na mesa de madeira virada para o leste, a história do garoto vai continuar surgindo, e ela vai continuar escrevendo.

E agora uma senhora com vista ruim está usando os poderes mágicos da cadeira para resolver um sudoku.

Ela considera suas opções. Pode se sentar na cadeira ao lado da senhora, chegar bem perto, assoar o nariz, limpar a garganta, mascar chiclete e batucar a caneta nos dentes até incomodá-la e fazê-la procurar outro lugar. Pode pedir à senhora de maneira educada e não ameaçadora que se mude para outra cadeira. Pode ir para casa e fazer faxina. Ou pode ser madura e encontrar outro lugar para se sentar.

Beth pega uma cadeira do outro lado da mesa, a uma distância respeitável, mas perto o bastante para poder recolher seus pertences em um instante e reivindicar seu lugar de direito caso a senhora decida ir embora. Em seguida, abre o laptop, que Sophie dividia com ela não sem relutar, e olha para a tela. Está virada para o oeste, e a cadeira está bamba. Ela batuca os dentes com as unhas e suspira, resignada ao óbvio ululante. Não há nada de mágico naquela cadeira.

Depois de um tempo, Beth vira e olha para o relógio. Faz uma hora que está ali sem fazer nada além de ler o que já escreveu. E, como temia, a mulher começou a tricotar. Talvez Beth deva ir para casa. Ela olha para o cursor, desejando produzir alguma coisa, como se aquilo fosse indicador em um tabuleiro Ouija. Nenhuma palavra surge, mas o reflexo de uma mulher aparece na tela. Beth vira em sua cadeira comum. Courtney está em pé atrás dela, sorrindo.

— Olá, sente-se — cumprimenta Beth, aliviada com a distração. — O que você está fazendo aqui?

— Tive que vir para a cidade fazer uma coisa. Pensei em dar uma passada e ver como você está. Como estão as coisas? — Courtney aponta para o grande nada na tela do computador de Beth.

— Bem, bem, acho. Vamos ver quando estiver pronto.

— Você já tem um título?

— Ainda não.

— A gente devia incluí-lo no clube do livro quando você tiver terminado. Não seria divertido?

Beth sorri e assente, amando a ideia de seu livro de fato ficar "bom", imaginando a humilhação insuportável se ficasse péssimo.

— É para você.

Courtney entrega um livro a Beth. *Mending Your Marriage* [Como salvar seu casamento], de Johanna Hamill.

Enquanto Beth o folheia, nota alguns trechos grifados a caneta e anotações nas margens. É a letra de Courtney. Ela encara a amiga, confusa, tentando entender.

— É meu. Achei bem bom, melhor que a maior parte das porcarias por aí sobre o assunto.

— Mas quer dizer que você leu esse livro? Por quê?

— Steve me traiu.

— *Traiu?*

A senhora tira os olhos do tricô e vira para elas.

— Quando? — pergunta Beth, baixando a voz.

— Quatro anos atrás.

— O quê? Meu Deus, achei que você fosse dizer "semana passada".

Beth olha a capa do livro sem focalizar e balança a cabeça, sem conseguir decidir se está mais chocada com a infidelidade de Steve ou com o fato de Courtney ter mantido isso em segredo por quatro anos.

— Com quem?

— Uma vadia rica e divorciada. Ele estava trabalhando com a equipe de Mickey em Madaket, reformando o quarto e o banheiro dela. Disse que ela deu em cima dele, e eu acredito. Você sabe que essas ricaças de veraneio agem como se tivessem direito a tudo. Ele disse que foi só uma vez.

— Então você está bem? E o perdoou?

— Bom, não no começo. Eu queria matá-lo. Levou um tempo. Então parei de desejar que ele morresse, mas não conseguia perdoá-lo. Li todos esses livros, e este pode ajudar você, mas nenhum me ajudou. Eu não conseguia perdoá-lo. Não conseguia confiar nele. As coisas estavam desequilibradas. Ele podia ter tudo, e eu?

Beth assente, acompanhando o pensamento, solidária.

— Então eu o traí.

— *Traiu?*

A senhora para de tricotar e olha para elas de novo, dessa vez sem disfarçar, por sobre o nariz, com uma expressão desaprovadora. Que bom. Talvez o assunto ou o volume da conversa a faça ir embora. Courtney assente e sorri.

— Com quem?

— Um garoto de vinte e poucos. O nome dele é Henry. Eu o encontrei na 21 Federal. Foi apenas uma noite. — Courtney abre um sorriso tenso, sabendo que Beth está chocada. — No dia seguinte, contei para Steve. E disse: "Agora estamos quites. Já chega." Nós prometemos que era o fim e tocamos a vida.

— Que loucura.

— Eu sei. Foi mesmo, mas foi a única maneira que encontrei de ficar com ele, e eu queria ficar com ele. Eu amo Steve e a nossa vida aqui. Não queria perdê-lo. Então estou só dizendo... se você quiser Jimmy de volta, leia o livro, e se não funcionar para você, vá procurar seu próprio Henry.

— Mas Jimmy me traiu por um ano inteiro, eu não acho que...

— Você só precisa fazer uma vez. Uma vez já deixa as coisas quites.

— Isso está no livro?

— Estou só dizendo. Um casamento não é apenas uma questão de os dois se amarem. Vocês precisam ter poder mútuo, confiança mútua. Você confia em Jimmy?

— Não. Mas como dormir com outra pessoa vai ajudar?

— Funcionou para mim.

Beth balança a cabeça, se esforçando para entender a matemática dessa equação de adultério, tentando imaginar como trair Jimmy resultaria em alguma coisa além de uma reputação de que os dois são infiéis e não são dignos de confiança.

— Fico pensando: "Quem trai uma vez trai sempre." Quem disse isso? Oprah? Dr. Phil?

— Não sei. Não foi o caso para mim e Steve.

— Então para vocês dois foi uma vez só.

— Foi.

— E vocês estão felizes.

— Sim, estamos mesmo.

— E confiam um no outro.

— O suficiente. Você está sempre à mercê das pessoas com quem se relaciona, certo? Tudo pode acontecer. Mas eu confio o suficiente nele.

— E se ele te trair de novo? — pergunta Beth.

— Eu acabo com ele.

— Não, estou falando sério.

— Não sei, talvez outro Henry.

— Não sei, Courtney. Não sei se conseguiria fazer isso.

— Você quer se acertar com Jimmy?

Beth acreditava que ela e Jimmy eram almas gêmeas. Tinham muito em comum quando se conheceram. Os dois são filhos únicos, criados por pais solteiros. O pai dele morreu de câncer de pulmão no mesmo ano da morte da mãe de Beth. Independentes e um tanto destemidos, os dois tinham uma firme determinação de seguir seus sonhos, de fazer algo que amavam para viver. Para Beth, era escrever. Para Jimmy, era pescar vieiras.

Jimmy cresceu no Maine. Seu pai era um pescador de lagostas que economizava todos os centavos para que ele pudesse fazer faculdade, esperando que o filho encontrasse uma maneira mais confiável, menos exaustiva, de ganhar a vida. Jimmy estudou na

Universidade do Maine e, depois de se formar, arrumou o emprego dos sonhos do pai em uma pequena empresa de software. Mas ele detestava a mesa, o cubículo, detestava ficar confinado e admirava a vida do pai como pescador.

Então foi para Nantucket no verão seguinte, depois de passar um ano naquele emprego "sem alma". Era para ter sido um fim de semana prolongado, um feriado com os amigos. Assim como Beth, ele se apaixonou pelo lugar. Decidiu ficar, mas, em vez de lagosta, que já conhecia, aprendeu a pescar vieiras, que davam mais dinheiro na época.

Os dois amavam as mesmas músicas, a mesma comida, Nantucket. E se amavam. E aqui estão eles. Jimmy desistiu de pescar vieiras, e até pouco tempo atrás Beth não escrevia mais, e Jimmy estava dormindo com outra mulher, e Beth não sabia mais o que os dois amavam.

Ela olha para a mulher mais velha. Beth ainda é jovem. Pode recomeçar, e não necessariamente com outro homem. Pode se reestruturar, redefinir a vida como uma mãe solteira. Pode terminar esse livro, talvez se mudar da ilha, conseguir um emprego em um jornal ou uma revista, talvez em algum lugar nas montanhas ou em uma cidade, talvez voltar para Portland. Algum lugar sem areia, névoa nem turistas. Algum lugar sem Angela Melo.

As possibilidades, até contemplar as palavras "Eu poderia", são empolgantes. Ela pode fazer o que quiser. Mas o que quer? Está feliz com o fato de que Jimmy quer voltar, mas não confia nos próprios motivos para se sentir bem com isso. Ele a escolheu. Ela venceu. Derrotou Angela. Talvez se sinta mais vitoriosa do que feliz.

E quem pode garantir que ele não vai mudar de ideia em uma semana, em um mês, no ano que vem, que algum dia não vai aparecer na cozinha de Angela às três da madrugada com um cartão nas mãos e a calça na altura dos joelhos? Não, ela não tem nenhum desejo de ficar presa àquele ioiô.

Talvez não existam almas gêmeas. Talvez maridos sejam apenas homens que as mulheres acabam aturando para que alguém pegue e guarde o ar-condicionado na garagem, que também ame suas filhas, que seja um companheiro. Porém, ela mesma pode guardar o ar-condicionado; suas amigas são companhia suficiente, e Jimmy ainda pode amar as filhas mesmo que ela não o ame. Mas este é o problema: Beth ainda o ama.

— Não sei.

— Escute, Jimmy tem todo o poder neste momento. Não é só uma questão de vocês poderem se amar ou confiar um no outro de novo, de equilibrar o poder.

Enquanto Beth pensa nesses ingredientes do casamento, no amor, na confiança e no poder, sua mente divaga para a verdade e ocupa um assento virado para leste. Um casamento precisa ter verdade.

— Fiz sexo com Jimmy outra noite.

— Eu sei, Petra me contou. Foi por isso que eu trouxe o livro.

Por um segundo, fica indignada com Petra por trair sua confiança, mas deixa passar.

— Isso não equilibrou nada, não é?

— Ideia certa, homem errado.

— Ele quer conversar.

— Isso é impressionante, em se tratando de Jimmy.

— Eu sei.

— Vocês podiam tentar terapia de casal.

Beth se pergunta se Jimmy concordaria em fazer terapia de casal.

— Se fizer, procure o dr. Campbell.

— O sujeito com o falcão?

— Eu sei, mas a única opção é Nancy Gardener.

Nancy Gardener era uma conselheira conjugal que se divorciou duas vezes e cuja irmã era a professora do quarto ano de Gracie.

— Não sei — diz Beth.

— Ele é bom. Jill e Mickey fazem terapia com ele.

— Fazem?

Courtney assente, as sobrancelhas levantadas intencionalmente.

— Por quê? O que está acontecendo com eles?

Courtney dá de ombros.

— Todo mundo tem problemas, Beth.

Courtney olha para o relógio na parede e se levanta.

— Tenho que ir. Leia o livro, procure o dr. Campbell, encontre seu próprio Henry. Ou desista dele de vez. Também não é má escolha.

Courtney vai embora, e Beth fica sozinha de novo em sua cadeira bamba olhando para a tela em branco do computador. Ela olha para a senhora, que tricota com agilidade algo que parece estar ganhando a forma de uma luva. O assento mágico.

Ela suspira e fecha o laptop de Sophie. Guarda os cadernos e as canetas na bolsa, segurando o livro de Courtney por mais um segundo, pensando nele, antes de jogá-lo na bolsa também. Ao sair da biblioteca, se sentindo derrotada, pensa no amor, na confiança e no poder. E na verdade. Enquanto desce rápido os degraus da frente, pensa no que é verdadeiro em sua vida, e quatro pensamentos simples e honestos dão um salto e se manifestam.

1. Ela não vai ler aquele livro.
2. Não vai procurar seu próprio Henry nem ficar quite.
3. Vai marcar um horário com o dr. Campbell se Jimmy estiver disposto a ir, e espera que ele esteja.
4. É melhor aquela senhora não estar na cadeira dela amanhã, ou vai ter um ataque.

CAPÍTULO 18

Beth não escreveu nada no dia anterior, e as palavras que não registrou estão se acumulando e falando cada vez mais alto dentro dela, formando um crescendo, tornando-se plenas e urgentes, como as águas de uma enchente fazendo pressão contra uma represa. Ela acordou naquela manhã junto com o amanhecer, com as palavras do garoto já em atividade, correndo dentro dela, atravessando-a, insistentes, mobilizando seus pensamentos rotineiros e cotidianos até cada um deles se render. E ela não consegue pensar em outra coisa.

Chega à biblioteca segundos depois da abertura, corre escada acima e fica aliviada de não encontrar ninguém lá. Ninguém está em seu lugar. Ela se senta, abre o caderno, pega a caneta e escreve.

Eu acordo, e está de dia. Saio da cama e dou bom-dia para a árvore do lado de fora da janela, para minha caixa de pedras, para o calendário na parede. Ontem foi domingo, e hoje é segunda. Danyel vem depois do almoço às segundas.

Piso com os dois pés em cada degrau até percorrer todos os 12 e chego ao andar de baixo. Vou até a cozinha e me sento no meu lugar à mesa. Minha xícara do Barney está cheia de suco roxo, e meu garfo e meu guardanapo branco estão na mesa, mas tem só duas tiras de torrada empanada com calda no meu prato azul, e são sempre três.

Não posso comer duas tiras de torrada empanada porque o café da manhã são sempre três tiras de torrada empanada. Não posso comer duas porque três significa que acabou, e duas é parar no meio, e parar no meio dói demais. Não posso comer duas tiras de torrada empanada porque nunca vou ter terminado o café da manhã. E, se não terminar o café da manhã, não posso escovar os dentes no banheiro nem brincar com a água na pia. E então não vou poder colocar roupas secas. E não vou poder sair e brincar no balanço. E não vou poder almoçar se não tiver terminado o café da manhã. E Danyel não vai vir porque ela vem depois do almoço.

Se eu não comer duas mais uma igual a três tiras de torrada empanada de café da manhã, vou ficar preso a esta mesa para sempre.

EU PRECISO DE MAIS UMA TIRA DE TORRADA EMPANADA!

Vou até o freezer e o abro. A caixa de tiras de torrada empanada desapareceu. Tem sempre uma caixa amarela de tiras de torrada empanada no freezer. E agora não tem. Algo terrível aconteceu. Estou sentindo calafrios e formigamento nas mãos, e minha cabeça está em disparada tentando descobrir como fazer a caixa de tiras de torrada empanada voltar para o freezer, mas estou respirando rápido demais, e minhas mãos estão formigando, e não consigo pensar.

Minha mãe está parada entre mim e o freezer, me mostrando a caixa vazia de tiras de torrada empanada. Vazio é zero, e zero tira de torrada empanada é um desastre. Balanço minhas mãos formigando e começo a gemer.

Minha mãe me leva de volta para a mesa e fala alguma coisa em voz alta e feliz de mentira, mas não consigo ouvir o que ela está dizendo porque estou olhando para meu prato azul. Uma das tiras de torrada empanada foi cortada ao meio, então agora são duas tiras de tamanho médio e uma de tamanho grande, o que é ainda pior do que antes, porque duas é o meio, e uma é o começo, e nada disso pode ser comido porque não é o café da manhã. O café da manhã são três tiras de torrada empanada IGUAIS. Não posso comer isso.

A caixa de tiras de torrada empanada tem zero, e meu prato azul tem uma tira grande e duas médias, e nada tem três. Tudo é zero, o começo ou o meio, e não posso tomar o café da manhã porque ele não vai terminar se não forem três. Não posso me vestir e sair para brincar no balanço, porque me vestir e sair para brincar no balanço vêm DEPOIS do café da manhã, e não posso tomar o café da manhã até ter comido três tiras de torrada empanada.

Eu sei como resolver isso. Se minha mãe cortar uma tira grande e jogar uma das metades fora, eu vou ter três tiras médias. E assim eu poderia tomar o café da manhã. Ou ela pode cortar uma das tiras médias, jogar fora uma dessas metades, e então haveria uma tira grande, uma média e uma pequena. Não é tão bom quanto três tiras do MESMO tamanho, mas é um três com que eu consigo lidar. Eu poderia comer uma tira grande, uma tira média e uma tira pequena porque são três, e três significa que acabou e que está tudo certo. Assim eu poderia tomar o café da manhã, escovar os dentes, brincar com a água na pia, me vestir, brincar no balanço lá fora e encontrar Danyel.

Mas não posso contar a solução para minha mãe, porque minha voz tem um defeito. E não posso contar a tira de torrada empanada grande ou média, porque não consigo mais sentir minhas mãos. Não posso ir para o Quarto das Mãos porque estou preso no Quarto dos Ouvidos. Estou preso no Quarto dos Ouvidos ouvindo o som de alguém gritando.

Enquanto ouço os gritos, perco meu corpo. Tenho uma sensação distante e irreal de que estou saindo da cozinha, me movendo pelo ar. Não quero me mover pelo ar. Quero três tiras de torrada empanada. Mas não tenho voz e não tenho corpo. Só a sensação distante e irreal de lutar, de estar com calor e bravo, depois suado e com frio. Mas, principalmente, estou nos meus ouvidos, ouvindo o som dos gritos.

Agora estou de volta ao meu corpo. Estou no banheiro, vendo a água correr na pia, e então me dou conta de que quem está gritando sou eu. Grito mais alto e perco meu corpo de novo. Continuo gritando para poder me tornar o grito e então sou o som de como me sinto e não um garoto em um corpo que está no banheiro sem ter primeiro comido três tiras de torrada empanada de café da manhã.

CAPÍTULO 19

Beth checa o relógio de pulso. Ainda faltam cinco minutos antes de terem de sair de casa. Gracie e Jessica estão prontas, de camisas brancas de tecido fino, uma idêntica à outra, e jeans azul desbotado, esperando na mesa da cozinha, mas Sophie ainda está no andar de cima se debatendo.

— Sophie! — grita Beth. — Dois minutos!

Ela entra no banheiro para uma última olhada rápida no espelho. Com os dedos, ajeita uma parte do cabelo que ameaça ficar arrepiada e limpa um pouco do brilho na testa. Abre um sorriso falso. Nada nos dentes. Mesmo que deva ficar longe do sol por causa da pele clara e da tendência a ganhar sardas, se queimar e, mais recentemente, ter rugas, tem passado uma hora deitada no deque todo dia na última semana, tentando ganhar um bronzeado saudável. Suas bochechas estão rosadas, e seus olhos, brilhantes. Missão cumprida.

Encontrou uma fotógrafa com preços baixos em um folheto no Stop & Shop e, no mês anterior, comprou em um site a blusa perfeita para o retrato na praia. Pediu quatro, para cada uma delas, lavou e passou as blusas idênticas semanas antes. Na noite anterior, todas elas pintaram as unhas dos pés com o mesmo esmalte azul-pavão. Estão usando pequenos brincos de pérola e pulseiras de prata. Tudo combina perfeitamente dos pés à cabeça. Beth sorri, se felicitando pela própria organização, por pensar em tudo.

— Mãe!

O grito urgente de uma das filhas faz Beth correr para a cozinha. Ela olha Jessica de cima a baixo. Nenhum sangue. Nenhuma lágrima. Ela está bem. Então volta sua atenção para Gracie. Toda a parte da frente de sua linda camisa branca e fina está coberta de suco de frutas vermelhas. Gracie, com lágrimas nos olhos e chocada, segura um copo grande e quase vazio. Não está bem. Não está nada bem.

— Meu Deus, Gracie! O que você fez?

— Foi a Jessica! Ela me empurrou enquanto eu estava bebendo!

— Não empurrei.

— Empurrou!

— Foi sem querer — explica Jessica.

— Por que você estava tomando isso? — pergunta Beth. — Eu avisei que íamos sair em dois minutos.

— Fiquei com sede.

— Venha aqui.

Sem esperar a filha se mexer, ela arranca a camisa pela cabeça de Gracie e a deixa na cozinha, nua da cintura para cima e chorando. Beth corre para a máquina de lavar, joga uma medida de sabão na camisa e esfrega o tecido sob a água corrente. A mancha foi do vermelho vivo para rosa-claro, mas continua lá. E agora a blusa inteira está ensopada. Gracie não pode usar isso. Beth olha o relógio. Elas precisam sair naquele instante.

"Pense. Pense. Pense."

Ela esfrega a blusa mais uma vez. Continua cor-de-rosa. Continua molhada. Não vai dar tempo. Ela precisa aceitar. As quatro não vão poder usar as lindas camisas brancas de tecido fino. O sonho se acabou.

Beth precisa pensar num plano B. Certo. Não vão estar todas com a mesma camisa branca, mas ainda podem estar todas de branco.

— Gracie! — grita ela. — Vá para o seu quarto e coloque uma camisa branca!

— Qual?

— Qualquer uma! Vá!

Beth respira fundo e solta o ar devagar pela boca, tentando não se desesperar. Então volta para a cozinha e olha para Jessica, que está parada e desconfortável, como se tivesse medo de piscar.

— Por que você empurrou sua irmã?

— Foi sem querer.

— Tudo bem. Só fique aqui e não encoste em nada. E não beba nada.

Gracie volta para a cozinha vestindo uma camiseta branca que diz "MENINAS SÃO O MÁXIMO, MENINOS SÃO PÉSSIMOS" em letras roxas e enormes na frente.

— Não, não, não — diz Beth, com uma impaciência furiosa na voz. — Essa não. Sem nada escrito. Não pode ter nada escrito. Vá vestir uma blusa branca e lisa!

— Eu não tenho blusa branca e lisa — retruca Gracie, ainda chorando.

— Deve ter.

— Não tenho.

— Então pegue uma da Jessica.

— Vai ficar grande demais.

Beth vasculha um catálogo mental do guarda-roupa das meninas. Gracie tem razão. Todas as camisetas brancas têm coisas escritas. Ela confere o relógio. Estão atrasadas. Ela nunca se atrasa. Gosta de chegar cedo. Está com o rosto em chamas. Seu brilho delicado e bronzeado pelo sol agora está vermelho de nervoso.

Plano C.

— Certo, escutem. Todo mundo tem uma regata de uma cor só. Não importa que cor, sem nada escrito, então vão procurar e se troquem. Vão! Vão! Vão!

Gracie e Jessica voam escada acima, e Beth corre atrás delas.

— Sophie — grita pelo tecido fino e branco da camisa enquanto se troca no próprio quarto. — Coloque uma regata!

— O quê? Por quê? — gritou de volta Sophie.

— Faça o que estou mandando.

Todas as regatas de Beth são pretas, então ela se troca em um instante. Espera as meninas no topo da escada, no corredor de molduras tristes e solitárias, cada segundo batendo no centro de sua testa. Sophie, por incrível que pareça, foi a primeira a aparecer. Ela vestia uma regata vermelha, nada escrito, e está linda, com exceção do rosto.

— Com licença, você está usando maquiagem? — pergunta Beth.

— Só um pouco.

— Onde você arranjou isso?

— Alena. A mãe *dela* deixa.

— Bem, *sua* mãe não deixa.

— É muito injusto.

— A vida não é justa. Venha aqui.

Beth observa os olhos maquiados de Sophie, que estão incrivelmente azuis e poucos centímetros abaixo dos seus. Não vai conseguir continuar impedindo a filha mais velha de usar maquiagem por muito tempo, mas pode pelo menos impedir que apareça na foto.

Ela resiste à tentação de lamber a mão e limpar o rosto de Sophie com a própria saliva, pega a filha pela mão e a leva para o banheiro. Despeja um pouco de sabonete numa toalha de rosto, molha e esfrega os olhos e as bochechas da filha até que estejam limpos.

— Ai, minha espinha!

— Desculpe. Você pode usar o *gloss*, mas é só.

As outras duas estão no corredor. Gracie usando uma regata cor-de-rosa, e Jessica, uma azul. Nada escrito. Nenhuma mancha.

— Certo! Vamos embora!

Elas descem a escada correndo, Beth bate palmas e chama Grover, e todo mundo corre para o carro. Beth olha para as filhas no banco de trás pelo retrovisor enquanto coloca a chave na ignição. Os olhos de Gracie estão inchados de chorar. O rosto de Sophie está vermelho porque foi esfregado com muita força com a toalha, e de fato há uma espinha enorme na bochecha. O maxilar de Jessica está travado, e os braços, cruzados. Ela parece brava, mas Beth não consegue imaginar por quê. Estão todas de regata de cores diferentes, e o rosto de Beth ainda parece estar pegando fogo.

As quatro deveriam estar de branco. Deveriam estar calmas e felizes. E deveriam estar no horário.

E Jimmy. Era um retrato de família. A família deveria incluir Jimmy.

Talvez ela deva ligar e cancelar. Beth pensa nas lindas camisas brancas de tecido fino e no corredor de molduras tristes e solitárias. Olha para trás, para as três meninas de novo e em seguida para o banco do passageiro vazio. Essa é sua família. Ela respira fundo, solta o ar pela boca, coloca o carro em marcha a ré e leva sua família atrasada, com cores descombinadas, inchada, vermelha, com espinhas, brava e sem Jimmy para a Cisco Beach.

CAPÍTULO 20

Olivia olha o relógio. A cliente está atrasada. De acordo com o que descobriu em sua breve experiência, era algo típico. Se não é a família inteira, é um primo distante que não entendeu as instruções, uma irmã indispensável que vinha direto da balsa ou o pai que já tinha chegado, mas ainda está no carro terminando uma ligação de trabalho. Ele ia demorar um minuto. Ou trinta.

É por isso que passou a levar uma cadeira de praia para essas sessões de foto. Não se importa de esperar em uma linda praia se tiver onde se sentar. O dia está nublado, com ameaça de chuva para o dia todo, e Olivia duvida que a praia chegue a ficar cheia. Está praticamente vazia naquele momento. Há mais gaivotas que pessoas.

Olivia gosta das gaivotas de Nantucket, que parecem as gaivotas da Nantasket Beach — a praia aonde sempre ia quando morava em Hingham — pelo simples fato de serem aves costeiras brancas e cinzentas. As da Nantasket são insaciáveis, ratos alados, ladrões que caçavam qualquer coisa com uma embalagem. Ficam à espreita da borda das cangas de praia, esperando um momento de distração para abrir uma embalagem fechada de batatas chips ou fugir voando com um sanduíche de atum inteiro na boca.

As gaivotas ali prestam menos atenção ns pessoas e nas suas comidas processadas. Olivia vê uma delas pegar um caranguejo em uma parte rasa da água, se acomodar em um trecho quente de areia, arrancar as pernas do bicho e devorar o corpo cheio de carne. Vê outra sobrevoando o estacionamento, onde solta um marisco no pavimento para abrir a concha. Por que se contentar com salgadinhos de queijo quando há uma abundância de frutos do mar frescos no cardápio? Essas gaivotas são pássaros belos e de respeito.

Olivia acompanha o voo de uma terceira atravessando o horizonte nublado e se pergunta se é possível se tornar indiferente a essa vista. A parte da água mais próxima da costa é de um azul metálico que dança com o movimento das ondas, mas, enquanto seu olhar avança pelo mar, tudo fica parado, calmo e quase branco. Uma linha cirúrgica azul-escura e brilhante separa o oceano do céu rosa-avermelhado no horizonte. É lindo.

A gaivota desaparece a distância. Olivia olha o relógio. Com trinta minutos de atraso, ela faz questão de ligar para o cliente para confirmar se está de fato a caminho e não esqueceu ou mudou de ideia. Enquanto revira a bolsa da câmera em busca da agenda e do telefone, ela as vê se aproximando: a mãe na frente com o cachorro na coleira, e três meninas de regata de cores diferentes e jeans mais atrás.

— Olivia? Olá, sou Beth Ellis. Desculpe o atraso.

— Olá, Beth. Não tem problema.

— Tivemos um problema de figurino. Sei que em geral todo mundo usa roupas combinando. Você acha que vai ficar bom?

Beth tem razão. Todas as famílias sempre usavam roupas iguais, como uniformes do mesmo time. Todos de jeans claro e desbotado ou calça cáqui ou todos de camisa branca e calça vermelha de Nantucket. As roupas iguais parecem interessantes, mas não são exatamente necessárias. Ela se pergunta quem inventou essa regra bastante autista para os retratos de família.

— Vocês estão ótimas.

Beth revira os olhos.

— Estávamos ótimas meia hora atrás. Estou torcendo para não estarmos esquisitas demais.

— Não, as cores são divertidas.

— Mais uma vez, me desculpe. Antes de começar, minha filha mais velha quer saber se você pode remover a espinha dela com o Photoshop.

— Mãe! — exclama a mais velha.

As três estão agrupadas atrás de Beth. Olivia olha para a agenda. Sophie, Jessica e Gracie.

— Está feito, Sophie. Ninguém vai saber — promete Olivia.

Sophie sorri o suficiente para ser educada. A espinha parece dolorida.

— Por falar nisso, você consegue remover esta linha? — pergunta Beth, apontando para um vinco vertical profundo entre as sobrancelhas. — E qualquer coisa que pareça ter mais de 35 anos em volta dos meus olhos?

Cirurgia plástica digital. Olivia pode eliminar todas as evidências de olheiras, pés de galinha e sinais de idade com alguns cliques precisos do mouse de seu computador. Entre tudo o que suas fotos tenham de interessante — a hora mágica, o *f-stop* certo, a composição, olhares expressivos capturados no momento exato (todos sorrindo com os olhos abertos), a capacidade de editar com sutileza o rosto de uma mulher talvez seja sua habilidade mais vendável.

— Você não vai parecer ter um dia a mais do que trinta. Vamos começar perto da água.

Olivia desenvolveu a filosofia "Coma a salada primeiro" em se tratando de fotos na praia. Sempre tira as fotos mais difíceis primeiro. Noventa e nove por cento das vezes, é a foto de todos diante do mar, a foto necessária que a cliente espera, a que a cliente fica furiosa se não estiver perfeita. Todas as demais, individuais, em dupla e combinações de várias pessoas, animais e fundos, são bônus. A sobremesa.

Naquele dia, a salada vai ser fácil. Três meninas comportadas, ainda que um pouco rabugentas, um cachorro tranquilo e uma mãe. Nenhum bebê chorando, nenhuma criança de colo dopada de açúcar obcecada por correr para o mar, nenhuma criança em idade pré-escolar que se recusa a sorrir ou que se recusa a fazer qualquer outra coisa que não sorrir, congelando o rosto em um "xis" totalmente artificial, e nenhum marido.

Ainda que os casais não briguem abertamente ali na praia na frente de Olivia, e ela nunca tenha visto uma discussão de fato, já viu aquilo vezes demais na vida. Irritação, culpa, desdém, a energia negativa entre marido e mulher por causa de qualquer desentendimento que ainda não tenha sido resolvido, escorrendo pelos olhos e pelos sorrisos, tão óbvios quanto a espinha no rosto de Sophie. E não há nenhuma ferramenta no Photoshop que possa editar isso.

Também é um grupo pequeno, e é muito mais fácil capturar quatro pares de olhos do que dez. Grupos de dez ou mais são muito difíceis. Há sempre alguém que não está se comportando, que não está olhando para a câmera, que está fora do lugar ou piscando. Quatro é fácil. Ela vai tirar seiscentas fotos na expectativa de produzir cerca de duzentas opções de qualidade para Beth escolher.

Elas formam uma linha reta em frente à maré que se aproxima.

— Sorriam. Olhem para mim — pede Olivia.

Todas obedecem, menos a do meio.

— Desculpe, de azul, como é seu nome? — pergunta Olivia, olhando por sobre a câmera.

— Jessica.

— Jessica, dê um sorriso bem grande.

— Ela não quer — explica Beth. — Ela usa aparelho. Não quer que os dentes apareçam.

— Hum, certo — diz Olivia. — Que tal então menos brava?

— Jess, faça uma expressão feliz — pede Beth.

— Mas não estou feliz — comenta Jessica.

— Então finja, por favor — insiste Beth, com um sorriso forçado e um tom de voz cantado e ameaçador.

— Tá bom.

Jessica faz seus lábios fechados demonstrarem um pouco de prazer. Dá para o gasto. Olivia dispara. Checa o visor de LCD e dá uma olhada nas imagens. Salada resolvida. Agora a sobremesa.

Ela fotografa as meninas em todas as combinações possíveis juntas, sem a mãe, com e sem o cachorro, sentadas e de pé. E fotografa Beth com cada filha, cada garota sozinha e o cachorro sozinho.

— Agora que tal só você? — sugere Olivia.

— Eu? Eu sozinha? — pergunta Beth.

— Sim.

— Não, não quero uma foto sozinha.

Olivia também aprendeu isto: um cliente não pode comprar uma foto que não existe. Explore todas as possibilidades.

— Vamos tirar mesmo assim. Você não precisa decidir se vai querer agora.

Ela pode querer um retrato para o trabalho, o que quer que fosse. É uma mãe jovem e solteira. Pode querer colocá-lo no Facebook ou no Match.com.

— Tudo bem — diz Beth.

— Ótimo. Olhe para mim. Queixo para cima. Ombros para baixo.

Clique. Clique. Clique.

Depois de Olivia terminar as fotos de Beth, todo mundo vai para as dunas e sorri para a câmera em uma série parecida de poses. Ainda que a salada venha primeiro, Olivia muitas vezes descobre que a segunda rodada de fotos é melhor. Todo mundo está mais relaxado na nova locação, e as verdadeiras personalidades e relações começam a emergir. Ela agora pode ver que Sophie e Jessica são próximas, que Sophie é temperamental e mandona, e que Jessica idolatra a irmã. Gracie é engraçada e, apesar de ter nove ou dez anos, ainda é o bebê de Beth. Nas fotos individuais de Beth com as dunas de fundo, Olivia vê uma determinação surgindo de uma incerteza antiga, uma abertura na postura, uma felicidade autêntica viva em seu sorriso.

Depois de uma hora e 652 imagens na câmera, Olivia declara que terminaram.

— Meninas, levem Grover para passear um pouco enquanto eu converso com a fotógrafa. Tem um saquinho aqui.

Beth vai com Olivia até onde tinha deixado a bolsa da câmera e a cadeira de praia.

— Então, quando as fotos vão ficam prontas?

— Tem levado de seis a oito semanas.

— Uau, tudo isso?

— Pode demorar menos, mas, sim, pelo menos seis semanas.

Para seu próprio prazer e surpresa, Olivia teve trabalhos ao longo de todo o verão. Fez uma média de cinco sessões por semana, o que significa que de fato está ganhando a vida. Mas a parte da edição desse trabalho de fotos na praia exige mais trabalho do que previu, e ela andava bastante ocupada. Editar grandes fotos de família é especialmente demorado. Ela fotografou uma família de 32 pessoas que se reuniu em Nantucket para o quinquagésimo aniversário de casamento dos avós. Editar aquela sessão foi um parto. E apagar todos os sinais da idade de todas aquelas mulheres levava tempo.

— É quando vamos receber as provas?

— Sim, eu mando o link por e-mail.

— Link?

— Sim, fica tudo on-line.

— Ah, então não vamos ver as provas de fato?

— Não, eu faço tudo on-line.

— Ah — diz Beth, parecendo desapontada.

— É ótimo. Você vai gostar. Você pode escolher o tamanho, preto e branco, colorido. É fácil de navegar, mas, se tiver alguma dúvida, fique à vontade para entrar em contato.

Olivia guarda a câmera na bolsa e fecha o zíper. Dobra a cadeira de praia. Hora de ir embora. É provável que tenha de guiar Beth por telefone ou e-mail durante algum passo do processo de compra, mas a parte presencial da relação acabou.

— Certo. Obrigada. Desculpe a expressão emburrada de Jessica.

— Ela foi ótima. Vai ficar linda.

— Acho que ela estava chateada de o pai não estar aqui. Nós nos separamos no inverno, e tem sido difícil para elas.

— Eu sinto muito.

Olivia coloca a pesada bolsa da câmera em um ombro e a cadeira dobrada embaixo do outro.

— Tem sido difícil para mim também. Você vê bastante isso? Famílias sem pai?

Tomada por uma sensação familiar na pergunta, Olivia interrompe sua pressa de ir embora. Ela observa a expressão no rosto de Beth e a registra. A necessidade de se sentir normal. O desejo de ser aceita.

— O tempo todo — mente Olivia.

Beth sorri, agradecida.

Olivia sente outra coisa familiar nela, mas não consegue identificar o quê. E então, lá está, como um espelho. A solidão. Olivia decide esperar com Beth as meninas voltarem com o cachorro.

O céu está totalmente encoberto agora, e o sol, prestes a se por. O ar está perceptivelmente mais frio do que cinco minutos antes. Beth pega um moletom na bolsa. Enquanto o veste, Olivia nota o livro de autoajuda sobre casamento virado para cima na bolsa.

— É meu livro — diz ela em voz alta, em vez de para si mesma, como pretendia fazer.

— O quê?

— Quer dizer, ajudei a editar. Eu trabalhava em uma editora.

— Ah, eu ainda não li. É de uma amiga. — As duas ficam paradas num silêncio desconfortável. Beth vira e observa a extensão da praia. As meninas são três pontos a distância. Vira e passa os dedos do pé na areia. — Então você trabalhava no mercado editorial?

— Trabalhei. Cinco anos atrás. Parece mais.

— Sei que isso é um pouco ousado, mas estou escrevendo um livro. É uma série de histórias interligadas, ou talvez seja um romance, ainda não tenho certeza, mas eu adoraria que um profissional desse uma olhada.

— Ah, eu editava autoajuda, não ficção...

— Tudo bem. Eu adoraria ouvir suas impressões, se você tiver tempo.

Fora do trabalho, Olivia nunca se ofereceu para ler nada de ninguém. Nunca quis ser a pessoa que teria de dizer para alguém continuar no emprego, a pessoa que destruiria os sonhos de alguém. Ela observa os pés nus de Beth, as unhas pintadas de azul, o exemplar do livro, os anéis de noivado que ela ainda usa, o olhar esperançoso naquele rosto solitário. E suspira. Ela tem tempo.

— Claro. Vou adorar dar uma olhada quando você tiver terminado. É só me avisar.

— Muito obrigada! — exclama Beth, com o rosto iluminado.

Olivia sorri e ajeita a cadeira de praia embaixo do braço direito. Parecia leve quando foi escolhida, mas agora é pesada e incômoda. E a alça da bolsa da câmera está marcando a pele em seu vestido leve. Ela olha por sobre o ombro de Beth.

— Suas filhas estão voltando.

Beth vê as meninas e o cachorro se aproximando.

— Ah, sim. Obrigada de novo. Eu sabia que tinha escolhido você para tirar as fotos por algum motivo.

Olivia estende a mão mais ou menos livre para apertar a de Beth, que desvia do gesto formal, da bolsa da câmera, da cadeira de praia e dá um abraço sincero em Olivia. Um arrepio percorre os braços de Olivia, mas não por causa do frio. Há muito tempo ninguém a abraçava.

— De nada.

As meninas param na frente da mãe. Sophie segura uma enorme pena de gaivota em uma das mãos e a coleira do cachorro na outra, enquanto Jessica leva um saco de cocô.

— Mãe! Olha o que encontrei para você! — grita Gracie, sorrindo, empolgada.

Ela abre a mão e revela um exoesqueleto cor de âmbar de um filhote de cavalo-marinho.

— Que legal, querida — diz Beth.

— E isso é para você — continua Gracie, estendendo a outra mão na direção de Olivia.

Olivia oferece a mão mais ou menos livre para a menina, que deposita uma pedra branca, oval, molhada e quase translúcida em sua palma. Um arrepio percorreu seus braços de novo.

— É uma pérola — explica Gracie.

— Obrigada — responde Olivia, a voz presa no fundo da garganta. — Eu adorei.

— Certo, vamos embora. Obrigada de novo — diz Beth, e as cinco começam a andar em direção ao estacionamento.

— Nós nos falamos em seis semanas? — pergunta Beth, já na porta do carro.

— Seis semanas — confirma Olivia, ainda que facilmente pudesse levar oito.

Beth acena, desaparece dentro do carro e vai embora.

Olivia joga a bolsa da câmera e a cadeira dentro do jipe e entra. O ar quente lá dentro faz parecer que um cobertor grosso cobre sua pele nua. Assim que engata a ré, começa a chover. Ela acende os faróis e o limpador de para-brisa, aliviada que o tempo tenha esperado a sessão de fotos terminar. Ela sai do estacionamento agradecida pelo presente de Gracie que ainda estava em sua mão, sorrindo enquanto percorre a Hummock Pond Road sob a chuva.

Quando chega em casa, coloca a pedra de Gracie sobre a coleção cada vez maior na tigela de vidro na mesa de centro. Então conecta a câmera ao computador e pega um dos diários na mesa da cozinha. Enquanto as imagens da sessão do dia são descarregadas, ela se senta na poltrona da sala e pensa em Beth e nas três filhas, em sua solidão e seu livro. E se pergunta sobre o que era.

Em seguida, abre o diário e começa a ler.

CAPÍTULO 21

12 de abril de 2005

Hoje eu passei o dia revivendo o oitavo ano. Comecei no parquinho. Chegamos no fim da manhã, e Anthony saiu correndo direto para os balanços, como sempre. O corpo dele está grande demais para os balanços das crianças menores, mas ele se recusa a experimentar os maiores, então eu o coloquei em um dos assentos menores e empurrei meu filho de cinco anos ao lado de outra mãe empurrando seu filho de dois anos. Ela abriu um sorriso nervoso para mim e não disse nada.

Finalmente o tempo esquentou, e o parquinho estava cheio. Havia muitas crianças da idade de Anthony brincando juntas. Dois meninos e uma menina corriam uns atrás dos outros e desciam pelos escorregadores, rindo, se divertindo muito. Uma fila de quatro crianças brincava de "siga o líder", atravessando o gramado ao lado do parquinho, braços levantados, abaixados, pulando, engatinhando, batendo palmas. Outro grupo de crianças se divertia embaixo do trepa-trepa.

Duas meninas vendiam picolés de brinquedo. Os pequenos clientes esperavam sua vez na "barraca de sorvete", faziam seus pedidos, pagavam com dinheiro de brinquedo e "comiam" suas de-

lícias. Depois voltavam para repetir uma segunda e uma terceira vez. Teria sido adorável se não me deixasse com vontade de chorar e soluçar.

Anthony está a anos-luz de tudo isso. Brincadeiras interativas, que envolvam a imaginação.

Amigos.

Todas essas coisas que as outras crianças fazem com espontaneidade e naturalidade teriam de ser quebradas em pequenas partes comportamentais, e Carlin teria de trabalhar com Anthony em cada uma delas por horas e semanas e meses antes que ele pudesse aprender a fingir que um palito de madeira é um sorvete de baunilha. Mas não seria pela diversão pura e inocente. Ele o faria para ganhar a batata chips de que gosta ou para que Carlin parasse de insistir, para finalmente poder ficar sozinho. Porque é isso que ele quer. Ficar sozinho. É o que dá prazer a Anthony.

Tudo o que ele quer no playground é se balançar. Mas vejo outras crianças brincando, e meu coração quer mais, e fico entediada de ficar ali parada, empurrando o balanço sem parar. Parei o balanço várias vezes e perguntei se ele não queria experimentar o escorregador, se não queria brincar com outras crianças, se não queria ir para a caixa de areia. Anthony ama areia. Mas nada se compara ao balanço, e ele não se moveu. Então ficamos lá, no balanço. Eu me senti constrangida e derrotada.

Por que não consigo simplesmente ficar feliz que ele fique feliz sozinho no balanço? Por que preciso insistir que a felicidade é fazer o que quero que ele faça? Porque o mundo está cheio de pessoas, Anthony, não de balanços, e quero que você seja feliz no mundo e não apenas num balanço. É pedir demais? É egoísmo desejar isso?

Como as outras crianças do parquinho conseguem brincar por conta própria e não passam a manhã no balanço, as outras mães ficam livres para se sentarem juntas em uma das mesas de piquenique. Eu empurrava Anthony no balanço e ouvia a distância essas mães conversando e rindo, se divertindo horrores. Parecia o oitavo ano de novo — eu, a excluída esquisita, que não faz parte da turma.

Dizem que uma em cada 110 crianças tem autismo hoje em dia, mas não conheço nenhuma outra mãe na cidade com um filho autista. Onde elas estão? Faz seis meses que parei de trabalhar, e sinto falta da companhia de adultos. Conversas. Reuniões matutinas.

Amigos.

Carlin e Rhia nos visitam todo dia, mas são os terapeutas de Anthony. Elas não contam. David age como se eu estivesse pedindo para ele consertar o telhado toda vez que faço uma pergunta simples. Sei que provavelmente estou sensível porque estou menstruada, mas senti o quanto estou solitária enquanto observava aquele grupo de mães. Um grupo do qual nunca vou fazer parte. Assim como as garotas populares do oitavo ano, com o corte de cabelo de Farrah Fawcett perfeito e o jeans Jordache. Eu as odiava e desejava ser uma delas ao mesmo tempo.

Faz mais de uma hora que estamos no balanço quando as mães chamam os filhos para a mesa de piquenique para almoçar. As crianças vêm. As mães abrem as lindas lancheiras térmicas e distribuem sanduíches, iogurte, fatias de laranja e de queijo, biscoitos e sucos de caixinha.

Um belo piquenique. Não para nós.

Estava na hora de ir embora. Dei a Anthony um aviso de "1, 2, 3", o que às vezes ajuda, mas não foi o caso hoje. Ele deu um gritinho e sacudiu as mãos quando parei o balanço, mas, como não voltei imediatamente a empurrá-lo e tentei tirá-lo de lá, ele teve um ataque. Seu corpo ficou rígido, e os gritos pareciam os de alguém sendo assassinado. Tive de usar toda a minha força para tirá-lo do assento e carregá-lo, vinte quilos de peso morto gritando de agonia por ser separado do balanço em que ele tinha acabado de passar a última hora e meia, sem olhar para trás, para as mães na mesa de piquenique que com certeza deviam estar olhando para mim o tempo todo, pensando: "Graças a Deus eu não sou ELA.*" Exatamente como no oitavo ano.*

Coloquei Anthony no carro, liguei o Barney o mais rápido que consegui, e ele se acalmou. Deus abençoe o Barney. Em seguida, tive a infeliz ideia de parar numa farmácia no caminho para casa. Fiquei menstruada hoje de manhã e só tinha mais dois absorventes. Para qualquer uma das outras mães no parquinho, não seria uma ideia infeliz ir à farmácia quando você fica menstruada e só tem dois absorventes. Elas entrariam lá com toda a tranquilidade e sairiam rápido, sem problemas. Podem até nem se lembrar mais disso no fim do dia. Mas, para mim, foi uma ideia incrivelmente idiota. Que nunca vou esquecer.

Sempre vamos direto para casa depois do parquinho, e sempre pego a Center Street até a Pigeon Lane, mas a farmácia fica na direção contrária. Tive esperança de que Anthony não notasse. Achei que não faria diferença. Só ia levar alguns minutos. Que tonta.

Assim que virei à esquerda em vez de à direita no estacionamento, Anthony começou a berrar e logo a chutar. Eu devia ter dado meia-volta naquele instante, mas não o fiz. Ele gritava, jogava a cabeça de um lado para outro e balançava as mãos, se debatendo na cadeira do carro como se tivesse sendo esfaqueado.

Alimentada por uma determinação total e, mais uma vez, idiota de realizar uma tarefa simples e necessária, fui até a farmácia, mas não havia jeito de entrar. Não havia como levá-lo naquele estado; eu nunca o deixaria sozinho no carro, e não havia absolutamente nenhuma maneira de convencê-lo com uma explicação racional.

"A mamãe precisa de absorvente, querido. Por favor, pare de surtar. Em cinco minutos vamos estar em casa."

Então fui para casa.

No jantar, meus absorventes tinham acabado. Mas eu não ia arriscar outra crise no carro, então tive de esperar David che-

gar para ir à farmácia sozinha. Fiz um absorvente improvisado com um monte de papel higiênico para segurar as pontas. Mas ele atrasou 45 minutos (sem me ligar), e o chumaço de papel higiênico não foi páreo para a minha menstruação, então manchei de sangue minha saia favorita.

Oitavo ano de novo. Pelo menos meu acidente aconteceu em casa, e não no parquinho, na frente das mães "populares".

Enquanto eu ia à farmácia pela segunda vez hoje me ocorreu que eu tinha passado a vida toda desde o oitavo ano com medo de ser excluída, fazendo qualquer coisa para me encaixar, sempre desesperada para pertencer. Anthony não se preocupa com nada disso. Não se importa de ser ele mesmo. Ele gosta. Não se importa com o que os outros pensam. Não vai se preocupar em comprar roupas caras de grife nem tênis novíssimos de cem dólares. Não vai beber nem fumar maconha para ser legal. Não vai fazer nada disso só porque os outros estão fazendo.

Anthony não se importa com o que os outros vestem, pensam ou fazem. Ele gosta do que gosta. Faz o que quer fazer. Até eu dizer que está na hora de ir embora e arrancá-lo do balanço.

Pensei naquelas crianças brincando de "siga o líder" hoje. Anthony nunca vai seguir ninguém. Mas também não vai ser o líder. Esse pensamento em geral dilacera meu coração e me faz chorar, mas, no carro a caminho da farmácia, eu me senti inesperadamente feliz.

Ele apenas não vai brincar daquilo.

CAPÍTULO 22

Estou no balanço do parquinho. Eu amo o balanço. O balanço me coloca no meu corpo.

Em geral eu sei que tenho mãos, mas se alguma coisa interessante acontece, se estou contando, pensando ou vendo tevê, meu corpo desaparece. Não tenho voz, então as pessoas às vezes me tratam como se eu também não tivesse corpo, como se eu não existisse no mundo. E, como na maior parte do tempo não tenho consciência do meu corpo, acho que talvez eles tenham razão. Talvez eu não exista mesmo no mundo.

O balanço me faz existir no mundo.

Meus pensamentos muitas vezes se repetem sem parar. Se encontro um pensamento de que gosto, penso nele de novo para poder continuar me divertindo. Esse tipo de pensamento são como batatas chips. As batatas são tão gostosas que nunca quero comer uma só. Quero comer mais uma, mais uma e mais uma. E, se encontro um pensamento gostoso, quero pensar nele de novo, de novo e de novo. Mas, se eu pensar demais, não vou querer pensar nele. Vou PRECISAR pensar nele porque fico com medo que, se eu não deixar o pensamento sempre comigo, posso perdê-lo para sempre. Então minha cabeça fica presa na mesma ideia sem parar. E, quando isso acontece, nada mais existe.

Outro dia fiquei fixado naquela cantiga "Serra, serra, serrador". Repeti essas três palavras dentro da minha cabeça e eu amei cada uma delas a manhã toda. Nada mais existia. Nem mesmo eu. Eu me tornei as três palavras. *Serra, serra, serrador.*

Mas não estou preso a "Serra, serra, serrador" neste momento porque estou no balanço. Quando estou no balanço, não fico mais repetindo pensamentos. Estou me movendo no ar, para a frente, para baixo, para cima, para trás, para baixo, para cima, para a frente, para baixo, para cima, para trás, para baixo e para cima. Sou o corpo de Anthony, repetindo esse ritmo perfeito. Estou no balanço e estou aqui!

Vou para a frente, para baixo e para cima, para trás, para baixo e para cima, sentindo o ar fresco fazer cócegas no rosto. Meu rosto está sorrindo. Meu rosto é real.

Então minha mãe para o balanço e fala alguma coisa sobre ir até a caixa de areia. Balanço as mãos e faço um barulho para que ela saiba que não gostei da ideia. Não quero sair do balanço. Mexo as mãos e faço barulho, porque minha voz não consegue dizer a palavra NÃO.

Minha mãe me entende e começa a empurrar o balanço de novo.

Eu amo areia. Amo pegar o máximo que consigo, levantar as mãos bem alto e deixar ela cair. Amo a sensação da areia escorrendo pelos meus dedos, como ela salpica e cintila no ar como uma música enquanto cai. É quase tão bom quanto água.

Mas a areia da caixa do parquinho não é como a areia da praia. A areia da caixa do parquinho está sempre perto demais de outras crianças. Quando brinco com a areia na caixa do parquinho, outra mãe sempre me diz que não posso brincar com a areia. Ela diz: "Por favor, pare de fazer isso, a areia está entrando nos olhos das pessoas." E minha mãe me tira da caixa de areia, porque não paro de fazer isso e também porque não sei *dividir*.

Minha mãe me para de novo e quer que eu vá para o escorregador. Faço um barulho e sacudo as mãos, e ela começa a me empurrar no balanço de novo. Para a frente, para baixo, para cima, para trás, para baixo e para cima.

Eu não gosto do escorregador. Às vezes as crianças sobem o escorregador de pé em vez de descer sentadas, e isso é não seguir as regras. Se estou no alto do escorregador, e outra criança começa a subir, não sei o que fazer. Não posso escorregar, porque a criança está no caminho, mas não posso DESCER pela escada porque a escada do escorregador é para SUBIR. A regra é essa. Então, no escorregador, posso não ter uma solução para o meu problema e não quero isso.

E no parquinho uma criança pode me bater, me empurrar ou me fazer uma pergunta. As mães sempre me fazem perguntas, me invadindo com aqueles olhos e aquele tom crescente no fim da voz. "Como você se chama?" Mas minha voz não funciona, então não posso nem dizer a elas que não quero responder perguntas.

No balanço, eu me sinto protegido de tudo isso. Ninguém pode me tocar, ninguém quer saber meu nome e ninguém fica me dizendo para não brincar com a areia. Só quero o balanço.

Minha mãe para o balanço de novo, mas desta vez não fala nada sobre o parquinho. Ela começa a me tirar dali. Faço um barulho alto e balanço as mãos, para ela saber que não está tudo bem. Ela continua me tirando.

NÃO! Mais balanço, eu não acabei. Quero ficar no balanço! Quero ficar no meu corpo! NÃO! Quero existir no mundo! Preciso manter meu corpo se repetindo ou posso perder meu corpo para sempre. Eu posso desaparecer para sempre!

Grito bem alto, tentando mostrar para minha mãe que preciso continuar no balanço ou posso morrer, mas por algum motivo ela não entende o que estou mostrando. Fico duro, tentando manter meu corpo no balanço, mas ela é forte demais e não entende e pega meu corpo mesmo assim. Fecho os olhos com força para não ver meu corpo sair do balanço. Grito mais alto ainda para que tudo sobre o meu corpo roubado e o balanço desapareça, e só exista o som dos meus gritos.

Quando me dou conta, não estou mais lá fora. Estou no carro, assistindo ao Barney. Estou vendo Barney e seus amigos, e eles estão fazendo o que sei que deveriam estar fazendo. Paro de gritar. Não estou morto, porque estou assistindo ao Barney. Estou bem.

Mas de repente não estou bem. O carro está indo na DIREÇÃO ERRADA. A direção do carro não é o caminho para casa. O caminho para casa são três casas brancas, uma casa de tijolos, uma rua, uma casa amarela e duas casas brancas, depois um sinal vermelho/sinal verde. Depois a igreja, as árvores, uma casa marrom, uma casa branca, uma casa cinza com a tinta descascando, depois a Pigeon Lane, a rua onde fica a CASA.

Mas não fizemos esse caminho. Nesse caminho tem uma placa com a imagem de uma garota, uma casa marrom, uma casa branca, uma casa azul, depois uma rua, um prédio, um estacionamento, um sinal vermelho. Esse não é o caminho para CASA. SEMPRE vamos para CASA depois do parquinho, e esse caminho não acompanha o mapa na minha cabeça que mostra o caminho para casa.

Não sei aonde estamos indo, mas não estamos indo para casa. Não estou indo para casa para almoçar três nuggets de frango com catchup no meu prato azul com suco na minha caneca do Barney na mesa da cozinha. Não vou ver Danyel depois do almoço, porque Danyel vai chegar, mas não vou estar em casa. Vou estar em outro lugar.

Talvez nós estejamos perdidos, talvez eu nunca mais veja minha casa. A regra é SEMPRE ir para CASA depois do parquinho, e não estamos obedecendo à regra. Se essa regra pode ser desobedecida, então tudo é possível. Talvez o mundo esteja se desfazendo.

Estou gritando. Quero ir para CASA. Quero sair desse carro que está indo pelo caminho errado, mas estou preso nessa cadeira. Estou gritando, sendo tomado por um líquido quente e assustador. O líquido quente e assustador continua tomando conta de mim, até que eu esteja cheio e queimando por dentro. Balanço as mãos para derramar um pouco do líquido quente e assustador pelos dedos, mas o líquido quente e assustador continua tomando conta, volumoso demais, quente demais e rápido demais para meus dedos esvaziarem.

Fecho os olhos para não ver as casas, os prédios e as ruas erradas. Estou gritando o mais alto que consigo para me tornar o som dos meus gritos, e não um garoto preso na cadeira do carro que não está mais se balançando, e sim indo bem rápido na direção errada.

Quando abro os olhos, percebo que não estou mais gritando. Estou deitado na cama embaixo do meu cobertor do Barney. Vejo a árvore do lado de fora da janela, minha caixa de pedras, o calendário na parede. Sei que isso é bom, porque significa que estou em casa e também que o mundo não se desfez, mas ainda não estou me sentindo bem. Estou suado e cansado e ainda estou sentindo muito do líquido quente e assustador borbulhando e respingando dentro de mim que precisa ser despejado em outro quarto para dar espaço e eu me sentir bem.

Fico deitado na cama e me pergunto como chegamos em casa. Deve existir outro caminho. Será que fizemos um caminho diferente?

Hoje é segunda-feira. Tem sol, e está calor. Estou usando calça marrom e camisa vermelha. Talvez nas segundas de sol e calor, quando uso calça marrom e camisa vermelha, depois que minha mãe diz que acabou o balanço no parquinho, a gente faça um caminho diferente. Talvez nas segundas de sol e calor, quando uso calça marrom e camisa vermelha, e a gente saia do parquinho a fim de ir para casa, a gente vá pela placa com a imagem de uma garota, pela casa marrom, depois pela casa branca, a casa azul, uma rua, um prédio, um estacionamento e um sinal vermelho. Talvez seja uma nova regra.

Agora estou com fome. Desço a escada com os dois pés nos 12 degraus e entro na cozinha. Meus três nuggets de frango com catchup no meu prato azul, minha caneca do Barney com suco, meu garfo e o guardanapo branco estão sobre a mesa para o almoço, como sempre. Minha mãe não está sentada, mas sinto que está por perto. Balanço as mãos, começo a pular e faço um dos meus barulhos felizes, me livrando das últimas gotas de líquido quente e assustador dentro de mim.

Eu me sento e almoço. Estou bem. Mas tenho um pensamento de que não gosto. Não gosto que exista mais de UMA maneira de voltar para casa do parquinho. Agora existem DUAS maneiras de voltar para casa do parquinho. Não gosto do número dois. Dois é o meio das coisas. Dois é inacabado. Dois é no meio do caminho, e não gosto do meio do caminho.

Eu gostaria que existissem TRÊS maneiras de voltar para casa do parquinho.

A primeira maneira, que é a antiga, vai por três casas brancas, depois uma casa de tijolos, uma rua, uma casa amarela e duas casas brancas, depois um sinal vermelho/sinal verde. Depois a igreja, as árvores, uma casa marrom, uma casa branca, uma casa cinza com a tinta descascando, depois Pigeon Lane. A segunda maneira, a maneira nova que usamos nas segundas de sol e calor quando uso calça marrom e camisa vermelha, vai pela placa com a imagem de uma garota, pela casa marrom, depois pela casa branca, a casa azul, uma rua, um prédio, um estacionamento e um sinal vermelho e algumas coisas que não vi antes da Pigeon Lane porque meus olhos estavam fechados.

Deve haver mais um caminho. Precisa haver TRÊS caminhos no mapa do parquinho até em casa. Mas e se existirem apenas dois caminhos? E se ficarmos presos em dois?

Sinto o líquido quente e assustador em mim de novo, mas desta vez percebo que ele está vindo. Fecho a porta antes que ele chegue aos meus dedos do pé, antes que tenha a chance de me inundar.

Serra, serra, serrador. Serra, serra, serrador. Serra, serra, serrador.
Serra, serra, serrador. Serra, serra, serrador. Serra, serra, serrador.
Serra, serra, serrador. Serra, serra, serrador. Serra, serra, serrador.

CAPÍTULO 23

Depois de terminar outro capítulo, Beth saiu mais cedo da biblioteca e está sentada em um sofá no consultório do dr. Campbell, que na verdade é a sala da casa do dr. Campbell, desejando ter esperado no carro. Ela chega na hora, mas Jimmy está atrasado, e ela sente um enorme constrangimento por estar sentada sozinha no sofá de um terapeuta de casais e sem nada para dizer.

E o sofá não está ajudando em nada. Quando se sentou, afundou na almofada e foi jogada para trás, os joelhos forçados a ficarem separados e levantados, os pés longe do chão. Ela tentou se ajeitar sem deixar transparecer que havia alguma coisa errada, mas quanto mais se mexia, mais afundava. Parece que o sofá do dr. Campbell é feito de areia movediça.

O dr. Campbell está sentado de frente para ela em uma poltrona de couro robusta, bebendo café, observando-a, sem dizer nada. Talvez seja um tipo de teste psicológico. Ele disse "Sente-se" e fez um gesto na direção do sofá. Talvez esteja julgando que tipo de pessoa ela é com base em como reage a ser engolida por uma almofada de sofá. Continuar sentada significa que ela é tranquila, bem ajustada, ou que é um capacho que suporta qualquer coisa em silêncio? Ela deve pedir educadamente para se sentar em outro lugar?

Beth decide deixar como está. E balança os pés no ar como se estivesse ouvindo uma melodia agradável enquanto inspeciona a sala, tentando agir com naturalidade.

O dr. Campbell tem cabelo longo, ondulado e grisalho, e uma barba. Podia parecer o Papai Noel, mas é magro demais. E usa uma aliança de ouro. Bom sinal. Um terapeuta de casais deve ser casado. Sempre a incomodou o pediatra das meninas não ter filhos. Livros de teoria e diplomas de universidades caras são ótimos, mas, para ela, não existe escola melhor que a vida real.

Ele está tomando café em uma caneca grande e branca da Starbucks. Isso desperta seu interesse. Beth nunca viu uma Starbucks. Ela se mudou de Nova York pouco antes de a primeira abrir. Só sabia que as lojas existem porque foi parada muitas vezes ao longo dos anos por turistas perguntando: "Você pode me dizer onde fica a Starbucks?" E nunca ia esquecer a expressão de um homem quando, da primeira vez, ela respondeu: "O que é Starbucks?" Ele parecia estar falando com uma mulher recém-liberada de um hospício. Agora ela responde apenas "Não temos Starbucks aqui", e indica o The Bean para os rostos chocados.

Beth se pergunta onde o dr. Campbell conseguiu a caneca. Ele devia viajar para fora da ilha. Ela se pergunta para onde — Boston, Nova York, lugares exóticos do mundo onde servem café da Starbucks.

Apesar de não haver estantes naquela sala, revistas e livros estão por toda parte, empilhados em torres cambaleantes quase tão altas quanto Beth e encostadas nas paredes, dos dois lados da poltrona do dr. Campbell, e em cantos aleatórios no chão. Era como uma biblioteca saída de um cartum do dr. Seuss. Diversas torres parecem estar prestes a desabar se um livro ou revista for acrescentado, como uma versão do Torremoto, mas com livro, logo antes de alguém perder.

As paredes brancas estão nuas, com exceção de uma imagem, uma elaborada árvore genealógica escrita à mão num papel envelhecido de propósito. Enquanto acompanha as ramificações, Beth se dá conta de que é a árvore do dr. Campell e que, se a árvore for genuína, ele é um descendente direto de Edward Starbuck, um dos primeiros colonizadores de Nantucket, em 1659. Ela fica impressionada e surpresa por não saber disso sobre o terapeuta.

Primeiras linhagens têm muito status ali. Faz 21 anos que Jimmy vive lá, ela, há 15, mas os dois sempre seriam conhecidos como "forasteiros". Imigrantes. Caipiras. As filhas nasceram lá, então Sophie, Jessica e Gracie são nativas, mas apenas a primeira geração. Residentes, mas descendentes diretas de imigrantes caipiras. O dr. Campbell é um nativo cujos ancestrais fazem parte da história da ilha. Em Nantucket, o dr. Campbell é realeza. Uma realeza mais contida, sem os *paparazzi*, o castelo, a pompa, a circunstância e sem uma riqueza de fato, mas é reconhecido. Está lá.

Ela se pergunta se a rede Starbucks tem alguma coisa a ver com as famílias Starbuck de Nantucket. É provável que não, ou com certeza a ilha teria uma franquia. Mas não pergunta.

De longe a coisa mais interessante na sala é o falcão na gaiola enorme ao lado da lareira atrás do dr. Campbell. O pássaro tem o tamanho de um gavião pequeno com asas de um cinza-escuro, o peito branco com manchas cinzentas e penas também cinza que cercam aqueles olhos pretos e assustadores como uma máscara de vilão. Uma das asas parece estar deformada, quebrada. O falcão está empoleirado em um pedaço de madeira trazido pelo mar, quase imóvel, encarando-a. Parece ameaçador, como se quisesse arrancar os olhos dela com o bico.

— O nome dele é Oscar. Não se preocupe, ele é domesticado. Não vai nos incomodar — explica o dr. Campbell.

Beth assente, incomodada.

A campainha toca. Ainda bem. O dr. Campbell se levanta e abre a porta para Jimmy.

— É para o pássaro — anuncia Jimmy, entregando um saco de lixo preto para o dr. Campbell, que olha para o conteúdo e sorri.

— Que maravilha. Sente-se. Volto em um minuto.

Os moradores de Nantucket amam permutas. Beth e Jimmy costumavam pagar pelos consertos do carro com vieiras. O marido de Jill, Mickey, faz obras e reparos em troca de consultas no dentista. O dr. Campbell aceita animais mortos na estrada como parte do pagamento.

Jimmy se senta na outra extremidade do sofá, com uma almofada vazia separando-o de Beth. E afunda assim como ela, mas não parece tão desconfortável. Seus pés ainda encostam no chão.

— Você está atrasado — sussurra Beth.

— Tive dificuldade de achar uma coisa.

— O que tem no saco?

— Um esquilo.

— Eca. Que nojo. Por que você não comprou uma ração no mercado?

— Porque o objetivo era economizar vinte dólares. Não faz sentido se eu *comprar* comida para o bicho.

— Onde você encontrou o esquilo?

— Na Milestone Road.

— Você lavou as mãos?

Antes que Jimmy possa responder, o dr. Campbell volta com o que Beth só pode imaginar o que é, considerando o fedor, abre a gaiola por um instante, fecha de novo (ela tem o cuidado de prestar atenção) e então volta para a poltrona de couro. Em seguida, bate a palma das mãos nas coxas e sorri.

"Alguém vai lavar as mãos?", pensa ela.

— Vamos começar — anuncia ele. — O que os traz aqui?

Ninguém responde. Beth e Jimmy estão sentados, confortáveis em seus respectivos silêncios familiares, desconfortáveis em seus respectivos assentos fundos. Beth olha para Jimmy, que olha para as próprias mãos cobertas de germes e bicho morto. Ela olha por sobre o ombro do dr. Campbell para Oscar, que tem um pouco de muco do esquilo no bico amarelo e ainda a encara com aqueles olhos pretos e predatórios.

— Jimmy — diz o dr. Campbell. — Vamos começar com você.

— Bom, ah, estamos separados. Ficamos casados por 14 anos, nos separamos e estamos tentando reatar.

Jimmy junta as mãos e espera. É isso. Esse é o resumo dele.

"Pegue ele, Oscar. Arranque os olhos dele."

— Estamos separados porque ele me traiu, e não sei se quero voltar.

— Certo — diz o dr. Campbell, ao que parece, nem um pouco chocado nem tocado por ela, como Beth achou que aconteceria. — Jimmy, por que você traiu Beth?

Jimmy se mexe e afunda um pouco mais na almofada. Um gato preto de patas brancas entra na sala, roça os pés levantados de Beth e vai deitar, formando uma bola em um pedaço de chão tocado pelo sol perto de uma das janelas, ao lado da sombra de uma das torres de livros. Jimmy é alérgico a gatos.

— Não sei.

— Beth, por que você acha que Jimmy traiu você?

"O Salt é muito sexy, Angela é muito sexy, não sou sexy o suficiente, ele não sente mais atração por mim, não me ama mais, ele é um imbecil, é um mentiroso, é um cafajeste, ele é homem."

— Eu gostaria muito de ouvir a resposta do Jimmy.

Beth e o dr. Campbell olham para Jimmy e ficam esperando. Outro gato, desta vez cinza, atravessa a sala e expulsa o gato preto de seu lugar ao sol. Os dois desaparecem atrás do sofá. Oscar grita e bate sua asa boa contra a gaiola. Jimmy esfrega o nariz e limpa a garganta.

— Escute, eu sei que estava errado. Sou o vilão aqui e sinto muito. Eu gostaria que nós pudéssemos deixar isso para trás e começar de novo. Retomar isso tudo só vai machucar Beth de novo, não acham?

— Retomar significaria que já abordamos isso antes. Nós nunca falamos sobre isso — retruca Beth.

— Beth, você perdoou Jimmy?

— Não.

— Está pronta para deixar a infidelidade dele no passado e começar de novo?

— Não.

— Se vocês pretendem voltar, é importante para os dois entender por que isso aconteceu e fazer as pazes de alguma forma. Se continuarem ignorando o porquê de ter acontecido e voltarem, é provável que aconteça de novo. Então vocês vão ter que se arriscar e falar sobre algumas coisas desconfortáveis e um pouco dolorosas para ambos, tudo bem?

O telefone toca em algum lugar da casa do dr. Campbell, que toma um gole de café como se não tivesse ouvido. Os três ficam em silêncio. O telefone para de tocar. Os três continuam em silêncio.

— Beth estava sempre infeliz comigo. Não lembro qual foi a última vez que cheguei em casa e ela ficou feliz em me ver.

— Você chega em casa às duas da manhã! Estou dormindo, Jimmy. Me desculpe se não acordo, coloco um sorriso no rosto e uma roupa bonita para receber você na porta com chinelos e um charuto.

— Mesmo antes de eu começar a trabalhar no bar você detestava me ter por perto.

— Você não estava trabalhando. Eu detestava você sem trabalho. Você estava infeliz, se lamentando pela casa, fazendo bagunças que eu tinha que limpar o dia todo, como se a casa fosse seu hotel, e eu fosse a faxineira.

— Tudo naquela casa precisa estar exatamente como ela gosta. Tudo precisa estar perfeito. Eu não sou perfeito, Beth. Nenhum homem é.

— Não estou procurando perfeição, Jimmy. Algum ponto entre um cafajeste miserável que me trai e alguém perfeito seria ótimo.

Ele não responde. Beth cruza os braços e balança o pé, satisfeita por ter dado a última palavra.

— Certo, Jimmy. Vamos voltar à questão — diz o dr. Campbell, se dirigindo aos dois como um pai tentaria falar com duas crianças em idade pré-escolar. — Você se sentia indesejado e infeliz. Você conversou com Beth sobre seus sentimentos?

— Não, mas era óbvio.

— Talvez sim, talvez não. Ao não dizer nada, você não deu a ela a chance de ajudar ou de mudar alguma coisa. Você precisa se comunicar e dizer do que precisa, se abrir, dar a Beth a oportunidade de entender o que de fato está acontecendo com você. Infelizmente, nós, humanos, não podemos ler mentes.

Jimmy assente.

— Beth, você estava infeliz com Jimmy?

— Antes de descobrir que ele estava me traindo?

— Sim.

— Bom, sim, qualquer pessoa estaria. Depois que parou de pescar vieiras, ele ficou desempregado. Não era exatamente divertido ficar perto dele.

— Você não me deu muito apoio — acusa Jimmy.

— O que isso quer dizer? Como eu não dei apoio?

— Toda vez que encontrávamos alguém, ela precisava falar que eu era um vagabundo.

— Eu nunca disse isso. Só comentei para que as pessoas soubessem que podiam procurar você se soubessem de algum trabalho.

— E você? Não vi você procurando um emprego para nos ajudar.

— Eu procurei no jornal. Nenhum deles tinha vaga. E eu trabalhei, sim. Lembra que cuidei daquelas casas de veraneio?

— Aquilo eram uns duzentos dólares por mês, não era um emprego de verdade.

— O que eu deveria fazer aqui, Jimmy? Eu abandonei a *minha vida* 15 anos atrás para me casar com você, ter nossas filhas e viver nesta ilha no fim do mundo. Eu ia fazer pós-graduação e me tornar escritora.

— Eu nunca impedi você de escrever.

Quando Gracie era bebê, e Jessica e Sophie ainda não estavam na escola, Beth mal conseguia tomar banho, quanto mais escrever qualquer coisa criativa. Provavelmente foi quando seus textos, contos e cadernos foram parar no sótão. Ela não tinha nem tempo nem espaço. Mas as meninas cresceram e se tornaram mais independentes. As três começaram a estudar, e Beth ganhou bastante tempo para tomar banho. Ela tinha bastante tempo e espaço para voltar a escrever, mas não o fez. Alguma coisa a impediu, e não foi Jimmy.

— Bom, estou escrevendo agora — diz ela, como se fosse uma ameaça.

— Você acha que é o sonho da minha vida ser *bartender*?

— Você ama.

— Não amava no começo. Eu ainda preferiria estar num barco.

— E eu preferiria um marido que não estivesse tendo um caso com a *hostess*.

A voz de Beth está vazia e trêmula por causa da raiva. Ela está piscando para afastar as lágrimas. Detesta o fato de sempre chorar quando fica brava, como se suas emoções se confundissem. Seu coração fica acelerado para alimentar sua raiva, o rosto vermelho sente a raiva, sua mente entende os motivos da raiva, mas os olhos pegam toda essa informação e concluem: "Ela está triste. Formar lágrimas." Era de enfurecer.

— Eu sinto muito — diz Jimmy.

— Deveria sentir mesmo.

— E o caso terminou? — pergunta o dr. Campbell.

— Terminou. Ela queria que eu me divorciasse e que a gente se casasse, mas isso nunca ia acontecer. A coisa toda foi um grande erro. Acabou, eu juro, e nunca mais vai acontecer. Beth, eu não quero perder você.

— Beth, você acredita nele?

Beth faz uma pausa. Não sabe o que pensar. Gostaria de acreditar que ele sai do Salt, vai direto para o apartamento de Harry, um amigo, e dorme sozinho no quarto de hóspedes até o meio-dia, que passa a tarde se sentindo mal pelo que fez e depois vai trabalhar de novo.

Mas *ela* está no Salt. Beth pensa nos dois lá. E imagina um sorriso, uma risada, um toque, a mão *dela* no braço dele, um beijo. Essas imagens na mente de Beth são mais fáceis de conceber, são mais claras e reais do que imaginar Jimmy sozinho em um apartamento desconhecido. Ela imagina o colar de Angela pendurado entre aquele seios grandes e sente um cheiro forte de esquilo morto e mais alguma coisa. Urina de gato? Estava fisicamente enjoada.

— Não sei no que acreditar. Eles passam todas as noites juntos.

— Nós não "passamos" as noites juntos. Nós trabalhamos no mesmo lugar.

— Certo. Ela trabalha no mesmo bar. Não sei se posso confiar nele de novo.

— Eu juro, acabou.

— Bom, pois é, está claro que você nem sempre cumpre sua palavra.

O dr. Campbell abaixa a caneca da Starbucks e inclina a cabeça. Todo mundo espera.

— Vocês ouviram isso? — pergunta ele.

Beth balança a cabeça. Jimmy não diz nada.

— Escutem — insiste o terapeuta.

Beth ouve Jimmy fungando e um carro passando na rua.

— Com licença, eu volto logo — anuncia o dr. Campbell, saindo apressado da sala.

Beth e Jimmy ficam sentados em silêncio, olhando para a frente, esperando o dr. Campbell voltar logo. Como isso não acontece, Jimmy fica inquieto. Ele limpa a garganta, muito mais alto do que faria se o dr. Campbell ainda estivesse ali. Beth cutuca as próprias cutículas. Jimmy olha o celular. Beth faz o mesmo.

Ela não ouviu nenhum barulho. Talvez seja um tipo de teste, algum tipo de castigo para casais que se comportam mal. Talvez o "escutem" seja para os dois mesmo.

Bom, não está funcionando. Eles não sabem como conversar um com o outro. Não sabem ouvir. É por isso que estão ali. Além de se sentir ridiculamente presa no sofá do dr. Campbell, perseguida por um falcão, furiosa com Jimmy por traí-la, constrangida por chorar quando fica brava e enjoada de pensar em Jimmy e Angela ainda se encontrando, Beth se sente abandonada e manipulada. Esse terapeuta não sabe o que está fazendo.

O dr. Campbell não volta, e o silêncio entre ela e Jimmy aumenta, transformando-se em uma presença na sala, tão real e predatória quanto o falcão. Tem seus próprios olhos malignos, perseguindo-os, livres na ausência do dr. Campbell, afiando as garras, esperando o momento certo de atacar. Tudo de que o silêncio entre ela e Jimmy gostaria era devorar os dois, como deseja fazer há anos.

Por fim, depois do que parece ser a sessão inteira, mas devem ter sido apenas alguns minutos, o dr. Campbell reaparece, se senta na poltrona de couro e suspira.

— Peço desculpas. O cachorro fugiu. Agora, vamos voltar para onde estávamos. Jimmy, você precisa se sentir desejado e perceber que faz Beth feliz. Beth, você precisa confiar que, se Jimmy estiver infeliz, ele vai conversar com você sobre isso e que nunca mais vai ser infiel. Certo? Parece justo?

— Não acho justo dizer que Jimmy é o único que se sente indesejado. Ele me traiu. Isso não é exatamente me desejar. Eu não saí e "desejei" outro homem.

— Sim. É verdade. Certo, vamos acrescentar isso. Vocês dois querem se sentir desejados, felizes, seguros e amados, não é? Podemos dizer isso?

— Sim — diz Beth.

— Sim — diz Jimmy.

— Então é nisso que vamos trabalhar — afirma o dr. Campbell, batendo as mãos nas coxas.

— Mas essas coisas não deveriam vir naturalmente se você é a pessoa certa para o outro? — pergunta Beth.

— Parte, sim, e parte exige comunicação e esforço.

Jimmy espirra. Beth deseja "saúde" mentalmente e oferece ao dr. Campbell um sorriso tímido com os lábios apertados.

— Certo — continua ele, checando o relógio de pulso. — Esta é a lição de casa de vocês. Quero que cada um pegue quatro pedaços de papel, um para *desejado*, um para *feliz*, um para *seguro* e um para *amado*, e quero que escrevam ações e palavras específicas que precisam ver ou ouvir para sentir cada uma dessas coisas. Pensem no máximo de itens que puderem. Não escondam nada.

— Não entendi muito bem... como assim? — pergunta Jimmy.

— Bem, esses quatro sentimentos são necessários para vocês dois, mas é provável que signifiquem coisas diferentes quando concretizados. Por exemplo, se sentir amado para você pode significar um abraço e um beijo de Beth toda vez que chega em casa do trabalho. Pode significar chinelos e charuto. Pode significar sexo. Para Beth, pode significar as mesmas coisas, provavelmente não o charuto e os chinelos, mas também pode significar outra coisa. Amor para Beth pode surgir como lavar roupa ou levá-la para jantar.

Beth assente.

— Amor, felicidade, segurança e sentir-se desejado; essas são as coisas básicas, certo? E, por serem tão básicas, as pessoas muitas vezes presumem que deveriam acontecer automaticamente. Mas o que funciona para você pode não funcionar para ela. Somos todos diferentes. A menos que você *comunique* de que maneiras específicas e peculiares você se sente amado e feliz, seu parceiro pode não saber o que fazer. E assim nos sentimos não amados e infelizes. Certo?

Jimmy faz que sim com a cabeça.

— Certo, é só isso por hoje. Bom trabalho — conclui o dr. Campbell.

Jimmy dá um salto como um garoto que acaba de ouvir o sinal do recreio. Ele paga pela sessão em dinheiro, menos os vinte dólares do bicho morto, enquanto Beth se balança até conseguir sair de seu buraco. Ela agradece ao dr. Campbell, sorri com as mãos nos bolsos, e os dois vão embora.

— O que você achou? — pergunta Beth quando tem certeza de que não vão ser ouvidos.

— Acho que esse sujeito é bem estranho.

Beth ri.

— Ele provavelmente precisa de terapia mais do que nós — continua Jimmy, sorrindo.

— Mas, de verdade? — insiste ela, precisando de mais do que uma risada.

— Terapia não é bem meu estilo.

Ela assente.

— Mas vale a pena se der certo, não é? — pergunta Jimmy.

Ela concorda.

— Certo. Vou fazer minha lição de casa — diz ele, sorrindo. — A gente se vê.

— A gente se vê — repete ela.

Beth entra no carro e ri, mais de nervoso do que de qualquer coisa engraçada. A experiência toda foi estranha. A sala, o sofá, a permuta em bicho morto, os olhos pretos do falcão, os gatos, o cachorro "fujão".

Ela pensa na lição de casa enquanto volta para a biblioteca, já louca para escrever o próximo capítulo. Desejada, feliz, segura, amada. Do que precisa para se sentir desejada? Do que precisa para se sentir amada? Como vão ser os quatro pedaços de papel de Jimmy? Do que o garoto em seu livro precisa para sentir essas coisas?

Sua mente divaga pela sessão de terapia, repassando tudo enquanto ela dirige.

Confiança. Raiva. Silêncio. Comunicação. O falcão. Aquele sofá. O cheiro. Os gatos e os cachorros.

Seus pensamentos vão parar no garoto de olhos castanhos do livro que está escrevendo, devaneando sobre os capítulos já escritos.

Nenhuma palavra dita. O céu azul. Repetição. A mãe dele.

Desejo. Felicidade. Segurança. Amor.

O dr. Campbell pode ser estranho, mas também é brilhante.

CAPÍTULO 24

Estou enfileirando algumas das minhas pedras na sala. Essa fileira é feita de pedras que peguei na última semana. É uma fileira de pedras novas. Essa fileira se estende da mesa de centro até a parede. Vai ser uma fileira de 128 pedras quando eu tiver acabado. Estou imaginando a fileira de 128 pedras na minha cabeça antes de chegar até a parede, já estou animado.

É por isso que parei de enfileirar dinossauros e outros animais de plástico. Eu nunca tinha o suficiente. Eu podia fazer fileiras por tipo, tamanho, cor ou na ordem em que cada animal pode ser comido pelo outro, ou pela rapidez deles, mas a fila nunca ia da mesa de centro até a parede. Eu sempre precisava de mais animais.

Eu tinha de esperar minha mãe ou meu pai comprarem mais animais de plástico na loja, mas eles nunca compravam o suficiente e às vezes não compravam nada. Mesmo que eu fosse junto à loja e implorasse por mais, ele nem sempre compravam os animais de que eu precisava.

"Não. Você tem elefantes suficientes. Hoje não. Você não precisa de mais dinossauros."

Mas eles estavam errados. Eu não tinha elefantes suficientes e precisava, sim, de mais dinossauros. E os "Não" e "Hoje não" me faziam sentir como se eu estivesse explodindo, deixar na loja aqueles animais de que eu precisava quando havia fileiras de animais em casa que nem chegavam até a parede.

Então decidi parar de precisar de animais. As pedras são muito melhores. Minha mãe me leva para a praia quase todo dia, e sempre consigo encontrar mais pedras do que preciso lá. Minha mãe pode até se esquecer de levar meu baldinho verde, e tudo bem, porque consigo colocar 21 pedras grandes em um bolso da calça e 48 pedras pequenas no outro. E, se estiver frio e eu estiver de casaco, posso colocar 27 pedras grandes em um bolso do casaco e 54 pedras pequenas no outro.

Minha mãe nunca diz "Não" nem "Hoje não" na praia. As pedras da praia são de graça. E posso pegar e trazer para casa quantas eu quiser.

Essas são as regras de colecionar pedras. Elas precisam ser quase brancas, quase lisas e quase redondas. Eu decido o que é *quase*.

Às vezes pego uma pedra em formato de bala, que não é exatamente redonda. Na verdade é um triângulo. Mas, se for muito lisa e muito branca, eu pego. Se uma pedra for muito boa em ser redonda, mas for um pouco amarela demais ou tiver um pouco de relevo ou rachaduras, eu pego. Minha mãe chamaria essas pedras de exceções à regra, mas eu chamo de *parte da regra*, então tudo bem.

Em casa, eu gosto de contar, organizar e reorganizar as pedras em fileiras que atravessam o chão do meu quarto, a sala, a cozinha e, se estiver calor lá fora e não muito frio, nem nevando, nem chovendo, o deque. O chão da cozinha é difícil por causa dos ladrilhos. Preciso pensar e planejar com antecedência para garantir que a fileira toda fique nos lugares certos e nenhuma pedra caia no rejunte entre os ladrilhos. Todas as pedras precisam ficar nos ladrilhos, e não posso interromper a fila com um espaço grande para passar por cima de um vão, porque senão vou ter feito duas fileiras em vez de uma. E eu não gosto do número dois.

A cozinha também é um lugar difícil para fazer minhas fileiras de pedras porque minha mãe costuma ficar andando por lá, mas eu não noto até ser tarde demais. Ela às vezes passa por uma fileira de pedras e tira algumas do lugar com o pé, ou diz "Limpe tudo e tire essas pedras do caminho", e nos dois casos a fileira fica arruinada. E, se minha fileira de pedras é arruinada, eu fico arruinado. Então gosto de enfileirar minhas pedras onde elas não vão ser mexidas, chutadas, recolhidas ou arruinadas.

Uma vez que eu tenha estudado minhas pedras, elas podem ser alinhadas de todos os jeitos. Pode ser por tamanho, de menores que uma ervilha (em geral essas são as mais redondas e mais brancas que tenho) até do tamanho da minha mão (sempre ovais). Pode ser por superfície, desde sem rachaduras nem relevo até rachada e cheia de calombos. Pode ser pela circunferência, de uma esfera perfeita, de pingo e de bala meio triangular até perfeitamente oval.

Podem ser alinhadas por brancura. As pessoas chamam minhas pedras de "pedras brancas do Anthony", mas não está certo chamá-las de pedras brancas do Anthony, porque não é bem verdade. Algumas das minhas pedras são só brancas, mas a maioria é basicamente branca, o que significa que ali existem outras cores, como amarelo, cinza e cor-de--rosa. Se você parar para olhar de perto e prestar atenção, vai entender que a maior parte das minhas pedras tem mais do que apenas branco.

Fiquei muito animado no dia em que aprendi os nomes dos diferentes tons de branco. No domingo, 22 de agosto, minha mãe e meu pai estavam se preparando para pintar a madeira em volta das portas e janelas, e minha mãe espalhou um monte de fichas de papel sobre a mesa da cozinha. Cada uma tinha seis retângulos, todos com diferentes quase brancos! Iguais às minhas pedras! Fiquei tão empolgado de ver todos aqueles quase brancos!

Minha mãe viu minha animação com os retângulos coloridos nas fichas, então apontou para cada um e me disse os nomes. Superbranco. Branco de decorador (branco com cinza). Pomba branca (branco com amarelo). Branco-átrio (branco com laranja). Branco-antigo (branco com amarelo e laranja).

Mais amarelos: branco-lençol, branco-navajo, branco-camafeu, branco-marfim, concha marinha. Cinza: branco-osso, branco-porcelana, branco-oxford, branco-papel, branco-nuvem, branco-duna. Azuis: fanfarra, véu azul. Rosas: branco-opulência, alabastro, branco-zinfandel.

Passei o resto do dia 22 de agosto no meu Quarto da Memória e decorei os nomes de quase todos os brancos. Isso me deixou muito feliz, porque agora sei os nomes das cores das minhas pedras. Então posso enfileirar as pedras alabastro. Ou posso enfileirar todas as pedras branco-amareladas de acordo com o nome. Pomba branca vem primeiro. Concha marinha fica por último.

Hoje o céu está nublado. Fiz uma fileira de superbranco, branco-nuvem e branco-duna para combinar com a cor das nuvens no céu. A fila começa com a menor pedra na mesa de centro e termina com a maior pedra na parede. São 128 pedras enfileiradas. Onze são pedras superbrancas, 78 pedras branco-nuvem, 39 pedras branco-duna. Trinta e seis são pequenas, oitenta são médias, e 12 são grandes.

Onze são superbrancas e pequenas, zero é superbranca e média, zero é superbranca e grande. Vinte são branco-nuvem e pequenas, cinquenta são branco-nuvem e médias, oito são branco-nuvem e grandes. Cinco são branco-duna e pequenas, trinta são branco-duna e médias, e quatro são branco-duna e grandes.

Estou deitado com a cabeça no piso frio de madeira perto da quina da mesa de centro olhando para minha fileira de pedras. É tão linda. Meus dedos estão cheios de felicidade.

Minha mãe às vezes olha para minhas fileiras de pedras e tem algo a dizer sobre elas.

"Aquela parece os ossos da cauda de um dinossauro."

"Aquela parece meu colar de pérolas."

"Aquela poderia ser uma sequência de nuvens no céu."

Não sei por que ela diz essas coisas sobre minhas fileiras de pedras. São fileiras de pedras. Às vezes eu organizo as pedras de acordo com determinadas regras. Às vezes faço uma fileira inteira oval ou pomba branca (a cor pintada ao redor das nossas portas e janelas) ou só com pedras médias. Mas são sempre fileiras de pedras. E são sempre lindas.

Minha mãe também diz que minhas pedras são muito antigas e vieram dos vulcões. Ela diz que a energia da água do oceano é que deixa as pedras tão lisas. Mas acho que ela está inventando uma história, porque os vulcões produzem uma coisa chamada lava, que é um líquido quente e laranja, que se transforma em pedras pretas e não brancas. Levei algumas pedras com relevo para a pia, deixei a água cair por muito tempo, e elas não ficaram mais lisas. Então não acho que nem vulcões nem a água fizeram essas pedras. Acho que minhas pedras basicamente brancas nasceram assim.

Vou da quina da mesa de centro para o meio da fileira. Levo meus olhos até o chão de novo e olho para minha fileira de pedras. Está perfeita. Eu sorrio e deixo meus olhos embaçarem para que as pedras continuem para sempre.

Mas, nas bordas de para sempre, alguma coisa está acontecendo. Outra fileira de pedras está se formando. Esfrego os olhos, porque acho que eles podem estar me enganando, criando outra fileira de pedras dentro da minha cabeça e não no chão da sala de verdade. Então noto uma mão. A mão está colocando mais pedras. Eu conheço essa mão. É a mão da minha mãe!

A mão da minha mãe está colocando mais pedras em uma linha reta ao lado da minha fileira. A fileira dela contém pedras que são branco-marfim, branco-camafeu, branco-lençol, são todas pequenas e basicamente redondas. A mão dela para. A linha para de crescer. A mão da minha mão acabou. São 21 pedras nessa fileira de branco-amarelado, pequenas e basicamente redondas.

Enquanto admiro essa nova fileira de pedras, vejo o nariz e o queixo da minha mãe no chão atrás das pedras. Olho rápido e vejo os olhos da minha mãe. Junto tudo e vejo o rosto da minha mãe. O rosto da minha mãe está no chão assim como o meu.

Sua fileira de pedras é linda, mãe! Ela também deixa você calma e feliz? Você também ama enfileirar pedras?

Eu queria que minha voz não fosse quebrada para poder perguntar a ela. Mas aí presto mais atenção à boca da minha mãe e vejo o rosto dela sorrindo, então não preciso de uma voz para saber a resposta.

CAPÍTULO 25

É o começo de outubro, uma nova página no calendário e primeiro dia frio de fato do outono, mas a mudança de estação, do dia a dia do verão para algo tão claramente diferente, parece ter acontecido um mês antes. As famílias de veranistas com crianças em idade escolar deixaram a ilha em um êxodo maciço imediatamente depois do Dia do Trabalho, no início de setembro. Na segunda-feira do feriado, a ilha estava tomada de gente e movimentada como sempre, mas, na terça à tarde, estava vazia, sombria e quieta, como se fosse possível ouvi-la expirar. Olivia pode relaxar de novo, ir ao Stop & Shop em qualquer dia da semana, virar à esquerda sem esperar muitos minutos e caminhar sozinha na praia; mas, estranhamente, assim como a leva de veranistas exigiu uma adaptação grande e consciente, sua ausência abrupta também exige.

Um mês inteiro depois do Dia do Trabalho, Olivia ainda está em crise. Gosta da solidão, até a prefere, mas, por alguma razão, quando todo mundo foi embora de Nantucket em setembro, ela se sentiu abandonada, como se tivesse literalmente perdido a balsa. Não há mais sessões de fotos na praia agendadas. As páginas do calendário para outubro, novembro e dezembro estão vazias. Ela ainda tem muitas fotos para editar, um trabalho que deve mantê-la ocupada pelo menos por mais um mês, mas acorda toda manhã como se não tivesse nada para fazer. Nenhuma rotina. Nenhum propósito.

Olivia pensa em Anthony o tempo todo e tem lampejos sensoriais dele em momentos inesperados. Ela fecha os olhos e vê um cacho do cabelo do filho sobre o pescoço, as mãos e os dedos pequenos que pareciam exatamente com os seus, os ombros ossudos, a tranquilidade pacífica de seu rosto dormindo. Ouve os grilos à noite e escuta o barulho dos pés descalços dele correndo pelo piso, a melodia da risada, o balbuciar. Ela inspira o ar frio do outono e sente o cheiro da pele de Anthony depois de um dia ao sol ou de um banho de espuma.

Ainda está tentando entender o porquê de tudo, rezando, ainda tentando ouvir as respostas de Deus com seu espírito, ainda totalmente insegura sobre como fazer isso. Percebe que está tentando sentir o cheiro com os olhos, ouvir com o nariz ou, ainda mais impossível, fazer alguma parte de sua anatomia ou de seu ser que nem tem certeza de que existe se tornar uma antena, uma parabólica capaz de receber sabedoria do céu. Parece improdutivo e um tanto louco.

Mas aquele está sendo um dia bom, uma distração das orações sem resposta e da solidão despropositada. Naquele dia ela será a assistente do fotógrafo Roger Kelly em um casamento no Blue Oyster.

Roger é *o* fotógrafo cobiçado de Nantucket. Seu assistente teve algum tipo de emergência familiar fora da ilha, deixando-o perdido. Olivia tirou fotos da família Morgan em julho, e a sra. Morgan é a melhor amiga da mãe da madrinha da noiva, e, graças a esse boca a boca de última hora, Olivia conseguiu o trabalho. São muitas horas, e o pagamento não será bom, pouco mais que uma sessão de fotos, mas não será preciso editar nada, e ela está feliz por ter algo para fazer.

Roger pediu que Olivia fizesse as fotos mais espontâneas, o fotojornalismo que estava na moda hoje em dia, enquanto ele cuidava das imagens mais posadas, formais e tradicionais. Ele ia cuidar da salada, enquanto ela se responsabilizaria pela sobremesa. Olivia dá uma olhada nas imagens já registradas por sua câmera, parando e meneando a cabeça diante das favoritas. O pai da noiva beijando o rosto da filha. A noiva rindo. O noivo sussurrando no ouvido da noiva. A dama de honra levantando o tule do vestido para olhar para os sapatos de boneca de couro.

A cerimônia ocorre na praia modesta e artificial do Blue Oyster com vista para o porto, e a recepção agora segue a todo vapor no terraço do hotel. O céu já escureceu e está iluminado por uma lua clara e pelas estrelas brilhantes. Uma fogueira queima num fosso de pedras e aquecedores externos dispostos como postes de iluminação entre as mesas impedem que o ar frio da noite entre na elaborada tenda branca. Olivia fotografa a lua acima do porto, as velas e os recipientes de vidro cheios de *cranberries* sobre as toalhas de mesa brancas, o buquê de rosas brancas da noiva ao lado de uma taça de champanhe.

A festa corre solta na pista de dança, mas a atenção de Olivia se volta para um garoto sentado sozinho em uma mesa para seis. Ele parece ter sete ou oito anos, tem cabelo loiro de surfista, comprido e desgrenhado, e está vestindo camisa branca, calça cáqui e *docksides*. É adorável. Seus indicadores estão enfiados nos ouvidos, os cotovelos abertos, e ele se balança para a frente e para trás na cadeira. Clique. Clique. Clique. Olivia olha para o display de LCD da câmera. O olhar dele é distante, sem foco.

A banda termina de tocar "Love Shack", e a mãe do garoto volta para a mesa a fim de dar uma olhada no filho. Ela o beija no topo da cabeça. Clique. Clique. Clique. A mãe volta para a pista. O menino continua se balançando com os dedos nos ouvidos.

A banda é barulhenta. As pessoas precisam gritar para conversar. A voz do vocalista é ampliada pelo microfone, o grave insistente, cem pessoas gritando para serem ouvidas, a dança, as luzes, o cheiro do fogo — é demais. O garoto está lutando contra uma enxurrada de estímulos, fazendo de tudo para bloquear todo o exterior, se balançando para criar seu próprio estímulo e se concentrar nele, um ritmo cadenciado para a frente e para trás, um embalo.

O pai aparece na mesa e se senta ao lado do filho. Clique. Clique. Clique. O pai termina sua bebida e fica para mais uma música.

A mãe volta, suada e feliz. Ela diz alguma coisa para o filho. O garoto se balança e não olha para a mãe. Ela puxa o marido pela mão. Ele sorri. Clique. Clique. O casal volta para a pista.

Olivia sente um nó no estômago e se dá conta de que está prendendo a respiração. Ela expira. Já esteve nessa situação. Já passou por isso. Aquele garoto adorável só vai aguentar por um tempo. O que é uma celebração para todos é um inferno para ele. Nada disso é divertido para o menino, e Olivia deseja que os pais dele o tivessem deixado em casa com uma babá ou que vão embora cedo. Mas também entende a vontade do casal de incluí-lo, de fazê-lo se vestir bem como qualquer outro garoto convidado para o casamento e trazê-lo junto, de arriscar mais uma música, de se divertir, de ser uma família completa naquele momento.

Com o tempo, ela e David acabaram parando de ir a casamentos, festas de aniversário e de fim de ano com Anthony, porque era mais fácil e mais seguro deixá-lo em casa do que correr o risco de acontecer algo em público. Autismo e festas barulhentas não combinam, e, se os pais desse menino demorarem demais, não vai acabar bem. Em algum momento, ficar se balançando na cadeira com os indicadores nos ouvidos não vai ser suficiente, e o sistema nervoso dele vai ter um ataque, incapaz de tolerar mais um segundo dessa loucura. Ele vai ter um surto ou sair correndo. Lutar ou fugir.

Olivia presume que os pais estão conscientes da aposta que estão fazendo e, enquanto prende a respiração de novo, preocupada com o menino, também torce pelos dois, desejando que eles consigam dançar pelo menos mais uma música como marido e mulher antes que o pavio da bomba-relógio invisível exploda, antes que o mundo inteiro deles se transforme de uma noite deliciosa em uma festa de casamento para uma angustiante missão de fuga. Mas, por enquanto, os dois estão dançando, parecendo alheios ao pavio queimando. Olivia confere o relógio de pulso, sabendo que é tarde.

A banda muda a atmosfera com uma música lenta. O pai do menino puxa a esposa, que aconchega a cabeça na curva do pescoço do marido. Os dois movimentam o corpo de um lado para outro, desenhando um pequeno círculo, e, apesar de estarem cercados por uma pista cheia, parecem totalmente concentrados um no outro, no ritmo único que tinham criado juntos, como se ninguém mais existisse além dos dois. Clique. Clique. Clique.

Olivia abaixa a câmera e observa o casal sem a máscara da lente. Uma onda de emoções toma conta de sua garganta, e ela engole em seco várias vezes.

David.

Por que eles não podiam fazer isso? Por que não podiam se abraçar e bloquear o mundo externo? Por que não podiam se entregar àquilo sobre o qual não tinham controle? Por que não podiam ser corajosos o bastante para celebrar uma vida que incluía o autismo? Era o que ela queria, e talvez até tivesse conseguido em algum momento, mas tinha demorado demais. Quando ficou pronta para dançar, a música já tinha parado.

Olivia olha para a mesa do garoto. Ele sumiu. O pânico se instala em todas as suas células, paralisando-a por um segundo, mas então um instinto poderoso e bem treinado assume o controle.

Onde ficam as saídas? Ela olha para a porta do hotel que dá para o estacionamento. O garoto quer ir para casa, e o carro é a maneira de conseguir isso. O carro é familiar e seguro. Ou talvez eles estejam hospedados no hotel. De todo jeito, ele teria de atravessar a multidão de gente entrando e saindo para usar os banheiros, passando pelo hall barulhento, pelo porteiro e pela recepção.

Ela olha para o outro lado, para longe das pessoas, da tenda e de todo o barulho, para o gramado lá embaixo, o caminho sinuoso que dá para as escadas, para a praia, para o porto. Para a água. Se Anthony estivesse ali e resolvesse fugir, é para lá que iria.

Olivia se esquece de tudo e sai correndo. Seus saltos afundam e ficam presos a cada passo na terra fofa sob o gramado do Blue Oyster, diminuindo sua rapidez. Ela chuta os sapatos e corre descalça pela escada de pedras frias, rezando para que o menino esteja lá quando der a volta e chegar à praia.

CAPÍTULO 26

Beth está olhando pela janela da cozinha, vendo Jimmy e as meninas indo embora de carro, sentindo-se abandonada. É um fim de tarde de sábado, e Jimmy passou lá mais ou menos uma hora antes, disse que estava de folga naquela noite e se ofereceu para levar as meninas para fazer uma caminhada na Bartlett's Farm e para jantar. Ela hesitou no início, não porque tivesse outros planos incríveis para elas, mas porque não foi incluída.

Nos últimos meses uma visita não anunciada do marido a incomodaria e irritaria, mas naquele dia Beth apreciou a companhia dele. Jimmy limpou os pés no capacho antes de entrar na casa, trocou uma lâmpada queimada no lustre da sala, disse que cuidaria da limpeza da chaminé e fez um monte de perguntas para as meninas sobre a escola. E fez um monte de perguntas para Beth sobre autismo e o livro que ela está escrevendo. Foi atencioso, prestativo e ficou genuinamente envolvido na conversa.

Antes de levar as meninas, ele fez questão de contar a Beth que tinha acabado a lição de casa do dr. Campbell e ficou um tanto desapontado quando ela admitiu que ainda nem tinha começado. Ela precisa fazer a tarefa. Sabe que a está evitando. Também está evitando se perguntar o porquê disso.

Beth encontra uma folha de sulfite e se senta à mesa da cozinha. Faz uma cruz, dividindo o papel em quatro, e escreve no alto de cada quadrante: *Desejada. Feliz. Segura. Amada.* Seus olhos perdem o foco enquanto encaram a folha. Ela batuca a caneta nos dentes e devaneia por muitos minutos. Voltando à realidade, retoma a tarefa. *Desejada. Feliz. Segura. Amada.* Branco. Branco. Branco. Branco. Branco.

Beth suspira, dobra o papel e o guarda no bolso. Vai fazer aquilo em outro momento. Mais tarde.

Está feliz que esse tipo de bloqueio criativo esteja limitando a sua vida pessoal e não o livro, que ainda não tinha título. Ela está indo quase todo dia à biblioteca, animada por ficar lá as manhãs inteiras. A história vem com facilidade, e Beth está orgulhosa do que escreveu até então, acreditando piamente ao reler os capítulos que de alguma forma conseguiu capturar a voz desse garoto fictício com autismo.

A caneta ainda na mão e cenas do romance passando pela cabeça despertam uma vontade quase compulsiva de escrever. Ela olha o relógio de pulso. Olha pela janela da cozinha para o local onde a caminhonete de Jimmy estava estacionada alguns minutos antes. Com um desejo súbito, Beth levanta, pega as chaves, a bolsa e sai de casa. Em vez de fazer a lição de casa da terapia de casal, limpar os quartos ou ficar jogada no sofá diante da tevê pelo resto da noite enquanto espera as meninas voltarem, ela vai para a biblioteca escrever.

Ela sobe os degraus até o andar superior aos saltos, mas em seguida seu coração fica pesado. Quatro pessoas estavam sentadas à sua mesa geralmente vazia. Eddy Antico, da Câmara do Comércio, está em sua cadeira, e Pamela Vincent lê em voz alta em um pódio no palco. Beth vai até Mary Crawford no balcão de informações.

— O que está acontecendo? — sussurra.

— É o evento de 25 horas de leitura de *Moby Dick*.

— É mesmo? Em que hora estão?

Mary olha para o relógio e faz as contas mentalmente.

— Seis horas, quarenta minutos. Você quer ler? Podemos encaixar você em qualquer horário entre quatro e seis da manhã.

"Até parece!"

Mary mostra a lista para Beth. Rose Driscoll, líder do clube de jardinagem, de pelo menos setenta anos, está agendada para ler às três da madrugada. Mary Crawford está marcada para as seis.

— Não, obrigada — responde Beth, tentado não rir, sem conseguir imaginar por que alguém em sã consciência de fato planejaria ir à biblioteca para ler ou ouvir *Moby Dick* às quatro da manhã, ou em qualquer outro horário, para ser sincera. A animação em Nantucket fora da temporada é uma experiência bastante subjetiva.

Beth olha em volta da sala, procurando resignada e em vão uma maneira de ficar e escrever, desejando não ter de ir embora. Ela pode tentar o andar de baixo ou o The Bean, ou pode escrever na mesa da cozinha, no silêncio de sua casa, mas se tornou mais supersticiosa que um jogador de beisebol numa fase boa com relação ao local onde escrevia. Tem de ser na biblioteca, na mesa longa, sentada na cadeira mais próxima do palco, virada para a janela. Ela sabe que sua fé nessas condições rigorosas beira o patológico, não podia ser verdade, mas acredita nisso. É verdade. É dali que vem a inspiração. É onde as histórias vêm para ela. É onde a magia acontece.

Relutante, ela sai e fecha o casaco. Hesita na porta do carro. Foi até o centro e não queria dar meia-volta e ir para casa sem fazer nada. O que mais pode fazer? Talvez Georgia esteja no Blue Oyster. Talvez ela possa fazer uma pausa para um drinque no bar do hotel. Um plano perfeito.

Começa uma caminhada revigorante pelos quatro quarteirões, empolgada em ver Georgia e tomar um belo martíni, mas, ao chegar perto do terreno do Blue Oyster, vê uma cerimônia de casamento em andamento na pequena praia artificial e ali para, desanimada. Um casamento significa que Georgia está ocupada e não terá tempo para um drinque. E agora? Caminhou até o Blue Oyster.

Então Beth vê Georgia parada bem atrás das duas fileiras de cadeiras brancas e decide entrar para pelo menos dar um "oi" discreto.

— Olá — sussurra Beth, parada ao lado da amiga.

— Olá — responde Georgia.

O rosto de Georgia está corado, cheio de admiração e lágrimas de alegria. Ela seca os olhos com um lenço de papel.

— Os noivos escreveram os próprios votos. Amo quando fazem isso.

Beth olha para o casal e tenta ouvi-los. Pode ouvir a voz do noivo, mas, como ele está de costas para ela, não consegue distinguir o que dizia. O rosto da noiva é jovem e está radiante. Beth se pergunta se seu próprio rosto parecia com aquele no dia de seu casamento com Jimmy. Ela acha que sim. Estava radiante no dia de seu casamento. Mas, em algum momento ao longo dos anos, e não sabe dizer exatamente quando, o brilho desapareceu. Jimmy tem razão. Fazia tempo que ela não ficava feliz em vê-lo. Na cama, no sofá, na mesa da cozinha, entrando pela porta da frente — nenhum brilho. Pode recuperá-lo? Ou o brilho de Jimmy sumiu para sempre? Sentiu um pouco daquele brilho ser reavivado naquela tarde?

Beth olha para Georgia, que de jeito nenhum está conseguindo decifrar o que o noivo diz, e parece radiante a cada palavra. Mas com Georgia não é preciso muito. Ela fica radiante com comerciais de tevê.

— É melhor eu ir embora — diz Beth.

— Por quê? Fique. Já estou acabando, e podemos tomar um drinque.

— Combinado.

Beth sorri, feliz que a amiga tivesse lido seus pensamentos.

A noiva e o noivo se beijam, e todos batem palmas.

— Venha. Preciso levar todo mundo para o terraço.

Georgia conduz os convidados até a tenda no terraço, onde são recebidos por aperitivos, champanhe e música ao vivo. A noiva e o noivo ainda estão na praia, posando para o fotógrafo. Beth e Georgia vão para o fundo, atrás da pista de dança, perto da porta do hotel.

— Só precisamos esperar os noivos. Garantir que eles se acomodem antes que eu possa sair.

— Tudo bem.

— Foi uma cerimônia linda, não foi?

— Foi. Parece que um milhão de anos atrás fomos Jimmy e eu. Um milhão de anos e ontem.

— Como vão as coisas entre vocês?

— Não sei. Estamos indo ao dr. Campbell. Mas não sei. O que você acha que devo fazer? — pergunta Beth, já sabendo a resposta de Georgia.

— Se você conseguir perdoá-lo, aceite-o de volta.

— Como assim? Você nunca aceitou nenhum deles de volta!

— Eu sei, mas gostaria de ter aceitado. Gostaria de ter sabido amar em meio àquela confusão toda. Nunca tive aquele tipo de amor que "supera tudo". Gostaria de ter tido, mas acho que não sou assim. Não consigo amar alguém incondicionalmente.

Georgia sempre quis um conto de fadas, o "felizes para sempre". Mas, até o momento, seus príncipes não tiveram o tipo de caráter e força necessários para chegar a um fim de história digno. O Príncipe Encantado não dormia com a vadia do vilarejo, não cultivava o hábito de tomar 12 cervejas antes do meio-dia e não deixava de cuidar de sua amada. Mas, mesmo depois de quatro príncipes reprovados, no fundo Georgia acredita que o casamento pode ser um filme da Disney. Se ao menos ela encontrasse o príncipe certo.

Em que Beth acredita? Acredita em Jimmy, que ele nunca mais a trairia? Acredita que terá um final feliz? Jimmy estará lá com ela? Acredita no amor?

— Eu também não sei se consigo.

— Mas eu nunca tive filhos para levar em consideração, então para mim era mais fácil terminar as coisas e não olhar para trás.

— Não posso ficar com ele só por causa das meninas, não é?

— Não, nem deve. Mas acho que isso me faria insistir mais para tentar resolver as coisas.

— Então você aceitaria Jimmy de volta? — questiona Beth, sem acreditar nisso nem por um minuto.

Georgia inclina a cabeça como se estivesse pensando nisso de verdade, mas logo desiste do enigma e ri de si mesma.

— Não, eu não conseguiria. Eu ficaria sozinha. Mas não estou dizendo que eu esteja certa.

Beth pode argumentar que reatar o casamento é a coisa certa a fazer. Perdoar Jimmy, aceitá-lo de volta, e tudo pode voltar ao normal. Perdoar é bom. "Normal" seria uma maravilha. As meninas podiam ter o pai de volta. Elas mereciam viver com o pai. Parecia o tipo de decisão altruísta que uma boa mãe tomaria pelas filhas. Seria um gesto grandioso de sua parte.

"Pelo bem das meninas, aceite-o de volta!"

Mas o argumento contra voltar com ele vocifera com muita vontade e confiança, palavras veementes arranhando uma membrana fina do coração machucado que mal contém o desprezo e o ódio de si mesma.

"Você está brincando? Se não se divorciar dele, você é uma mártir patética e covarde sem nenhuma autoestima!"

Beth imagina Pamela Vincent sussurrando para Debbie Mc-Mahon no Atheneum enquanto Eddy Antico lê a sétima hora da maratona de *Moby Dick*. "Você ficou sabendo que Beth e Jimmy Ellis estão juntos de novo depois que ele a traiu por quase um ano? Que boba!"

Ela imagina Jill e Courtney fofocando enquanto bebem taças de *chardonnay* gelado. "Aquelas pobres meninas, ter de crescer sem um pai. Beth não deu nenhuma chance a ele. Somos todos humanos. Todos nós cometemos erros."

Beth tem medo de que todo mundo que conhece a critique de algum jeito. Ela balança a cabeça, tentando ignorar todos os argumentos sobre o que *deveria* fazer, o que todo mundo acha, até as filhas, para esquecer tudo e se concentrar no futuro, descobrir o que é real e verdadeiro para si mesma em seu coração que um dia foi radiante. É uma pergunta simples, na verdade.

Ama Jimmy o suficiente para aceitá-lo de volta?

Ela abre os olhos. A noiva e o noivo fizeram sua entrada triunfal na festa e estão em sua primeira dança como marido e mulher. O rosto do noivo está tenso e concentrado, e os movimentos dos dois juntos são um pouco rígidos, resultado óbvio de não terem feito aulas de dança suficientes, mas o esforço, apesar de desajeitado, era encantador. Beth e Jimmy não tinham nem tentado aprender os passos de verdade para o casamento. Apenas se balançaram de um lado para outro como adolescentes no baile da escola.

A noiva está tranquila e radiante. Seu noivo desastrado provavelmente fez aulas de dança com ela, provavelmente uma noite por semana, e deve ter odiado cada segundo, mas fez. Fez porque a amava. Está disposto a dançar como um idiota diante de uma centena de pessoas para a felicidade de sua amada. Dali a dez anos, ela terá sorte se ele estiver disposto a trocar o rolo de papel higiênico ou usar um prato.

— Amo homens que sabem dançar — diz Georgia.

— Ele não é exatamente um Gene Kelly.

— Ele está tentando. Amei isso.

A primeira dança é seguida pelas outras danças tradicionais — a noiva com o pai (que também não sabe dançar), o noivo com a mãe, depois o noivo com a madrinha, o que desperta ainda mais adoração em Georgia. Se o rapaz não tivesse acabado de se casar, Georgia iria atrás dele. A pista de dança é aberta para todos. A banda de cinco instrumentos de metal é festiva e toca alto. Sem conseguir conversar sem gritar, Beth e Georgia param de falar. Georgia olha o relógio e pega uma taça de champanhe da bandeja.

— Aqui está. Fique e tome um pouco de champanhe! Preciso cuidar de uma coisa rápida, depois podemos ir!

— Tudo bem.

Beth encosta na parede, bebericando o champanhe e observando as pessoas, constrangida por estar sozinha, profundamente ciente de que está de calça jeans em uma festa de casamento para a qual não foi convidada. Ela evita fazer contato visual com qualquer estranho que passe a caminho dos banheiros, torcendo para que ninguém fale com ela nem pergunte de onde conhece os noivos ou a chame para dançar.

Seu interesse é atraído por um garotinho sentado sozinho em uma das mesas da frente. Ele está tapando os ouvidos e se balançando. Autismo. Ela sabe o suficiente sobre autismo a essa altura, tanto dos livros que leu quanto pelo romance que está escrevendo, para reconhecer em qualquer lugar. E, como uma palavra de um vocabulário obscuro e desconhecido, uma vez aprendido, ela o vê em toda parte. Mas escrever fez mais do que simplesmente permitir que Beth o reconhecesse. Quando vê uma criança com autismo, como aquele menino lindo sentado à mesa, ela sente uma conexão solidária, uma delicadeza no coração, como se fossem amigos que compartilham um segredo íntimo. Antes de começar a escrever o livro, Beth teria olhado para o garoto e pensado: "Que estranho. Tem alguma coisa errada com aquele menino." E teria desviado o olhar intencionalmente. Mas, naquele momento, sorri enquanto o observa e pensa: "Eu sei, está muito barulhento aqui. Eu também quero ir embora."

Os pais vêm ver como ele está, mas o menino não dá nenhuma atenção aos dois. Bom garoto. Ele é esperto. Se admitisse a presença deles, se ouvisse o que estão dizendo, se entreabrisse a porta para receber informações externas, ela podia ser escancarada, e então o trompete, o trombone, a cantoria e mil outros barulhos agressivos o invadiriam junto com a voz dos pais. E isso seria um desastre.

Ele começa a se balançar mais rápido. Os olhos, apesar de basicamente sem foco, começam a olhar em volta. Seus mecanismos de defesa não estão dando conta. Está começando a perder o controle. Beth pode sentir.

E, assim como ela adivinhou que aconteceria, ele salta da cadeira e dispara. Sai correndo de baixo da tenda e vai para o gramado, noite adentro. Beth olha para a pista e encontra os pais nos braços um do outro, dançando uma música lenta, sem se darem conta.

Sem pensar, Beth deixa a taça de champanhe em qualquer lugar e corre atrás dele. O garoto é rápido e está descendo o caminho de pedras, de volta para a praia onde a cerimônia foi realizada. Ela o perde de vista quando diminui a velocidade por conta das pedras, tomando cuidado para não cair, mas não perde as esperanças de que o garoto esteja na praia e não tenha desaparecido. Se ele não estiver na praia, poderia estar em qualquer lugar.

Beth chega à areia, e lá está o garoto. Está com a água na altura dos joelhos. Ele afunda a mão para em seguida levantá-la acima da cabeça, criando um jorro de água. Ele está sorrindo e gritando, balançando as mãos molhadas, espirrando a água dos dedos. Depois enfia as mãos de novo nas águas calmas e transparentes, criando um jato maior ainda. Ele grita e ri. E repete o processo.

Beth está parada com as mãos no quadril, recuperando o fôlego, aliviada que a perseguição tenha acabado, o garoto esteja a salvo, e se perguntando qual era o plano. Ela queria ter avisado os pais antes de sair correndo, mas a essa altura eles já devem ter notado a ausência do filho. Vai apenas ficar com o garoto até os pais chegarem.

O garoto anda paralelamente à costa e não parece querer ir mais adiante, mais fundo que a água nos joelhos. Que bom. Não tem nenhuma vontade de mergulhar no oceano gelado para salvar uma criança. Ele não parece abalado pela presença de Beth, que está parada bem perto dele. O garoto continua se deliciando com as mãos na água quando ela ouve alguém se aproximando. Quando vira, esperando ver os pais, ela se depara com uma mulher. Beth a conhece, mas, talvez por estar esperando outra pessoa, não consegue se lembrar quem é a princípio. Então nota a câmera profissional na mão da mulher e se dá conta. É Olivia, sua fotógrafa.

Olivia vai direto para a água, o rosto pálido de medo. Mas o garoto está rindo e gritando. Está ótimo. Ela para na beira do mar, respira fundo com as mãos no quadril, sorrindo enquanto lágrimas escorrem pelo rosto.

— Olivia.

A fotógrafa leva um susto e coloca a mão no coração.

— Meu Deus, Beth, eu não vi você — diz ela, limpando os olhos e o rosto. — Você conhece os pais dele?

— Sei quem são, mas não os conheço.

— Eu também. Você pode ir procurá-los enquanto espero aqui com ele? — pergunta Olivia.

Beth concorda, mas, quando vira, os pais aparecem nos degraus de pedra.

A mãe, já descalça, corre direto para a água, molhando a barra do vestido preto.

— Owen, você precisa parar de fugir! Não queremos perder você.

Ela coloca as mãos embaixo dos braços do filho, arrastando os pés dele pela superfície da água, desenhando círculos em volta dele. O rosto do menino está tomando pela alegria.

Feliz.

Olivia aponta a câmera. Clique. Clique. Clique.

— Obrigada por cuidarem dele — agradece o pai para Olivia e Beth. — Eu tinha certeza de que ele tinha ido para o estacionamento.

— Imagine — diz Beth.

O pai, Beth e Olivia ficam parados lado a lado por muitos minutos num silêncio aliviado, vendo o garoto e a mãe girar e espirrar água juntos, rindo sob o luar claro. Radiantes.

Amado.

Clique. Clique. Clique.

— Aí está você!

Beth olha para trás e vê Georgia acenando e batendo os saltos no último degrau da escada de pedra. Ela tira os sapatos e vai até aquele grupo improvável, claramente sem conseguir entender por que estão todos ali.

— Estão todos bem?

— Sim — responde o pai, tirando os sapatos e dobrando a barra da calça. — Estamos todos bem agora.

Seguro.

— Ótimo — diz Georgia.

Provavelmente tonta, a mãe parou de girar o menino e está parada atrás dele, que continua brincando na água. O pai se junta aos dois e pega a mão da esposa.

Desejado.

Clique. Clique. Clique.

Feliz. Amado. Seguro. Desejado. Pode identificar esses adjetivos, esses ingredientes necessários para que uma relação funcione, de maneira tão clara nessa família à sua frente. Viu cada um deles no garoto com autismo com tanta facilidade quanto vê a lua clara no céu noturno; no entanto, não consegue formar uma imagem específica de como esses elementos se apresentam para ela.

— Achei que você tivesse me abandonado — diz Georgia.

— Jamais. Está pronta?

— Estou. Vamos.

Antes de subir as escadas, Beth olha para trás, para o porto, a fim de se despedir de Olivia, que está agachada na beira do mar, fotografando o garoto e os pais, mas não quer interrompê-la. Beth sorri, imaginando como as fotos iam ficar lindas. Mal pode esperar para ver suas próprias fotos. Devem ficar prontas logo. Ela vai perguntar.

Enquanto sobe os degraus, ela se questiona o que motivou Olivia a ir atrás do menino. Provavelmente é a preocupação que qualquer adulto teria ao notar que uma criança saiu correndo sozinha em direção à água. Mas, enquanto caminha com Georgia pelo gramado do Blue Oyster, lembra-se dos olhos cheios de pânico e das lágrimas escorrendo pelo rosto pálido de Olivia e se pergunta se havia mais alguma coisa.

Vai ter de perguntar quando a vir de novo.

CAPÍTULO 27

Beth passou a manhã impaciente, louca para ir à biblioteca, mas tem muitos afazeres domésticos que não podiam ser ignorados e, naquele momento, está na partida de futebol de Jessica. Jimmy também está lá. Sozinho. Os dois observam Jessica pelo campo, a certa distância, mas lado a lado, na lateral, em um silêncio desconfortável.

— Como vai o livro? — pergunta Jimmy por fim, ainda olhando para o campo.

— Bem. Está avançando — responde ela, também sem desviar os olhos da partida, mas não porque esteja preocupada em perder uma jogada.

— Que ótimo. É muito bom você voltar a escrever. Estou orgulhoso de você.

— Obrigada — diz ela, subitamente lisonjeada.

Beth vira para Jimmy, que está olhando para ela, não para o jogo, sorrindo.

— Eu adoraria ler.

O rosto de Beth pega fogo, e ela desvia o olhar para seus sapatos pretos. Está despejando o coração e a alma na escrita, entrelaçando tudo o que sente e sabe. Além disso, acredita na história. O interesse súbito e não solicitado de Jimmy no livro, nela, a deixa feliz. Mas pensar em Jimmy lendo seu coração e sua alma, de se revelar tão íntima e completamente para ele, envolve algo que ainda não está pronto para ser tocado. Confiança.

Beth faz contato visual com ele e abre um sorriso tímido antes de se forçar a prestar atenção nas meninas em campo.

Quando o jogo termina, Jessica vai embora com Jimmy, e Beth vai direto para a biblioteca. Sobe para o segundo andar e espia pela porta. Eddy Antico e Pamela Vincent foram embora. Ninguém está lendo *Moby Dick*, e não há ninguém em sua cadeira. Ela sorri e se acomoda.

Beth sonhou com o livro na noite anterior e acordou com o próximo capítulo totalmente formado, em detalhes vívidos, esperando por ela, como um presente. Está animada, porém cada vez mais ansiosa a cada segundo em que ele existe apenas como um conhecimento que vai evaporar a qualquer minuto em sua cabeça, e não como letras escritas a tinta e em segurança na página. Ela abre o caderno, destampa a caneta e começa a escrever as palavras o mais rápido que consegue antes que desapareçam.

Meu nome número um é Anthony. Quando era menor, eu achava que tinha dois nomes: Anthony e VOCÊ.

Minha mãe e meu pai diziam coisas como:

Anthony, venha.

VOCÊ *quer sair?*

VOCÊ *quer suco?*

Anthony, aqui está o suco.

VOCÊ *consegue dizer* CAMINHÃO*?*

Anthony, diga CAMINHÃO*.*

Anthony, coloque os sapatos.

Vamos lá, VOCÊ *coloca.*

VOCÊ *consegue.*

Anthony, vamos lá.

Então é fácil entender a causa da minha confusão anterior. Essas palavras-apelido — VOCÊ, EU, MIM, NÓS, ELE, ELA — ainda me confundem, mas em geral entendo, apesar de não gostar delas. Palavras-apelido dependem da situação, e nunca gostei de coisas que dependem da situação.

É por isso que gosto de números. 6 + 3 = 9. Sempre. 6 + 3 batatas chips ou 6 + 3 rosquinhas ou 6 + 3 pedras alinhadas ou 6 + 3 carros prateados no estacionamento. A resposta é sempre 9. Sempre.

Mas VOCÊ pode significar Anthony ou minha mãe ou meu pai ou Danyel ou um completo estranho no estacionamento.

Como vai VOCÊ*?*

VOCÊ é minha mãe se meu pai estiver falando e minha mãe estiver ali, mas VOCÊ é Danyel se minha mãe estiver falando e Danyel estiver ali, mas se tanto Danyel quanto meu pai estiverem ali, então VOCÊ pode ser meu pai ou Danyel; e VOCÊS podem ser os dois. Então o dono de VOCÊ depende de quem estiver falando e quem estiver lá ouvindo. Como eu disse, VOCÊ depende da situação. VOCÊ segue uma Regra que Depende, e esse não é o tipo de regra de que eu gosto. Gosto de Regras que Independem, regras que sempre continuam iguais, não importa onde você esteja ou quem esteja falando.

Regras que Independem são perfeitas, porque sempre seguem uma coisa chamada causa e efeito, e isso me deixa calmo e feliz. Eu costumava achar que interruptores eram uma Regra que Independe. Se eu ligasse o interruptor, a luz acendia. Se eu desligasse o interruptor, a luz apagava. Toda vez. Sempre.

Até os interruptores se transformarem em uma Regra que Depende. No último inverno teve uma grande tempestade, *acabou a eletricidade*, e eu liguei todos os interruptores da casa inteira sem parar, mas nada aconteceu. As luzes ficaram apagadas.

Então no fim das contas os interruptores não são uma Regra que Independe, do tipo de que eu gosto, mas uma Regra que Depende. Ligar o interruptor acende a luz contanto que a eletricidade não tenha sido levada por uma grande tempestade. Interruptores dependem do tempo. Parei de amar interruptores depois daquela grande tempestade no último inverno.

Olhos também são uma Regra que Depende. Os olhos podem ficar felizes, bravos, interessados ou tristes, podem estar acordados ou dormindo, brilhantes ou cansados, podem encarar ou desviar. Às vezes, os olhos choram. Olhos são sempre uma coisa diferente dependendo da situação. Alguns dias quando minha mãe e eu vamos ao mercado, os olhos dela estão brilhantes, mas, outras vezes, no mercado, os olhos dela estão cansados. E, às vezes, na igreja, os olhos dela estão felizes, mas, outras vezes, na igreja, os olhos dela choram. Então, mesmo que a situação seja igual, ela não me diz o que os olhos vão fazer. É por isso que não gosto de olhos.

Coisas que são Regras que Dependem como VOCÊ, interruptores e olhos são ruins, porque não se pode confiar neles. Não tenho como saber com certeza o que vai acontecer com VOCÊ, interruptores e olhos, o que significa que QUALQUER COISA pode acontecer, e "qualquer coisa" é demais para mim. Eu acabo vagando pelos corredores do meu cérebro, sem saber em que quarto entrar, assustado e confuso. Em geral acabo me escondendo num canto do Quarto do Horror se estou lidando com uma Regra que Depende.

Então eu evito Regras que Dependem, como olhos e interruptores. Mas não dá para evitar apelidos como VOCÊ. Apelidos como VOCÊ estão em toda parte, então tive de aprender a aceitar VOCÊ.

Mas, de modo geral, só gosto de Regras que Independem. Eu gosto de causa e efeito. Alguma coisa faz outra coisa acontecer, e sei o que vai acontecer antes que aconteça porque sempre acontece. Eu me sinto bem com isso.

Quando alguma coisa é uma Regra que Depende, tudo pode acontecer, e isso me deixa assustado. Isso me faz gritar e chorar.

Eu tenho uma coisa chamada AUTISMO. Minha mãe e meu pai não entendem a causa, e isso deixa os dois assustados. Isso faz os dois gritarem e chorarem. Eles devem gostar de causa e efeito e Regras que Independem como eu.

Ser um garoto não significa ter autismo, porque a maioria dos garotos não tem autismo, e algumas garotas têm. Então ter autismo deve seguir uma Regra que Depende. Autismo não é como matemática. É como VOCÊ e depende da situação. Então eu evito pensar sobre o autismo, porque não gosto de Regras que Dependem.

Pensar muito em VOCÊ, interruptores, olhos e autismo me faz ficar andando pelos corredores. Vou entrar no meu Quarto de Contar agora.

Estou contando os ladrilhos do chão da cozinha. Cento e oitenta. São sempre 180 ladrilhos no chão da cozinha. Sempre.

Sempre me faz bem.

Sempre me deixa seguro.

Sempre.

CAPÍTULO 28

Olivia está sentada na poltrona da sala com um dos diários no colo, olhando pela janela para as árvores no jardim. Ela não gosta daqueles pinheiros e carvalhos ali. São magros e baixos demais. Parecem frágeis e macilentos, como se estivessem subnutridos ou doentes. Mas são assim. As árvores em seu antigo jardim em Hingham são árvores de verdade — carvalhos enormes, com centenas de anos, troncos grossos o bastante para alguém se esconder e galhos que se espalham pelo ar. Nessa época do ano, as folhas estariam vermelhas, douradas e lindas de tirar o fôlego. Olivia suspira ao olhar pela janela para as folhas marrom-ferrugem do pequeno carvalho no jardim, sonhando acordada com o outono em Hingham.

1º de outubro de 2006

Acho que quero interromper a análise do comportamento aplicada, a ABA. Sei que ajudou com muita coisa. A atenção dele está melhor. Costumavam ensiná-lo a ficar sentado, fazer quebra-cabeças, empilhar blocos, se vestir, escovar os dentes.

Preciso admitir, funciona. Anthony tem um determinado comportamento, ou, no começo, parecia estar bem perto do que queríamos que ele fizesse, e ganhava um reforço positivo. Uma recompensa por bom comportamento. Pegue uma peça do quebra-cabeça, ganhe uma batatinha. Coloque a cabeça no buraco no meio da sua camiseta. Batatinha. Coloque os pés nos sapatos. Batatinha.

Eu me lembro de não ter gostado da ABA no começo. Os cientistas usam esse mesmo tipo de condicionamento comportamental para fazer pombos bicarem um botão a fim de obter pedaços de alimento. Anthony é um menino em uma casa, não um pombo em uma gaiola. Mas funciona. A ABA deu a Anthony muitas habilidades que eu receava que ele nunca aprenderia.

Mas, ultimamente, em vez de acrescentar mais habilidades, Carlin tem se concentrado em eliminar comportamentos indesejáveis. A linguagem da ABA para isso é "extinção". Não fico nem um pouco confortável com essa palavra. Imagino uma vela queimando, um brilho laranja no centro de Anthony, e Carlin bufando e soprando como o Lobo Mau, tentando apagá-lo. Tentando extingui-lo.

Estão trabalhando para tentar eliminar os comportamentos mais obviamente autistas de Anthony, como os autoestimulados (que chamam de stimming*), que atrapalham mais seu funcionamento ou sua aparência normal. As mãos balançando são o réu principal.* MÃOS PARA BAIXO. *Carlin diz isso toda vez que ele começa a balançá-las. Ela coloca as mãos de Anthony ao lado do corpo como um lembrete e, se ele mantiver as mãos paradas ao lado do corpo, mesmo que por um único segundo, recebe uma batatinha.*

A explicação deliberada por trás da necessidade de "extinguir" as mãos é que o gesto é uma muleta. Anthony balança as mãos em vez de tentar comunicar o que quer e sente. Se eliminarmos a opção de balançar as mãos, ele vai ter de encontrar alguma outra maneira — com sorte, palavras — de se comunicar.

A motivação não dita para tentar eliminar o gesto é que parece estranha. É óbvio para todo mundo. Ele parece uma criança normal, ainda que distraída e quieta, até começar a balançar as mãos. Então eu noto os olhares. "Tem alguma coisa errada com aquele menino." Os pais tomam o cuidado de se manterem, bem como os filhos, a uma distância segura quando veem as mãos balançando. Pode ser contagioso.

Quando Carlin mencionou pela primeira vez o plano de eliminar o balanço das mãos, alguma coisa em mim resistiu, mas eu ainda não tinha as palavras para explicar. Além do mais, ela é a terapeuta. É a especialista. Ela sabe o que está fazendo. Então aceitei e fiz uma piada.

"Ele é italiano. É claro que Anthony fala com as mãos!"

Carlin sorriu e em seguida continuou a descrever em detalhes o plano para silenciar as mãos de Anthony.

Mas a questão é a seguinte. Eu não acho que balançar as mãos seja uma muleta para ele. Não acho que: "Oh, se ao menos Anthony não balançasse as mãos, ele conversaria conosco!" Ele não sabe falar e, graças a Deus, balança as mãos. Anthony se comunica através de um monte de gritinhos agudos e de gestos com as mãos. É assim que ele nos diz o que quer e como se sente.

Claro, é uma forma de comunicação limitada, mas é o que ele tem. E nos tornamos bastante fluentes nessa língua bizarra. Sei quando as mãos dele querem dizer "Isso é MUITO bom" ou "Isso é a melhor coisa que já vi" ou "Não estou gostando do que está acontecendo" ou "Está barulhento demais aqui" ou "Quero me balançar MAIS" ou "Quero ir para casa AGORA". Assim como em qualquer língua, a qualidade e a ênfase dos movimentos, junto com o contexto, comunicam o sentido específico.

MÃOS PARA BAIXO. Estamos silenciando um sussurro já mudo? Não devíamos estar fazendo o contrário? Mãos, falem mais!

Outro comportamento a ser "extinto" é a obsessão com o Barney. Anthony ainda teima em assistir ao Barney, e ao Barney apenas, sem parar. Se tentarmos redirecioná-lo antes de ele terminar, ou se desligarmos a tevê porque precisamos sair ou porque está na hora da ABA, ele perde o controle. "Perseverar", "compulsão" e "obsessão" são as palavras que os terapeutas, professores e médicos usam, então eu também passei a usar. E, mais uma vez, assim como a teoria de que eliminar o balanço das mãos pode forçá-lo a usar a voz, a esperança é que eliminar a preocupação de Anthony com o Barney vá abrir espaço para outros interesses mais condizentes com a idade dele.

No começo, eu concordei. O Barney me enlouquece. Eu gostaria que Anthony encontrasse outra coisa, nem que fosse uma nova obsessão. Gosto muito mais da obsessão dele com pedras. Pelo menos isso nos possibilita ir à praia, e eu até gosto de procurar pedras na praia, então é uma atividade que meio que fazemos juntos. Não entendo a alegria que ele sente em enfileirar as pedras, mas não me importo com elas. Mas o dinossauro roxo que canta, bem, ele pode sumir.

Pensei na nossa contribuição para a obsessão com o Barney. Compramos os DVDs, gravamos o programa e, pelo menos uma vez por dia, eu de fato o incentivo a ir para a frente da tevê, quando preciso de trinta minutos de paz. E a tecnologia de hoje de fato sustenta esse sintoma do autismo. Quando eu era criança, não havia aparelhos de DVD, nem televisão on demand, *nem gravadores em HD. Tenho certeza de que teria sido obcecada com* A noviça rebelde *ou* O Mágico de Oz *se os tivesse visto todo dia em vez de apenas uma vez por ano. Então é fácil alimentar esse tipo de vício hoje em dia. E eu tenho sido a traficante, entregando a ele a droga escolhida com prazer todo santo dia.*

Carlin diz que podíamos optar pela abstinência se quiséssemos. Podíamos simplesmente jogar fora todos os DVDs do Barney, parar de gravar o programa, deletar todos os episódios existentes, sumir com o cobertor e com todos os brinquedos dele. Ia ser o fim. Ou ela poderia trabalhar com ele usando a ABA para desacostumá-lo aos poucos. Isso me pareceu mais humano. A abordagem de clínica de metadona para a reabilitação do Barney.

Mas ontem, quando Anthony estava histérico diante da tela da tevê desligada e Carlin se recusava a entregar o controle re-

moto, mudei de ideia. Estávamos chamado essa coisa do Barney de "perseverança", "obsessão", "compulsão". E se, em vez disso, chamássemos de "amor"?

Quando Anthony assiste ao Barney, vejo que ele está totalmente apaixonado. O prazer fica estampado naquele lindo rosto toda vez que aquele bicho roxo de pelúcia se transforma no Barney gigante e vivo. Ele grita "Eeeya-eeeya-eeeya", e balança as mãos.

Isso é tão bom!

Recentemente ele descobriu o botão REWIND *no controle e aprendeu a repetir os mesmos trinta segundos sem parar. Ele solta uma risada profunda, daquelas que vêm da barriga, toda vez, e balança as mãos.*

Eu amo tanto isso!

Anthony AMA o Barney. Como podemos tirar algo que ele ama? Não queremos encorajar o amor? Então, por que extingui-lo?

Eu gostaria que ele amasse outra coisa além do Barney. Muito, muito mesmo. Mas por que devemos escolher o que ele ama? Eu amo livros, praias e cozinhar. David ama futebol americano e hóquei. E se alguém decidisse que eu passo tempo demais na praia, lendo e cozinhando e insistisse para eu abrir mão de todas essas coisa que amo? E se alguém me "redirecionasse" e insistisse para que eu gostasse de hóquei? Em vez de ler, ir à praia e cozinhar, eu teria de assistir a partidas, aprender as regras e jogar hóquei. Eu odeio hóquei. Eu ficaria infeliz. Não seria eu.

Sei que eliminar o gesto das mãos e o Barney ajudaria Anthony de algumas maneiras. Ele pareceria mais normal. Seria mais fácil para ele frequentar uma escola regular, se aproximar de crianças da mesma idade (não existe nenhum garoto neurotípico no planeta que ame o Barney).

Mas a questão é que Anthony não é normal. Pronto. Eu escrevi isso, e o mundo não acabou. Eu não morri, nem ele. Anthony não é normal. Ele tem autismo, e sua condição o faz balançar em vez de dizer "Aquele barulho que você nem nota está me enlouquecendo" ou "Eu amo tanto o Barney!".

Então não quero extinguir o gesto das mãos de Anthony nem o amor dele pelo Barney, mas tenho medo de dizer isso a David. Ele vai discordar. Vai dizer que isso é desistir de Anthony. Não faz muito tempo, eu teria dito a mesma coisa. Mas agora não percebo as coisas desse jeito. Da maneira como vejo, podemos olhar para as mãos de Anthony e enxergar um comportamento anormal que precisa ser eliminado ou podemos enxergar nosso filho expressando corajosamente o que quer e sente da única maneira que conhece. Podemos ver Anthony rebobinando o Barney sem parar e chamar isso de uma obsessão que precisa ser tratada, ou podemos chamar de amor.

David vai dizer que, se não eliminarmos esses comportamentos autistas, ele nunca vai ser normal. Que Anthony vai ser sempre diferente.

E minha resposta vai ser sim. Ele vai ser sempre diferente.

O mundo não vai acabar, e eu não vou morrer. E Anthony vai estar na sala, amando o Barney.

CAPÍTULO 29

Novembro chegou, e a ilha continua emagrecendo, diminuindo a gordura, a cada semana com menos visitantes que passam o fim de semana ou um dia só. Olivia faz longas caminhadas na praia ou nas ruas de seu bairro sem ver ninguém. O comércio do centro continua aberto, mas só porque os comerciantes ainda estão lá por causa do Festival de Natal, uma última oportunidade festiva de arrancar os dólares dos turistas antes que o inverno chegue oficialmente. Depois de dezembro, ela sabe que a maioria das lojas vai fechar as portas por pelo menos três meses. Até que a Câmara do Comércio invente alguma desculpa organizada para que as pessoas venham no inverno — o Festival das Esculturas de Gelo de Nantucket em janeiro, as Olimpíadas de Inverno de Nantucket em fevereiro, o Festival do Café de Nantucket em março — ninguém voltará até a primavera. Nantucket é um playground insular pitoresco e sazonal, não um destino de inverno, e com certeza não é um lugar onde uma pessoa racional viveria o ano todo.

A vida profissional de Olivia também está prestes a ser encerrada pela temporada. Ela tem uma última sessão de fotos para editar, e o trabalho terá acabado. Seus dias estão se tornando mais vazios e lentos, sem pressão e simples, e ela está feliz com a mudança.

É um fim de tarde, e Olivia vai até a caixa do correio, porque se esqueceu de ir pela manhã antes do café e depois de ler um dos diários, como de rotina. Ler e reler os diários nesses últimos meses deu a ela um espaço e um tempo mais calmos para voltar ao que aconteceu com um olhar compreensivo e o coração mais amoroso, para descobrir o que não sabia na época, o que não poderia ter sabido porque tudo estava cru demais, imediato demais. Ela estava muito absorta em suas emoções e na jornada para ver, quanto mais entender tudo. Mas agora pode fazê-lo.

Olivia enxerga a própria negação e depois a raiva assustada que substituiu a negação. Vê o próprio desespero e o de David, e o abismo sem fim que se formava entre eles. Porém, mais do que tudo, o que vê, com mais clareza dentro de si mesma por horas e dias depois de fechar o diário, é Anthony. Não a negação do autismo de Anthony, nem a raiva em relação à condição, nem o desespero diante dela. Nem mesmo Anthony e seu autismo. Apenas Anthony.

Solta um suspiro, desejando ter sabido naquela época o que compreende neste momento.

Ela está caminhando sozinha no meio da estrada pelas longas sombras, atenta ao barulho das gaivotas no céu, dos sinos do centro a distância, o ritmo de seus passos arranhando a areia contra o pavimento. O ar está úmido, salgado e frio. Caminhar é bom. Traz alento à mente, convencendo pensamentos assustados e enterrados de que é seguro sair do esconderijo, convidando pensamentos incompletos a mostrar seus detalhes inacabados, recebendo de braços abertos as divagações. Quando caminha, seus pensamentos se alinham na cabeça como pedras brancas onde podem ser claramente vistas e cuidadas. Neste dia, enquanto caminha, ela está pensando na irmã e na mãe.

Maria quer que ela volte para a Georgia a fim de passar o Dia de Ação de Graças. Seria bom revê-la. Olivia sente falta da irmã mais velha. Mas o trabalho de fazer as malas, sair da ilha de balsa ou avião, enfrentar pelo menos um voo de conexão, dormir no sofá da sala de Maria, tudo aquilo parece angustiante e impossível.

E, apesar da culpa considerável e cada vez maior pelo tempo que não vê os filhos da irmã, Olivia ainda não se sente pronta para passar um tempo com eles, sua linda sobrinha e seu lindo sobrinho, primos de Anthony, já mais velhos, se desenvolvendo e tão capazes. Vivos. E não são apenas as crianças. É a vida inteira de Maria. Tudo sempre foi melhor e mais fácil para irmã. As notas são melhores, os namorados, mais bonitos. Ela estudou em uma faculdade de mais prestígio, conseguiu um emprego mais bem remunerado. É mais alta. E naquele momento é só olhar para Maria, casada e feliz, com dois filhos saudáveis. Olivia sabe que a comparação não é nem justa nem produtiva, mas, se for para a casa da irmã no Dia de Ação de Graças, será também inevitável.

E definitivamente não está pronta para lidar com a mãe, que, de acordo com Maria, ainda vai para a igreja todo dia, vestida da cabeça aos pés de preto, onde, além de rezar por Anthony, também reza pela alma divorciada de Olivia. Ela também deve estar rezando alguns terços para limpar o próprio nome, para garantir que Deus saiba que ela não era responsável pelo ato vergonhoso e pecaminoso da filha contra a Igreja. Olivia não tem forças para ir para casa e ser julgada pela religião e pela mãe.

Maria diz que Olivia não pode se esconder para sempre. Sem dúvida foi por isso que ela foi para Nantucket em março, mas não intencionalmente, e enquanto o resto da ilha se prepara para hibernar, ela sente a possibilidade de emergir, de começar uma nova vida. Talvez a ilha não seja apenas um asilo temporário, um abrigo para a dor e a vida que não quer viver. Talvez seja seu lar.

Sua residência remota também é a desculpa perfeita, seu refúgio para uma terrível viagem de avião, para o ciúme indecoroso e para a danação eterna. Não, ela não vai para a Georgia para o Dia de Ação de Graças. Vai ficar em casa em Nantucket, grata por estar ali.

Olivia chega às caixas do correio, abre a porta, pega uma pequena pilha de correspondências. Ao dar meia-volta, vê uma mulher e um cachorro preto caminhando pela beira da estrada. Olivia para com as cartas na mão ao notar que a mulher e o cachorro estão caminhando bem na sua direção. É Beth Ellis.

— Olá! — cumprimenta Beth, sorrindo. — Você mora *aqui*?

— Sim, moro na Morton.

— Você está brincando? Eu moro na Somerset. Somos vizinhas. Como é que nunca soubemos disso?

Olivia dá de ombros. O cachorro de Beth cheira os sapatos e a calça jeans de Olivia por um instante antes de voltar sua atenção e animação para sua virilha.

Beth o puxa pela coleira.

— Grover, não!... Há quanto tempo você mora aqui?

— Desde março.

— É mesmo? É um mês difícil para se mudar para cá.

— Pois é.

— Você é casada? — pergunta Beth, sem conseguir encontrar a resposta na mão enluvada da vizinha.

— Divorciada.

Olivia observa Beth digerir a informação enquanto esta abre a própria caixa de correio e retira uma bela pilha de catálogos e envelopes.

— Você tem filhos? — pergunta Beth.

— Um filho.

— Oh, que idade?

— Dez.

"Ele teria dez anos."

— Mesma idade que a minha filha Gracie! Ele está no quarto ano com a sra. Gillis?

— Não, ele não mora aqui.

— Ah.

Isso dá fim à inquisição, mas Olivia pode sentir as questões adicionais girando na cabeça de Beth. "O que isso significa? Ele vive com o pai? Que tipo de mãe não mora com o filho? Onde ele está?" Antes que pudesse verbalizar qualquer uma delas, Olivia muda de assunto, esperando que Beth a acompanhe.

— Que engraçado, eu ia mesmo escrever para você. Suas fotos estão prontas. Desculpe a demora.

— Que bom! Eu estava ficando preocupada. Mal posso esperar para vê-las. Quero usar uma delas no nosso cartão de Natal.

— Vou mandar o link por e-mail assim que chegar em casa. Ficaram ótimas. Você vai adorar.

As duas mulheres começam a andar.

— Acho que meu livro está quase pronto — anuncia Beth depois de um silêncio apreensivo.

— Que ótimo. Parabéns.

— Mas não tenho certeza. Isso pode parecer uma pergunta idiota, mas como você sabe quando está pronto?

Terminar é difícil. Envolver tudo com um laço elegante e apertado. Deixar o leitor com o "Fim" satisfatório. Despedir-se.

— Precisa ter todos os elementos essenciais, começo, meio e fim. Você apenas sente. É intuitivo, acho. Você sabe quando terminou.

— Eu não sei o que sei. Já li tantas vezes que meus olhos pulam palavras. Não enxergo mais nada.

— Talvez seja bom se afastar por um tempo para depois voltar com o olhar fresco.

Beth assente enquanto caminha.

— Eu ainda gostaria da sua opinião, se você estiver disposta.

— Quando você estiver pronta, vou ficar feliz em ler seu livro.

— Muito obrigada — diz Beth, com um sorriso. — Vou deixar na sua caixa de correio quando estiver certa de que está perfeito.

— Não almeje a perfeição. Almeje a completude.

"A perfeição é uma ilusão inatingível."

— Certo — diz Beth com incerteza na voz, como se não tivesse entendido bem a diferença. — Vou fazer isso.

As duas param, uma de frente para a outra, na bifurcação da estrada. Beth vai seguir reto, Olivia vai virar à direita. Beth acena, sorrindo, e segue caminho.

Olivia volta a pensar enquanto anda até sua casa. Pensa em Beth e no seu romance. E se pergunta sobre o que seria. Esqueceu-

-se de perguntar. Pensa em finais e na intuição. Pensa no seu casamento, como tanto ela quanto David sabiam que tinha terminado, como os dois tinham visto o fim escrito muito antes de chegar à última página. Está pensando na última vez que o viu, deitados sob as estrelas de mãos dadas, quando chega à porta da frente e inspeciona a correspondência nas mãos.

Entre uma conta de luz e o informativo da biblioteca há uma carta de David.

CAPÍTULO 30

Beth está sentada na biblioteca lendo as páginas impressas de seu romance. Acha que talvez esteja pronto, mas, até aí, sempre que pensa nisso, uma comichão surge em seu peito, incomodando-a por dentro como uma forte irritação na pele. Alguma coisa não está exatamente certa. Mesmo que não esteja almejando a perfeição, apenas a completude, não pode declarar que o livro está terminado.

Ela está lendo o que escreveu, apreciando a história, mas ainda não identificou o que falta. Chega ao capítulo 10, sobre *Os três porquinhos.*

Amo quando minha mãe lê *Os três porquinhos* para mim. Amo *Os três porquinhos*, mas não é a história sobre o lobo e os porcos que eu amo. Não sou "obcecado" com porcos e não tenho medo do lobo mau. É a música na voz da minha mãe. A história está cheia de três perfeitos:

Por-qui-nho. Por-qui-nho.

Um-dois-três. Um-dois-três.

Me. Deixe. Entrar.

Um. Dois. Três.

Até o titulo me faz sorrir. Três palavras E o número três.

Minha mãe lê *Os três porquinhos*, e sinto um grande tambor batendo dentro daquelas palavras. Tum-tum-tum. Eu pulo ao som do tambor do livro, tocando em três batidas perfeitas.

Tum. Tum. Tum.

Um. Dois. Três.

Pule. Pule. Pule.

Minha mãe lê *Os três porquinhos* e canta uma valsa. Eu giro e danço ao som da sua linda música.

Se não abrir
por bem, vou
abrir à força.

Eu vou soprar,
soprar bem forte,
até sua casa
voar pelos ares.

Minha mãe termina a história e fecha o livro. Eu pulo, grito e balanço as mãos, implorando para ela cantar de novo. Ela diz que está cansada do livro. Diz que estou velho demais para essa história. Que quer ler outra coisa.

Ela pega dois livros que não são *Os três porquinhos* na estante e me mostra as capas brilhantes. Mas não quero ouvir esses livros que não são sobre os sons de três.

Minha mãe suspira e guarda os livros de que não gosto. Ela abre *Os três porquinhos* e lê de novo:

Por-qui-nho. Por-qui-nho. Me. Deixe. Entrar.

Um-dois-três. Um-dois-três. Um. Dois. Três.

Minha mãe lê minha história favorita, e meu mundo canta.

CAPÍTULO 31

— Então, por que você não está escrevendo hoje? — pergunta Petra.

Beth e Petra estão sentadas a uma mesa de canto no Dish, dividindo um prato farto, pecaminosamente delicioso e engordativo de macarrão com molho de queijo e lagosta. É um começo de tarde de quarta-feira de novembro, e o restaurante está morto. As duas pessoas que apareceram para almoçar foram embora uma hora antes. É assim no meio da semana no ramo dos restaurantes em Nantucket em novembro. Petra vai se arrastar até o Festival de Natal e depois fechar até 1º de abril.

— Acho que terminei — anuncia Beth.

Petra arregala os olhos, animada.

— É mesmo? Você terminou o livro?

— Não sei, não tenho certeza. Estou me distanciando um pouco dele para poder ver com clareza e então decidir se terminei de verdade.

Petra murmura uma risada com a boca cheia de massa e lagosta.

— O quê? — pergunta Beth.

Petra engole.

— O que você acabou de dizer. Você está falando do livro ou do seu casamento?

Interessante. Beth se pergunta se os dois estão de alguma forma relacionados.

— Tenho uma lição de casa do terapeuta que ainda nem comecei, mas que deveria ter terminado dois meses atrás. Pedi a Jimmy que cancelasse nossa próxima sessão porque eu ainda não a fiz. Não sei qual é meu problema.

— Talvez você esteja com medo do que pode descobrir.

— Talvez.

— Provavelmente.

Petra olha bem nos olhos de Beth, olha o interior dela de uma forma que quase ninguém fazia. Seu olhar é focado, tranquilo e gentil, sem medo de estar ali.

— Acho que tenho medo de Jimmy me trair de novo.

— Pode acontecer.

— Se eu aceitá-lo de volta, vou acordar todo dia de manhã e pensar: "Ele pode me trair hoje."

— Pode acontecer, mas isso já era verdade antes de ele de fato trair, sabe. Todo dia é um compromisso e uma escolha, para vocês dois.

— Eu sei, mas ele optou por trair. A cada briguinha eu ficaria com medo de ele se envolver com alguém de novo. Toda vez que o visse, pensaria: "Você dormiu com outra mulher." E imaginaria os dois juntos. É nojento, mas não consigo evitar. Estou obcecada com isso. Gostaria de poder apagar tudo.

— Você ainda o ama?

— Amo, mas também odeio.

É verdade. Beth o ama e o odeia. Sente falta dele e nunca mais queria vê-lo. Fica enojada ao pensar nele, mas não consegue esquecer aquela noite no chão da cozinha.

Petra suspira.

— Eu só queria saber o que fazer — diz Beth.

— Faça o que está fazendo com o livro. Pare de pensar nisso, sem culpa. Depois volte com a mente renovada e o olhar fresco quando estiver pronta.

Beth assente. Encontra um pedaço enorme de lagosta escondido no queijo cremoso e espeta o garfo nele.

— Mas o que você acha? — pergunta ela.

— Sobre o quê?

— Jimmy. Acha que devo voltar com ele?

— Só você pode responder isso.

— Mas o que você faria?

Petra raspa uma parte crocante e caramelizada da massa com queijo na borda do prato e come. Toma um gole d'água e limpa a boca com o guardanapo. Beth está esperando. Petra sorri com os lábios fechados.

— Petra? De verdade, quero o seu conselho.

Petra levanta as sobrancelhas e não diz nada.

— Eu faria o seguinte — diz ela, por fim. — Pare com o blá-blá-blá. Pare de procurar as respostas fora de você. Fique quieta e faça as perguntas da lição de casa de que você está com tanto medo. O que quer que você encontre nesse espaço é a verdade. Essa é a resposta. É o que eu faria.

Beth suspira, desapontada, mas não surpresa. Já deveria saber que Petra não faria a lição de casa por ela.

— Você é sábia demais para estar solteira.

Petra ri.

— É exatamente por isso que estou solteira. Não, eu adoraria dividir minha vida com alguém, ter uma família. E vai acontecer. Só não atraí isso ainda. Estou tão concentrada no Dish, em todas essas pessoas que precisam do emprego e em cuidar dos meus pais. Mas um dia. Um dia eu gostaria de ter o que você tem.

— Tinha.

— E tem. Eu teria sorte de ter o que você tem.

Beth sorri, grata pelo lembrete. Tem três filhas lindas e saudáveis, uma casa adorável, ótimas amigas e possivelmente um livro terminado. Tem muito. Ela checa o relógio de pulso.

— Meu Deus, preciso ir embora! Preciso ir buscar as meninas.

Beth enrola o cachecol roxo no pescoço, pega a bolsa e dá um abraço de despedida em Petra.

— Obrigada pelo almoço incrível.

— Quando quiser — diz Petra, retribuindo o abraço. — Tão bom ver você.

— Você também.

Beth sai correndo pela porta; não quer se atrasar.

— Você vai descobrir a resposta — grita Petra, mas Beth já está do lado de fora e não ouviu.

No fim de tarde de uma terça-feira, na semana do Dia de Ação de Graças, Beth e as meninas acabaram de jantar macarrão com molho de queijo, mas Beth não se sente nada satisfeita. É provável que o macarrão com queijo e lagosta de Petra tenha arruinado a versão instantânea do prato para sempre. Ela inspeciona a geladeira, procurando outra coisa, talvez algo doce, mas nada chama sua atenção.

As três meninas estão na sala. Sophie está no comando com o controle remoto, vasculhando as opções de filme *on demand* enquanto Jessica e Gracie gritam diferentes títulos. Elas não terão aula no dia seguinte e estão sem nada para fazer nesta noite — nem basquete, nem ensaio da peça, nem lição de casa. Beth está feliz de ter uma noite tranquila sem programação nem ninguém para levar ou buscar, e, se as filhas conseguirem decidir, com um filme para assistirem juntas.

Ela acende a lareira e coloca um pacote de pipoca no micro-ondas. As meninas ainda estão assistindo aos *trailers*, indecisas. Beth pega um cobertor e está tentando se acomodar no sofá ao lado de Grover, mas se sente inexplicavelmente inquieta. Então se levanta e olha pela janela. A noite parece fria, escura e nada convidativa, mas, por alguma razão, Beth precisava sair. Ela pega o casaco, o chapéu, o cachecol, as luvas e uma lanterna.

— Vou sair para caminhar. Não vou demorar. Não comecem o filme sem mim.

— Tudo bem — diz Gracie.

Hipnotizadas pela tevê, Sophie e Jessica nem se dão conta de que a mãe disse alguma coisa. Gracie pode dizer às irmãs aonde a mãe foi caso perguntem.

A noite está escura e sem lua, mas não tão fria quanto Beth imaginava, e as estrelas estão incríveis. Apontando a lanterna para a frente, ela começa a caminhar, sem saber de início seu destino, mas, depois de alguns minutos, algo surge. Fat Ladies Beach. Um pouco mais longe do que ela planejava, mas é só andar rápido.

Ela caminha pela estrada de terra, concentrada no chão irregular com o feixe de luz diante do corpo, o vapor de ar que sai da boca, o ritmo da respiração coordenado com a velocidade dos passos. Não consegue ver nada de nenhum dos dois lados, mas conhece bem os arredores, aquela paisagem plana, cheia de grama, não cultivada e praticamente sem árvores que parece a savana da África. É bom andar, se mover. Ela passa a maior parte dos dias, a vida inteira, na verdade, sentada — à mesa da cozinha, no carro, na sua cadeira na biblioteca. Sedentária. Empacada.

O nariz e as faces estão congelando, e os olhos lacrimejam por causa do vento no rosto, mas, fora isso, ela está bem agasalhada. Beth sente o coração bater forte, os músculos das pernas ardendo. Está com calor e com frio ao mesmo tempo, contendo duas energias opostas simultaneamente, inflamando algo dentro de si que não parecia familiar, mas era animador.

Chega à praia, que parece longe o bastante sem ser percorrida, mas, antes de dar meia-volta, para por um minuto para absorver aquilo tudo. Desliga a lanterna e ouve as ondas, que soam como a própria respiração da terra. Ela levanta o queixo e olha o céu estrelado, com sua imensidão vasta, complicada e incomensurável, mas também para sua beleza simples e acessível, sua existência explicada pelas leis lógicas da física e, ao mesmo tempo, básica e totalmente inexplicável. É a única pessoa ali. Está sozinha, mas se sente, de maneira estranha e bela, conectada a tudo. Duas energias opostas, contidas dentro dela, inflamando alguma coisa.

Está na hora de voltar para os cobertores, pipocas e um filme com as filhas. Tinha saído da praia e pegado de novo a estrada de terra quando sua lanterna encontra dois pontos de luz branca, como duas estrelas cadentes pairando sobre a terra. Ela para no mesmo instante. É um cervo jovem parado a poucos metros bem no caminho dela. Os dois estão imóveis, frente a frente, respirando e testemunhando a presença um do outro por um minuto inteiro. Beth observa o focinho preto, as orelhas levantadas, o pescoço longo e ereto e se pergunta o que o cervo vê nela. Então, sem aviso, o animal desaparece na savana escura e selvagem de Nantucket.

Em casa, as meninas estão igualmente irritadas e preocupadas com a ausência de Beth. Estão prontas. À espera. Mas, primeiro, ela prepara sorvete e refrigerante para as filha e um sorvete com Kahlúa, chantili e cobertura para si mesma. Todas se acomodam embaixo dos cobertores nos sofás para assistir a *Marley & eu*, um filme que já compraram e viram pelo menos três vezes.

Está tarde quando o filme acaba, e Beth vai deitar pouco depois de colocar as filhas na cama. Em geral ela leva um tempo para pegar no sono, pelo menos meia hora virando na cama, repassando o dia, o amanhã já a puxando pela manga, mas, naquela noite, a caminhada e o ar fresco devem ter surtido efeito, porque Beth pega no sono imediatamente.

Mas uma hora depois seus olhos se abrem. Está totalmente desperta, o coração disparado, exigindo algo dela. Beth levanta da cama. Pega uma folha de papel e uma caneta. Faz uma cruz, criando quatro partes, e começa a escrever. Mal consegue escrever rápido o bastante. Palavras que não sabia que guardava dentro de si jorram.

Quando termina, olha para os quadrantes. Lê a folha inteira três vezes. Lá está, a lição de casa feita. A resposta. Ela lê mais uma vez e sabe o que fazer.

DO QUE PRECISO PARA ME SENTIR DESEJADA

Escolha ficar comigo (em vez de dormir até tarde, fumar charutos lá fora sozinho, ficar no trabalho depois que o restaurante fecha, dormir com outras mulheres)

Fique feliz em me ver

Faça elogios de vez em quando, algo mais específico do que "Você está bonita"

Nunca mais me traia

DO QUE PRECISO PARA ME SENTIR FELIZ

Minhas filhas

Minhas amigas

Escrever

Que você me veja e aprecie o amor e o cuidado que dedico a nossa família/ nossa casa

Uma boa casa

Passar um tempo fora da ilha, em uma cidade grande ou perto das montanhas

Acreditar que eu mereço ser feliz

DO QUE PRECISO PARA ME SENTIR SEGURA

Saber que minhas filhas estão bem

Nunca mais ter dívidas e sempre conseguir pagar as contas

Que você nunca mais encontre Angela

Acreditar que você nunca mais me trairia

DO QUE PRECISO PARA ME SENTIR AMADA

Abraços e beijos

Ouvir você dizer "Eu amo você"

CAPÍTULO 32

Olivia está em pé perto do balcão da cozinha onde duas dúzias de potes cheios de geleia de *cranberry* caseira quente esfriam em panelas de água. Ela se manteve ocupada nas duas últimas semanas, declaradamente se preparando para o inverno. Guardou a mobília do deque e a churrasqueira no galpão. Passou o rastelo no jardim e fechou a água do chuveiro externo. Também encomendou uma dúzia de livros e uma caixa de seu *merlot* favorito. E tem cozinhado.

Anda preparando os favoritos se sempre — *pasta e fagioli*, sopa de mariscos, risoto de abóbora e sopa de feijão preto —, além de experimentar receitas novas, *pad thai* e macarrão com queijo e lagosta; uma quantidade insana para uma mulher que vive sozinha e nunca recebe ninguém. Olivia está cozinhando todos os dias, preparando montes de jantares deliciosos que mal são provados antes de serem acondicionados em recipientes plásticos e armazenados no freezer. Quando o freezer ficou cheio, sua atenção se voltou para os *cranberries* — pão de *cranberry* e nozes, muffins de *cranberry* com laranja e agora a geleia.

Ela diz a si mesma que toda essa atividade culinária é fruto de um bom planejamento. Se o inverno for rigoroso, se for uma temporada de tempestades de inverno, se ela ficar coberta de neve (ainda tem apenas aquela única pá pequena para areia), não precisará sair de casa para se alimentar. Mas isso é apenas o que diz para si mesma. Na verdade, cozinhar está sendo necessário por outros motivos.

Olivia começou logo depois de ler a carta de David. A primeira receita acabou sendo a *pasta e fagioli*, que sabia de cor, a sopa que sua mãe costumava preparar aos sábados. Seus olhos arderam enquanto cortava as cebolas, e ela estava feliz com as lágrimas incômodas. Chorou enquanto picava o alho, o aipo e os tomates. E soluçou enquanto mexia o caldo e os feijões e então parou quando a sopa ficou pronta. Fez a mesma coisa durante a preparação da sopa de feijões pretos, da sopa cremosa de tomate e as almôndegas, mas, quando chegou às cebolas para o risoto de abóbora, ela as colocou embaixo da água fria, limpou os olhos com a manga da blusa e terminou a receita sem chorar.

Olivia parou de chorar, estava seca, mas continuou cozinhando. Parece a única coisa a fazer para se manter sã. Encher uma panela, preencher o vazio. Ela está mantendo as mãos em movimento, mexendo, cortando, despejando. Suas mãos se movem pelas etapas de preparação da geleia de *cranberry*, e ela pode pensar em David e em sua carta sem se desesperar. Ela leu a carta, a dissecou e chorou tantas vezes que a conhecia tão bem quanto a receita de *pasta e fagioli* de sua mãe.

Querida Liv,

Eu preferi escrever em vez de ligar. De alguma forma pareceu mais apropriado, e eu queria que você recebesse a notícia de mim e não de outra pessoa. Vou me casar. O nome dela é Julie. Ela é professora de matemática. Eu a conheci em Chicago. Sei que faz pouco tempo, mas parece certo. Eu me sinto pronto.

Eu gostaria de poder ter voltado a esse lugar com você, Liv. Sinto muito por não ter conseguido. Sei que não dei meu melhor para você e para Anthony. Acho que fiquei um pouco perdido em tudo aquilo por que nós passamos. Eu me esqueci de como era ser feliz. Acho que nós dois esquecemos.

Espero que essa notícia não magoe você, mas sei que provavelmente vai. Não é minha intenção. Nunca foi. Desejo todo dia que você esteja bem, que encontre a felicidade de novo também. Ligue para mim se quiser.

Com amor,

David

Depois que o choque inicial da carta passou, e as cebolas não provocavam horas de lágrimas vindas da alma, outros sentimentos menos explosivos andam se manifestando. Ela se sentiu feliz por estar sozinha até um minuto antes de abrir a carta de David. Agora se sente abandonada à solidão. Confere os potes de geleia para ver se as tampas estão hermeticamente fechadas e sente medo de ficar sozinha para sempre.

Uma professora de matemática chamada Julie. Parece ser jovem. E bonita. E, por algum motivo, loira. Olivia enche os potes com a geleia e seca todos no avental com suas mãos enciumadas.

Os dois provavelmente terão filhos. Ela imagina David segurando um bebê nos braços, uma casa cheia de crianças que pertencem a David, e não a ela, uma grande família. Essas imagens na mente, vívidas e dolorosamente bonitas, são como um soco que arranca o ar de dentro dela, como sempre acontece, e Olivia deseja de alguma forma parar de evocá-las. Ela se segura na borda do balcão da cozinha e espera até respirar ou chorar. Naquele dia, vai respirar.

Ela relê a carta mentalmente mais uma vez, e é o som da voz de David que ouve. A voz dele está leve e animada. Ele está feliz e encontrou uma mulher chamada Julie com quem pode compartilhar sua felicidade.

David tem razão. Ela esqueceu a felicidade. No começo, não era uma prioridade. Anthony tinha autismo, e todo grama de energia se destinava a salvá-lo. A felicidade dela era irrelevante. Depois, não parecia adequado. Como Olivia podia ser feliz quando estavam vivendo uma tragédia? E então, quando estava começando a se dar conta de que a felicidade e o autismo podiam coexistir no mesmo ambiente, na mesma frase, em seu coração, Anthony morreu, e a felicidade deixou de ser um conceito que ela podia conceber.

Anthony morreu, e, por muito tempo depois da pior de todas as manhãs, Olivia repassou a morte dele mentalmente, liberando a enorme tristeza que ainda estava envolta naquelas imagens, consumindo-a em um tsunami de luto devastador todo dia. Ela pensava que faria isso para sempre. A dor era sua tarefa diária, sua infelicidade, um humilde tributo ao filho.

Mas reler os diários a ajudou a lembrar mais do que aquela manhã. Há mais sobre a vida de Anthony do que sua morte. E há mais sobre Anthony do que seu autismo. Muito mais. Ela consegue pensar nele agora e não ser consumida pelo autismo nem pela dor.

Mas não ser consumida pela dor é muito diferente de estar feliz. Olivia guarda os potes de geleia em uma prateleira na despensa, mas deixa um no balcão. E imagina David naquele momento, e ele está sorrindo. A imagem muda de David para Anthony. Os dois têm a mesma boca, as mesmas bochechas com covinhas. Anthony sorrindo. É uma imagem fácil de manter, uma lembrança acessível, real. Mesmo com toda frustração, agressividade e incapacidade de se comunicar, em geral Anthony era feliz. Era a natureza dele. No tempo certo, também era a natureza David.

Olivia corta uma grande fatia de pão, espalha geleia e se serve de uma taça de vinho. Senta-se confortavelmente na poltrona da sala diante do fogo crepitante e dá uma mordida. A geleia caseira está doce e picante, deliciosa.

Ela ouve David lendo a carta em sua cabeça enquanto olha para a foto de Anthony na parede e decide que sua tarefa na cozinha chegou ao fim. Depois de duas semanas cortando, picando, salteando e soluçando, ela enfim terminou. E deixou o freezer cheio de seus pratos favoritos e uma sensação vaga, porém real, de esperança.

Se David pode encontrar felicidade e começar de novo, talvez ela também possa. Felicidade. Felicidade compartilhada. Talvez seja a natureza humana. E tudo o que ela precisa fazer é deixar acontecer.

Enquanto come sua fatia de pão com geleia e pensa nesse novo panorama, Olivia olha mais uma vez para a foto de Anthony na parede. Toma o vinho e admira sua coleção de pedras brancas na tigela de vidro na mesa de centro à frente — as pedras de Anthony, junto às que tinha recolhido ali, em Nantucket, além da pedra que Beth lhe deu. Ela se inclina, escolhe uma do topo da pilha e a segura. Parece inesperadamente quente mão, como se alguém já a tivesse segurado.

"Meu lindo Anthony, por que você veio para este mundo?"

A dor oca e penetrante que costuma acompanhar essa questão não vem. Em vez disso, uma energia calma enche seu coração com a convicção de uma verdade já conhecida, mais um sentimento intangível do que um fato que pode ser verbalizado. Olivia fica imóvel ouvindo, mas não com os ouvidos.

Sente sua atenção ser atraída para outro lugar. Pensa nos livros novos sobre a mesa ao lado da lareira. Então se levanta e agacha diante dela, contemplando as lombadas: mistérios, memórias e romances em que está louca para mergulhar. Ela passa a mão no livro que ocupa o topo da pilha. "Esse não."

Vai até a cozinha, pega uma caneta vermelha e volta para a poltrona da sala com uma pilha grossa de papel presa por um barbante vermelho e branco de padaria.

"*Sem título*, por Elizabeth Ellis."

Olivia olha para a foto de Anthony na parede e sorri para ele com os olhos. Coloca a pedra branca de volta na tigela de vidro, enrola o cobertor no colo, desata o barbante e começa a ler.

CAPÍTULO 33

— Nossa, está terrível lá fora — comenta Jimmy, deixando as botas na entrada antes de se sentar no sofá de frente para Beth.

Ele sopra nas mãos, rosadas e úmidas da chuva fria, e as esfrega. O vento uiva, parecendo determinado, como se o lobo mau estivesse rondando a vizinhança, louco para derrubar todas as casas. Uma das persianas balança, e Beth sente uma brisa sussurrar em seu rosto, uma corrente de ar inesperada flutuando pela sala, vindas das muitas rachaduras nas janelas velhas e empenadas. Ela coloca as duas mãos em volta da caneca de chocolate quente, absorvendo o calor reconfortante.

E se dá conta de que foi exatamente assim que tudo começou. Uma tempestade de inverno, uma caneca de chocolate quente, fogo queimando na lareira, Grover dormindo no tapete. Tudo parece familiar, como se ela já tivesse feito isso antes. No entanto, tem a sensação de estar na ponta dos pés na beira do precipício, inclinada, prestes a se jogar em queda livre no desconhecido.

— Você parece bem — diz Jimmy.

Ela se permite um sorriso tímido e pega um fiapo branco da parte da frente de sua camisa vermelha.

— Obrigada. Você também.

A barba sumiu, mas ele deixou as costeletas maiores, o que Beth gostou, e o rosto dele parece liso e jovial. Seu cheiro também é bom, cítrico, uma loção pós-barba ou colônia que ela não reconhece. Jimmy segura um pedaço de folha de caderno do tamanho de uma carta de baralho.

— Estou feliz que a gente finalmente esteja fazendo isso — diz ele, sorrindo, exalando uma ansiedade animada, como uma criança prestes a abrir um presente de Natal, certa de que ganhou o que pediu.

A folha de Beth, dobrada em duas partes, está na almofada do sofá a seu lado.

— Como você quer fazer? — pergunta Jimmy.

— Não sei.

— Quer ir primeiro?

— E se a gente trocar e ler?

— Ok.

Beth entrega sua lição de casa para Jimmy, e ele lhe dá seu pedaço de papel. Encardido e marcado nas dobras, provavelmente devia estar no bolso dele há dois meses. Ela o abre e lê.

DESEJADO
Espere por mim de vez em quando e durma até mais tarde comigo
Venha jantar no bar algumas noites
Tome a iniciativa do sexo

FELIZ
Fique feliz em me ver
Não fique brava comigo o tempo todo
Não fale comigo como se eu fosse uma das meninas

SEGURO
Tenha orgulho de mim

AMADO
Diga que você me ama

A lista de Jimmy é curta e razoável, direta e simples. Quase simples demais, mas Beth acreditava nele. A lista é sincera, e ela, de repente, se sente envergonhada. Isso é tudo de que Jimmy precisava, e ela não se dispôs a lhe oferecer, mesmo antes que a traição começasse.

A lista dela é igualmente descomplicada. Não está pedindo diamantes nem viagens de luxo. Não precisa de rosas nem de chocolates no travesseiro. Não está pedindo a lua. Devia ser fácil. Amor, felicidade, segurança, sentir-se desejada, os elementos mais básicos, como ar, água, terra e fogo — faltando para os dois. Não é uma surpresa que os dois estejam sentados ali com seus pobres pedaços de papel no colo, marido e mulher, estranhos.

Quando e por que começaram a sonegar essas necessidades básicas? Para ela, foi uma reação às mudanças depois de Jimmy parar de pescar vieiras, antes de começar a trabalhar no Salt? Seria uma reação inconsciente à traição? Ela sentiu intencionalmente a infidelidade e se afastou? Ou abafou muito de seu lado criativo e apaixonado anos antes, guardando tudo em uma caixa no sótão, ficando sem amor nem felicidade suficientes para compartilhar com Jimmy? Ela o privou antes, e ele retribuiu? É como "o ovo e a galinha", uma pergunta provavelmente impossível de responder.

Beth relê a lista, com medo de olhar para ele. No papel, tudo parece totalmente possível, com a exceção óbvia de ir ao bar para jantar. Não com Angela ali. Sem chance. Mas também confirma algo de que ela suspeita há muito tempo. Beth olha para a folha de caderno dele e vê as palavras que deveriam ter sido ditas em voz alta, conversadas no sofá, sussurradas na cama, necessidades que poderiam ter sido expressas através de um olhar, um bilhete, um toque no ombro — tudo em momentos cotidianos e fáceis. Mas isso nunca aconteceu. Eles não sabiam se comunicar.

E, mesmo que o tivessem feito, mesmo que tivesse se esforçado e aprendido as ferramentas, há um item na lista, uma necessidade não negociável tão essencial quanto o ar puro para respirar que Jimmy não podia dar a ela.

Beth olha para a frente. Jimmy já terminou de ler e está esperando e sorrindo. E um fosso vazio e pesado se instala no estômago dela.

— Isso é ótimo, Beth. Eu posso fazer isso, tudo isso. E quero fazer. Quero voltar e dar essas coisas para você. Senti tanto a sua falta.

Ele continua sorrindo, pronto para comemorar, bem no alto do lado oposto da gangorra.

— Nós não podemos.

— O quê? Eu posso, Beth, de verdade. Não vai ser difícil.

— Então por que a gente não conseguiu antes?

— Não sei, mas vamos conseguir agora. Nós...

— Eu não consigo, Jimmy.

O sorriso dele desaba, e o fosso no estômago de Beth aumenta. Jimmy olha para ela e pisca os dois olhos.

— O que você quer dizer?

Beth engole em seco e tenta respirar fundo, mas o fosso parece estar tomando todo o espaço aonde o ar vai. Ela olha para Jimmy, para o rosto que ainda adora, com medo de dizer o que está prestes a dizer. Mas é a verdade, e ela sabe disso. Então se inclina e cai.

— Eu quero o divórcio.

— Não. Beth, por favor. Nós podemos fazer isso.

— Eu não consigo.

— Consegue. Que parte você não consegue fazer? — pergunta Jimmy, apontando para o papel nas mãos dela.

— Não é a sua lista, Jimmy. É a minha. Não consigo superar a traição. Preciso acreditar que você nunca mais faria isso e não consigo. O tipo de homem que eu achei que você fosse, o tipo de marido de que eu preciso, nunca trairia a esposa.

— Foi um erro.

— Achar que é quarta quando é só segunda é um erro. Dormir com ela uma vez, no calor do momento, eu poderia até chamar de erro. Mas...

— Eu sinto muito. Foi idiota e errado, e eu juro, eu prometo, que nunca, nunca mais vai acontecer.

— Não consigo acreditar em você. Não confio mais em você.

— Vamos começar de novo, e você vai confiar em mim de novo porque não vou dar motivos para não confiar. Me deixe recuperar a sua confiança.

Ela balança a cabeça. A confiança não deveria ser uma coisa que Jimmy precisaria conquistar. Deveria ser dado. E ele não deveria precisar de instruções em um pedaço de papel para relembrá-lo: NÃO TRAIA SUA ESPOSA.

— Tenho uma coisa para você.

Ele tira uma pequena caixa de papelão do bolso da calça.

— É um presente.

— Jimmy...

— Aqui, abra — pede ele, entregando o embrulho a ela.

Beth o encara por um instante desconfortavelmente longo. Então levanta a tampa e um pedaço de papel de seda branco, revelando um colar. Uma única pedra da lua grande e redonda está pendurada em uma corrente prateada. Ela segura o pendente, uma pedra branco-azulada brilhante, lisa e translúcida. É linda.

— Jimmy...

— Quando vi você usando o outro colar no bar, pensei em quando o dei de presente a você. Foi no ano em que a gente se casou. Aquele pingente me lembrou do nosso começo e do compromisso que fizemos um com o outro, me lembrou do quanto a gente se amava. Eu sei que destruí isso. Sinto tanto pelo que fiz, Beth. Quero recomeçar com você e achei que você precisava de um colar novo, algo que simbolizasse um novo início e um novo compromisso.

Ela trava os dentes, engolindo a vontade de chorar. Agora não.

— Jimmy, é lindo.

— Eu reparei no anel que você estava usando e achei que iam combinar.

— E é uma ideia linda. Mas eu não posso aceitar.

Beth recoloca o colar na caixa, o cobre com o papel, fecha a tampa e deixa a caixa na mesa de centro. Então olha para Jimmy.

Toda a cor e a expressão sumiram do rosto dele. Ela suspeita que sua aparência esteja igual.

— Por favor — implora ele.

— Eu sinto muito.

— E as meninas? Elas não merecem dois pais que estejam juntos?

— Você pensou no que elas mereciam quando estava dormindo com aquela mulher?

— Não. — Ele olha para as próprias meias. — Eu não estava pensando em nada que deveria. Mas gostaria de ter pensado. Por favor, Beth. Precisamos pelo menos tentar dar certo.

— Eu tentei esse tempo todo, só que não confio mais em você. E, se não confio mais em você, nenhuma das outras coisas pode acontecer — diz ela, balançando a lição de casa de Jimmy no ar.

— Sabe, eu acho o contrário. Acho que, se você tiver todas as outras coisas, a confiança vai surgir. Posso dar o que você precisa, Beth. Eu amo você. Me deixe recuperar sua confiança. Você pode confiar em mim.

Ela se lembra de ir a uma recepção em uma das galerias de arte no centro quando namorava Jimmy. Os dois estavam ali por causa do vinho e para ver algumas das pinturas a óleo do marido de Courtney. Beth se apaixonou por uma representação bastante abstrata de uma mulher parada à beira do mar. As cores inesperadas e as linhas estranhas cativaram seu interesse e seu espanto. Ela se lembrava do olhar de desgosto confuso estampado no rosto de Jimmy observando a mesma tela. Ela queria comprar a obra, e Jimmy falou: "Parece que foi uma criança de jardim de infância que pintou." Ela se lembrava do desalento que sentiu ao perceber que os dois poderiam olhar para a mesma coisa e sentir emoções tão opostas.

— Eu sinto muito, Jimmy.

— Não acredito que você não quer nem tentar.

— Eu tentei.

— Como?

Ela não responde.

— Acho que a gente devia voltar para o dr. Campbell.

— Acabou para mim, Jimmy.

Ele relê o papel dela, balançando a cabeça.

— Você ainda me ama, Beth. Eu sei que ama.

— Tudo o que aconteceu mudou quem você é para mim.

Beth vê as palavras atravessando Jymmy, seu rosto marcado pela dor, e não consegue aguentar ser a causa disso. Ela desvia o olhar, virando para a cornija da lareira, o pedaço de madeira petrificada pelo mar que ele sabia que seria dos dois. A estrela-do-mar e a concha de náutilo ainda estão ali, mas as antigas fotos sumiram, substituídas por uma única foto de Beth e das meninas de regatas descombinadas, abraçadas, rindo.

— Eu ainda amo você, mas não é o suficiente.

— É, sim. Precisa ser. Eu amo você. Se você ainda me ama, isso é tudo. Por favor, Beth. Por favor, me perdoe. Eu sei que podemos fazer isso.

Beth olha para as próprias mãos sobre o colo, para o anel de diamante e a aliança de casamento que ainda usa.

"Eu prometo ser fiel a você."

Uma crença feita em pedaços afiados e pontiagudos demais, que deixa em suas mãos algo que parece mais uma arma do que um voto. Ela olha para Jimmy, para o desespero vulnerável e o amor naqueles olhos e, inesperadamente, talvez por instinto, sua guarda baixa, e Beth espelha as emoções dele, com o amor recíproco e o desespero que ainda sente por ele. Uma incerteza se instala em sua garganta. Ela tosse e bebe um gole do chocolate quente.

— Sinto muito. Eu não consigo.

Ela vê os olhos dele mudarem, recuando até uma fortaleza familiar.

— Então é isso?

A enormidade brutal do que está prestes a acontecer a atinge de um golpe só. Aquilo não parece nada com aquela manhã em março, quando descobriu sobre Angela e mandou Jimmy embora, sem querer de verdade que ele fosse, perdida na incredulidade louca quando ele de fato foi embora. É diferente. Aquele é o fim. Ela está perdendo Jimmy, e uma tristeza profunda e doída toma seu coração, mas, assim como testemunhar a morte depois de uma doença longa e horrível, também há alívio e paz.

— Sim, é isso.

Jimmy passa os dedos pelos cabelos e balança a cabeça.

— Está errado, Beth. Nós devíamos ficar juntos. Nós nos amamos. Nós merecemos uma segunda chance — diz ele, as palavras lutando contra a força das lágrimas incontroláveis.

Jimmy se levanta e sai imediatamente da sala. Beth o ouve calçando as botas e fechando o casaco. A porta da frente se abre e fecha. Ela ouve a caminhonete dele dar a partida e ir embora. Seu coração está disparado. Está feito. Acabou.

Ela vai até a cozinha, pega uma garrafa de vodca Triple Eight no armário, preenche a caneca de chocolate morno com a vodka até a borda e volta para o sofá. Em seguida, fica ouvindo a tempestade, o fogo, o radiador, o silêncio. Dá um gole na bebida e nota que suas mãos tremem. Fica olhando para a caixa de papelão branco na mesa de centro, com medo de pegá-la.

A campainha toca, e ela leva um susto, derramando o chocolate com vodca no colo. Beth limpa o jeans com as mãos, os olhos na folha de lição de casa, deixada no sofá. Talvez ele tenha voltado por causa disso. Ou talvez tenha mais coisas para dizer. Ela respira com apreensão e vai até a entrada.

Ao abrir a porta, Beth leva outro susto, dessa vez derramando o chocolate em sua camisa vermelha. Não é Jimmy. Seu cérebro emocionalmente exausto leva alguns segundos para se ajustar às expectativas e identificar quem está parada na porta.

É Olivia, encharcada, com uma caixa de papelão nas mãos, parecendo ter visto um fantasma.

CAPÍTULO 34

— Olivia, você está encharcada — exclama Beth. — Entre.

— Desculpe aparecer sem avisar — diz Olivia, tentando parecer casual sem conseguir. Sua voz soa tensa, agitada, aguda demais.

— Tudo bem, entre.

Olivia entra na casa. Está no hall — piso frio cinza, um tapete trançado verde e azul, sapatos e botas de menina enfileirados organizadamente sob um longo banco de madeira, casacos pendurados em ganchos na parede. A casa está quente. E cheira a biscoitos caseiros.

Beth hesita antes de fechar a porta, olhando para a estrada vazia. Ela parece distraída, até abalada. Talvez não seja um bom momento.

Não existe outro momento.

— Estou com o seu livro — diz Olivia, segurando a caixa com força contra o peito, protegendo o conteúdo como se fosse um presente precioso, uma oferenda sagrada, um bebê amado.

— Que ótimo! — O rosto de Beth se acende. — Me dê seu casaco. Venha para a sala, vamos sentar perto do fogo.

Beth pendura o casaco ensopado no gancho vazio. Olivia tira os sapatos e a acompanha até a sala.

— Desculpe a bagunça.

Olivia olha em volta, os sentidos em alerta, à flor da pele e escancarados, tentando absorver todos os detalhes possíveis. Paredes brancas, persianas cor de creme nas janelas, um grande tapete azul desbotado sobre o piso de madeira, uma tevê modesta em um *rack* branco embutido na parede, todos os armários fechados, madeira empilhada em um carrinho de ferro, uma vela e uma pequena caixa de presente branca sobre a mesa de centro, dois sofás marrons virados um para o outro diante de uma lareira de alvenaria tradicional, uma única foto tirada por Olivia com Beth e as filhas no centro da cornija, encostada na parede, com uma concha grande de um lado e uma estrela-do-mar do outro. Uma cesta de lavanderia de plástico azul cheia de roupas não dobradas está no chão ao lado de um dos sofás, mas, fora isso, a sala está impecável.

Olivia se senta de frente para Beth.

— É uma de suas fotos — comenta Beth, sorrindo e apontando para a cornija. — Temos mais oito emolduradas no corredor de cima. Nós amamos as fotos. Vou mostrar antes de você ir embora.

— Claro. Que bom que você gostou — diz Olivia, tentando soar leve, sem saber por quanto tempo ia conseguir manter a conversa normal e educada.

— Quer alguma coisa para beber?

— Pode ser. O que você estiver tomando — responde ela, notando a caneca azul nas mãos de Beth, imaginando ser café.

Mas cafeína é a última coisa de que precisa naquele momento. Quando abriu o manuscrito de Beth para ler na noite anterior, começou a marcar e sublinhar com caneta vermelha palavras e frases que a lembravam de Anthony. Sorriu ao ler as primeiras páginas, admirando a descrição de Beth de um garoto com autismo, tão parecido com Anthony. Ficou maravilhada com a coincidência, que o livro fosse sobre um tema tão caro a ela. Aplaudiu a decisão de Beth de contar a história pelo ponto de vista do menino, na voz dele.

Por volta do terceiro capítulo, as palavras que lia e a voz que ouvia começaram a soar estranhas, surreais e impossíveis. Suas mãos tremiam, e seu coração se acelerava. Sua pele se arrepiava. Olivia pegou um marca-texto, destacando passagens inteiras que sentia que só podiam ser sobre Anthony e mais ninguém. Ao chegar ao capítulo 4, estava destacando todas as palavras de todas as frases em todas as páginas.

Olivia devorou as palavras e terminou o livro pouco depois da meia-noite, sem fôlego, chocada, com o coração disparado e lágrimas escorrendo pelo rosto. Continuou sentada por um longo tempo, olhando para a última página, chorando e sorrindo, acreditando e não acreditando.

Por fim, virou a última página, recolheu o resto do manuscrito e deixou as páginas no colo, sentindo seu peso, acreditando. "Aquelas palavras escritas por Beth eram as palavras de Anthony. A voz daquele garoto era a voz do meu filho sem fala. O garoto desse livro era Anthony."

Ela voltou para o começo e releu tudo mais duas vezes. Passou a noite em claro e, no entanto, nunca se sentiu tão desperta, cada célula de seu ser totalmente alerta, de olhos arregalados, cheia de adrenalina, quase a ponto de explodir.

— É chocolate quente — diz Beth, hesitando em seguida. — E, não me julgue, um pouco de vodca.

— Tudo bem.

— Mesmo?

Beth sorri e dispara para a cozinha.

Olivia tira o manuscrito da caixa e segura as páginas no colo, tentando conter o que sentia só mais um pouco, imaginando que pudesse talvez explodir em um milhão de pedaços ensanguentados de carne e osso se não dissesse logo o que tinha ido dizer. Ela ouve o barulho do micro-ondas, e Beth abrindo e fechando os armários na cozinha. A qualquer minuto. Sua cabeça zunia, e seu estômago está revirado, como um ator deve se sentir antes de subir ao palco na noite de estreia, ou talvez como um prisioneiro no corredor da morte no dia da execução, mas como nenhum dos dois, na verdade.

Soa o bip do micro-ondas. Beth volta com outra caneca azul e um sorriso ansioso.

— Não acredito que você está aqui com meu livro. Estou tão nervosa.

Ela deixa a caneca na mesa de centro na frente de Olivia e se senta, atenta, inclinada para a frente, como uma boa aluna.

— Seu livro... — A voz de Olivia fica presa na garganta. Seu coração bate descontroladamente contra o peito, como um punho socando uma porta fechada, exigindo sair. — Seu livro... — Ela tenta de novo. — Como você o escreveu?

— Como assim?

— Essa história. É a história do meu filho.

— Hã? — Beth levanta as sobrancelhas e inclina a cabeça, sem entender, mas ainda não assustada.

— O nome do meu filho é Anthony, e ele tinha autismo.

— Meu Deus! — exclama Beth, desconcertada. — Isso é inacreditável.

— Sim.

— Que coincidência incrível. Eu não fazia ideia.

— Não. Não é uma coincidência. Você não escreveu só uma história sobre um garoto autista chamado Anthony. Você escreveu sobre o *meu* Anthony.

Beth franze as sobrancelhas e não diz nada.

— Os detalhes. Você sabia tudo. Barney, as pedras, *Os três porquinhos*. Ele morreu com oito anos, quase dois anos atrás.

— Meu Deus, Olivia, eu sinto muito.

— Você ouve a voz dele?

— Oi?

— Ele fala com você com palavras? — Olivia limpa a garganta e pisca para afastar as lágrimas. O que ela não daria para ouvir a voz de Anthony falando.

— Não tenho certeza se entendi o que me perguntou.

— Não sei de que outro jeito dizer isso. Seu livro não é uma ficção. Essa é a voz do meu filho — diz Olivia, levantando as páginas.

Beth observa com cuidado o rosto de Olivia, como se esperasse que ela explicasse uma piada que não foi entendida.

Olivia a encara, esperando a resposta. Ela se concentra no refrigerador zumbindo na cozinha, a madeira crepitando na lareira. Está ciente dos próprios cílios toda vez que pisca e a água de seu cabelo molhado escorre pelo pescoço e pelas costas.

— Escute, sinto muito mesmo pelo seu filho, mas eu não...

— Como você escreveu isso?

— Não estou entendendo.

— Como você sabe sobre o autismo? Conhece alguém que tenha autismo?

— Não. Mas li sobre o assunto...

— Você não teria como saber isso só de ler o material que existe.

— E observei crianças com autismo. Mesmo antes de ler qualquer coisa, acho que crianças sempre me interessaram.

— Esse é o meu filho — repete Olivia, levantando as páginas do colo.

— Eu sinto muito, Olivia. Eu não sabia que você tinha um filho autista chamado Anthony. Eu não fazia ideia de que estava pedindo a você que lesse algo tão pessoal. É incrível que a faça se lembrar tanto do seu próprio menino.

— Essa é a voz do meu filho. Sei que pareço uma mãe desesperada, tomada pelo luto, que quer acreditar que alguém está em contato com seu filho morto. Mas não sou louca. Esse é o meu Anthony — afirma Olivia, folheando as páginas.

Beth arregala os olhos quando nota toda a tinta vermelha e cor-de-rosa nas folhas de papel.

— Sinto muito. Não sei o que dizer — justifica ela.

— Entendo. Sei que assustei você. Acredite, também estou assustada. Mas não existe outra explicação para isso.

— É uma coincidência.

— Não é. Esse é o meu filho — insiste Olivia, esfregando a primeira página com a palma da mão trêmula.

— Olhe, eu sinto muito, de verdade. Mas não ouvi nenhuma voz. O livro foi inspirado em um conto que escrevi anos atrás sobre um garoto que vi formando uma linha de pedras aqui na praia. Depois, mais recentemente, li alguns livros sobre autismo que de alguma forma pareceram fazer sentido sobre o garoto no meu conto e o garoto na praia, então combinei tudo nesse personagem. De verdade.

Um garoto formando uma fileira de pedras na praia. Olivia costumava levar Anthony para a praia ali, em Nantucket, para a Fat Ladies e a Miacomet, quando era pequeno. O garoto de que Beth se lembra é Anthony. Olivia tem certeza. Um arrepio elétrico a percorre.

— Não sei como nem por quê, mas meu filho deu essa história a você. Não veio de você. Veio *através* de você.

Beth olha para Olivia com incredulidade e não diz nada. Olivia segura as páginas no colo com força. Não pode ir embora daquele sofá da sala sem de alguma maneira convencer Beth. Então ela expira e se recompõe.

— Vou começar de novo. Eu amei seu livro. De verdade. É lindo e convincente e muito real.

Um sorriso baixa a guarda de Beth, um pequeno raio de luz atravessando um pequeno buraco num muro de concreto.

— Mas você não acabou de fato. Onde você parou a história, aquilo não é o fim.

O sorriso de Beth desaparece, mas ela está ouvindo.

— Precisamos saber o que Anthony pensa sobre seu tempo aqui, sobre sua vida, sobre seu autismo. O que ele acha que é seu propósito na vida? É a grande pergunta sem resposta no seu romance. O que a vida significou para ele?

A voz de Olivia desaparece. Ela sente que precisa dessa resposta mais do que precisa do ar naquela sala. Está fazendo essa pergunta, rezando por uma resposta, há tanto tempo, e sentada na sua frente se encontra uma mulher comum e totalmente assustada, uma vizinha que ela mal conhece, que, de algum jeito, por algum motivo, tem acesso à resposta. Acesso a Anthony.

— Mesmo que você me ache completamente louca, por favor, me escute. Volte para a história e escreva um pouco mais. Confie em mim.

Beth ainda parece um pouco chocada, mas está ouvindo. E assente.

— Vou pensar nisso.

Olivia examina os olhos de Beth. É o mais longe que pode chegar.

— Obrigada. Não consigo agradecer o suficiente. E, confie em mim, você vai ver. Você vai saber que é o final certo quando escrevê-lo.

Beth rói a unha do indicador e olha para o livro no colo de Olivia.

— Você acredita mesmo que o que eu escrevi veio do seu filho?

— Sei que veio.

Os olhos de Olivia estão escuros. Esse livro é Anthony. Não é parecido com ele nem baseado nele. Não lhe trazia lembranças de seu filho. É ele.

Quando Olivia se levanta para ir embora, nota Beth tentando ver as páginas do manuscrito em suas mãos. Meu Deus, ela não pode deixar as palavras de Anthony aqui. Não pode.

— Posso, por favor, ficar com essa cópia?

Beth hesita. Ela parecia perplexa e confusa.

— Pode.

— Obrigada. Não posso agradecer o suficiente por você ter escrito isso. Você me fez conhecer meu filho de maneiras que eu nunca consegui.

Olivia coloca o manuscrito de novo na caixa, e Beth a acompanha até a porta. Olivia a olha nos olhos, para garantir que Beth a visse de verdade, e a envolve em um abraço.

— Obrigada.

— De nada. — sussurra Beth.

Olivia pega os sapatos e o casaco ainda ensopados, se despede com relutância e vai embora. Assim que pisa do lado de fora, o vento arranca o capuz de sua cabeça. Ela atravessa o gramado correndo até o carro, mas para antes de abrir a porta. Então inclina a cabeça para trás, oferecendo o rosto para o enorme céu cinza, para o vento e para a chuva, e reza.

"Anthony, eu sei que é você. Por favor, conte mais a ela. Me dê só um pouco mais."

Olivia está parada na estrada, exposta ao vento, vulnerável à chuva, ao céu, a Deus. Não consegue imaginar por que Anthony escolheria se comunicar através de Beth e não dela mesma. Mas foi o que aconteceu. Ela acredita. Mais do que acreditar: ela sabe. Aquele é Anthony, e o final não escrito do romance é a resposta às suas preces.

CAPÍTULO 35

No domingo de manhã bem cedo, Beth está sentada no sofá da sala de Petra, esperando a amiga voltar da cozinha com o chá. Pega um fiapo preto da almofada da sala e o atira no chão com os dedos. O sofá é branco e tem muitos anos, mas ainda parece novo, sem uma única mancha, apenas um dos muitos sinais na sala de uma mulher que vive sem marido nem filhos.

Do outro lado do móvel fica a cadeira de meditação de Petra, uma cadeira baixa de vime cor de café com um encosto alto e uma almofada branca (mais uma vez, sem manchas). Uma linda manta tecida à mão cor-de-rosa e cinza recobre o assento, revelando a marca de onde Petra estava sentada poucos instantes antes. Uma vela de lavanda está acesa na mesa de centro baixa ao lado de uma edição da revista *Cook* e um baralho de tarô. A sala tem uma decoração minimalista — uma foto em preto e branco de Petra com os irmãos e os pais, uma pintura do sol nascendo sobre o oceano, um cachalote entalhado em madeira, um jade plantado em um grande vaso de cerâmica no chão, os galhos decorados com pequenos ornamentos de Natal redondos e dourados, uma tigela de vidro cheia de cristais do mar. Sem tevê.

Petra volta para a sala, ainda de pijama, descalça, as unhas dos pés pintadas de rosa-claro, e entrega uma caneca quente para Beth.

— Isso é incrível — diz Petra.

— Isso é loucura, não é incrível.

— Bom, é um pouco incrível e enlouquecedor, mas achei incrível.

— Petra, isso é inacreditável, é impossível.

— É muita coisa para processar — concorda ela.

— É pura coincidência.

— Ou não.

— Só pode ser.

— Por que só pode ser?

— Então você acredita nesse tipo de coisa?

— Como assim, esse tipo de coisa? — pergunta Petra, sabendo perfeitamente ao que Beth se referia.

— Sabe, incorporar pessoas mortas. Falar com fantasmas.

Petra ri e coloca uma mecha de cabelo atrás da orelha.

— Eu acredito em seres divinos e em espiritualidade.

— Mas o que isso significa?

— Acredito que somos mais que carne e osso, que todos vivemos na Terra com um propósito espiritual.

Beth suspira e toma um gole de chá. Sua própria experiência com a religião, com conceitos e crenças sobre espiritualidade e vida após a morte, é extremamente limitada. Sua mãe não frequentava a igreja. Não tinha nem certeza qual religião a mãe pertencia. Por um tempo, quando Beth era adolescente, ela e a mãe iam a diferentes igrejas nos fins de semana, às vezes até em outras cidades, com o propósito de pelo menos colocar Beth em contato com formas organizadas de religião.

Ela não se lembra de muitas coisas delas. Havia músicas de coral estranhas cuja letra ela não sabia e estátuas de Jesus pregado na cruz que causavam pesadelos. Era basicamente isso. Em geral, as duas iam comer *donuts* com recheio de geleia depois. Disso ela se lembra. Então um fim de semana as excursões para a igreja pararam, e sua mãe a deixou escolher. Ela devia ter 16 anos. Beth escolheu dormir até tarde aos domingos.

Quando sua mãe morreu, ela desejou não ter feito essa escolha. Ela supôs que a mãe estivesse no paraíso, mas não tinha uma religião para ajudá-la a acreditar que o paraíso era um lugar de fato. Então só podia imaginar o paraíso como uma parte do céu cheia de nuvens brancas e fofas e bebês rechonchudos e nus com asas. E era difícil incluir sua mãe naquela imagem. Continua sendo.

— Certo, e aquilo em que Olivia acredita? — pergunta Beth. — Você acha que é possível?

— Acredito, sim. Às vezes eu sinto a presença de uma energia espiritual quando medito.

— Então você ouve vozes de fato?

— Não, mas algumas pessoas ouvem, e algumas pessoas veem imagens, vislumbres. Para mim não é uma questão de ver nem ouvir, é mais uma constatação súbita, porém o conhecimento não vem de mim.

— Isso é o que chamamos de *pensamento*, Petra.

— Não. É diferente, é uma informação que eu normalmente não pensaria, ou que me é comunicada em um estilo que não é meu. Não vem de mim, vem para mim ou através de mim. É difícil explicar.

— Certo, mas, mesmo que eu acreditasse nisso, por que o espírito desse garoto teria me escolhido? Quero dizer, por que não se comunicar diretamente com a mãe?

— Não sei. Talvez a mãe dele não estivesse aberta a recebê-lo. Dor demais bloqueando o canal.

Beth olha em volta da sala de Petra — o baralho de tarô, o cristal de quartzo róseo em forma de coração pendurado em um cordão, brilhando em uma das janelas, a cadeira de meditação. Se o espírito de um garoto chamado Anthony estava procurando um canal para contar sua história através de uma mulher em Nantucket, por que não usar Petra? Por que não escolher alguém que acreditasse naquilo?

— Sim, mas por que eu? Antes de escrever esse livro, eu não tinha nenhuma ligação com ele ou com o autismo.

— Estamos todos conectados, mesmo que não saibamos disso. Talvez a comunicação dele através de você tenha lhe dado algo de que precisava nesta vida.

— Eu? Como o quê?

— Não sei. Talvez a chance de uma nova vida, uma vida criativa. Talvez seja uma lição, algo na história que você precisa aprender.

Escrever aquele livro deu a Beth acesso a uma parte de si mesma de que ela tinha se esquecido, a sonhadora criativa que tinha sido guardada no sótão há tanto tempo. Mas uma lição? Seu livro é sobre autismo. Não é sobre ela. Beth balança a cabeça.

— Você já sentiu que estava tocando algum outro lugar ou outro alguém quando estava escrevendo? — pergunta Petra.

— Não exatamente.

Ouvir a incerteza na própria voz a surpreende. Ela nunca ouvia vozes. Nunca. Mas, às vezes, quando escrevia, horas se passavam, uma manhã e uma tarde inteiras, e pareciam ter sido apenas alguns minutos. E às vezes ela relia o que tinha escrito e pensava: "De onde foi que eu tirei isso? Como escrevi isso?" Sem contar os sonhos. Aqueles sonhos completos e vívidos sobre Anthony.

— Mas, Petra, *eu* escrevi esse livro.

— Eu sei que escreveu, mas talvez o espírito dele tenha fornecido a inspiração, a orientação na direção de um caminho pretendido, uma verdade necessária.

Beth mastiga a unha do polegar e se concentra no que Petra acabou de dizer.

— Certo, mas se eu ia ser o veículo para a mensagem espiritual de alguém, por que seria esse garoto e não minha própria mãe, minha avó ou meu avô? Por que esse garoto?

— Não sei. De novo, talvez exista uma razão para vocês estarem conectados. Talvez exista alguma coisa no que ele estava dizendo para você aprender. Ou talvez Olivia seja apenas uma mãe que ama muito o filho e sente sua falta, e exista alguma coisa não resolvida com ele.

Beth toma um gole do chá e pensa por um minuto.

— Ela quer saber a que propósito a vida dele serviu.

— Aí está. E seu livro a faz se lembrar tanto dele que ela vê a história que você escreveu como a chance de entender por que ele veio para cá e de se curar. O que acha?

Beth assente.

— Posso viver com isso.

— Tudo bem, então o que você acha da opinião dela? Você acha que tem o final certo?

Lá está de novo, exatamente como quando Olivia estava na sala de Beth, aquela sensação elétrica, pesada, aquele enjoo.

— Não sei. Não tenho muita certeza de nada agora.

— Eu voltaria para a biblioteca e tentaria escrever um pouco mais. Ver se Anthony tem mais alguma coisa a dizer. Mal não vai fazer.

— Tem mais uma coisa — admite Beth.

Petra levanta as sobrancelhas e espera.

— Toda vez que ela dizia "Você ainda não tem o final certo", eu juro que sentia um golpe, e meu estômago vinha parar nos joelhos. Eu tinha acabado de terminar as coisas com Jimmy.

— Interessante. — Petra tamborilou a caneca com o indicador. — Você está mudando de ideia?

— Não sei, mas toda vez que ela dizia "Você não terminou" era como um raio. Ela estava falando de mim e Jimmy, não do livro.

— Então talvez você e Jimmy não tenham terminado.

— Petra, ela estava falando do livro. Olivia não sabe nada sobre mim e Jimmy.

— Sim, ela estava falando sobre o livro, mas o que você ouviu foi Jimmy.

Beth suspira. Achava que tinha terminado o livro. Achava que ela e Jimmy tinham terminado. E aquela mulher que mal conhecia entrou em sua casa, e, de repente, Beth está questionando tudo.

— Você pode acreditar na coisa espiritual ou não — diz Petra. — Chame de uma coincidência absurda, se quiser. Eu acredito. E acredito em você. Vá escrever. Você ainda não tem o final certo.

Lá está de novo. O raio. O estômago embrulhado. Jimmy.

— Não sei, vou pensar no assunto. — Beth confere o relógio. — Preciso ir.

— Venha aqui.

As duas se levantam e dão um abraço, os corações próximos.

— Obrigada pela conversa — diz Beth.

— Imagine.

Beth veste o casaco, pega a bolsa e acena ao passar pela porta, ainda sem ter certeza de nada, nem mesmo do colar com um pingente redondo e liso de pedra da lua em seu bolso.

CAPÍTULO 36

Olivia está sentada à mesa da cozinha lendo. O plano era ler um de seus diários, mas abriu a correspondência primeiro e sem querer se distraiu lendo um exemplar de cortesia enviado por Louise, um livro chamado *Acreditando na alegria: 12 passos para encontrar a felicidade interior.* Termina o primeiro capítulo curto, fecha o livro e observa a capa, surpresa com o próprio interesse. E então o deixa de lado por enquanto.

Enquanto toma café, pensa em Beth. Ainda não teve notícias dela. Todo dia Olivia reza para que Beth decida escrever só mais um pouco. Não consegue pensar em muitas outras coisas, consumida e desesperada com o desejo de ler mais das palavras de Anthony, ouvir a voz dele, receber as respostas de que precisa.

"Por que você veio para cá, Anthony?"

Olivia toma mais um gole de café e suspira. Seu diário vai ter de bastar naquele dia. Ela o abre e encontra um de seus textos favoritos.

7 de dezembro de 2008

Hoje o pai e o irmão de David vieram ver o jogo do Patriots. Artie está ficando surdo, mas se recusa a admitir e usar um aparelho auditivo, então o volume da tevê ficou no último volume o dia todo. E todos eles gritam muito enquanto assistem ao jogo, especialmente quando é contra o Jets (e não importa se estão ganhando ou perdendo; eles gritam de todo jeito). Então, com todo aquele barulho, eu sabia que Anthony ia evitar a sala hoje.

Passei a primeira parte da tarde na cozinha. Preparei um antepasto, frango à parmegiana e lasanha para o jantar. Anthony não gosta de ficar na cozinha quando estou cozinhando. Acho que por causa do barulho todo que faço batendo panelas, tampas e pratos, talvez seja a movimentação súbita ou até os cheiros. Não sei ao certo por quê, mas, quando estou cozinhando ali, ele tende a ficar longe.

Então, com todos os homens berrando e o volume alto da tevê, e eu ocupada preparando o jantar na cozinha, tive receio de que Anthony ficasse incomodado em casa. Estava um dia bonito, então depois do almoço eu o mandei para fora.

Fico muito feliz que tenhamos comprado essa nova fechadura chique da Fort Knox para o portão. Assim, ele pode ficar lá fora sozinho no deque ou no jardim, e não precisamos nos preocupar com a possibilidade de ele fugir sabe Deus para onde. Nunca mais quero ter de procurá-lo pela vizinhança de novo. É a pior sensação: não saber onde ele está, se está machucado ou com medo, se vamos conseguir encontrá-lo antes que algo terrível aconteça. E eu detestei tocar a campainha de alguns vizinhos, ver os rostos humanos se transformarem em pedra enquanto eu explicava o que tinha acontecido. Ele é um garoto querido que não se comunica verbalmente e com algum grau de autismo, não um criminoso sexual à solta.

Então eu sabia que ele estava lá fora e que não ia conseguir sair do quintal, mas não sabia o que estava fazendo ali, e demorei muito tempo para dar uma olhada nele, mas não devia ter feito isso. Em geral eu colocaria a cabeça para fora de tempos em tempos, mas hoje eu fui gananciosa — eu só queria mais alguns minutos de paz e tranquilidade. Mais alguns. Só mais alguns.

E foi interessante, mas, claro, nenhuma surpresa David não ter levantado do sofá nenhuma vez para ver como Anthony es-

tava. Ele supõe que eu vou cuidar disso. Eu estava picando, mexendo, cozinhando e resistindo ao desejo de ir ver como Anthony estava no quintal e não pedi a David nem briguei por ele mesmo não ter pensado em ir.

Terminei de preparar o frango à parmegiana, coloquei a lasanha no forno e até fiz o antepasto, tudo sem interrupção. Nenhum grito lá fora. Isso era bom, mas às vezes um silêncio que durava demais era tão aterrorizante quanto um de seus gritos, e comecei a ficar preocupada com o que Anthony podia estar fazendo. Ele podia estar sem roupa ou brincando com o próprio cocô. Na primavera, ele decapitou todas as tulipas que tinham acabado de desabrochar. Nunca se sabe. Mas em geral ele só fica se balançando, brincando na caixa de areia ou enfileirando suas pedras.

Por fim, fui para o quintal, e ele estava deitado de costas no deque em um quadrado de sol. Os braços estavam ao lado do corpo, palmas para cima, pés esticados, olhos abertos. Ele só estava deitado ali, olhando para o céu.

O quadrado tocado pelo sol era grande o bastante para dois, então decidi me deitar ao lado dele. Era um dia fresco de outono, frio na sombra, mas quente o bastante para ficar confortável sem casaco no sol. Aliás, as tábuas do deque estavam quentes, e o calor foi como um bálsamo para as minhas costas doloridas.

O céu estava de um azul perfeito, nenhuma nuvem. Me virei para Anthony olhando para o céu e me perguntei: "Quanto tempo faz que ele está aqui deitado? Ele ficou fazendo isso o tempo todo? O que ele está olhando?" Não havia nuvens, nem pássaros, nem aviões. O que podia cativar a atenção dele por tanto tempo? O que estava se passando naquela cabeça?

Comecei a ficar inquieta, como se eu devesse levantar e fazer alguma coisa. Pensei: "Não posso apenas ficar deitada aqui." Eu devia estar fazendo alguma coisa. A pia ainda está cheia de louça suja. Eu devia fingir que me importo com o Patriots e ir me sentar com os homens na sala um pouco. Devia colocar roupas na máquina de lavar.

E me senti culpada por ignorar Anthony por tanto tempo. Achei que devia fazê-lo se levantar, redirecioná-lo, envolvê-lo em alguma atividade que ele deveria estar praticando. Pensei (com apreensão) na próxima reunião do Programa de Educação Individualizada que estava chegando. Ele estava muito atrasado. Tinha tanta coisa para fazer, tanto para aprender.

Porém, por sorte, por algum motivo, eu parei. Decidi continuar deitada ali e fazer o que Anthony estava fazendo, que parecia ser nada, pelo tempo que ele quisesse. Então ficamos lá deitados no deque, lado a lado, apenas alguns centímetros separando o corpo inteiro dele do meu, olhando aquele céu azul e perene.

Minha mente divagou por todos os lugares a princípio. Imaginei todos aqueles pratos sujos na pia, que não estavam nem de molho, me implorando para serem lavados. Fiquei preocupada com a reunião do Programa de Educação Individualizada e pensei em tudo o que eu precisava preparar. Mas fiquei ali. E acabei relaxando. Não fiz nada e experimentei apenas estar ali — o céu azul, o calor do sol, o ar fresco, o deque quente e Anthony ao meu lado.

Em dado momento, olhei para ele, que estava com um sorriso enorme estampado no rosto. Meu Deus, o sorriso de Anthony me deixa tão feliz. E lá estamos nós, deitados no deque juntos, sorrindo para o céu.

E então o sol se moveu, e nosso quadrado se tornou uma sombra. Anthony se sentou e me olhou de soslaio com um sorriso satisfeito que eu juro que dizia: "Não foi INCRÍVEL, mãe?! Não foi muito divertido olhar o céu comigo?"

E então ele gritou e balançou as mãos e correu para dentro de casa.

Foi, sim, Anthony. Foi uma das coisas mais incríveis que eu já fiz.

CAPÍTULO 37

Beth está sentada em seu lugar de sempre à mesa da biblioteca com o laptop de Sophie aberto na última página do livro. Está relendo o final. E gostou. Funciona, mas, a contragosto, ela admite que não é sensacional.

Mas de que outro jeito terminar? Ela está batucando os dentes com a unha roída do indicador e lendo de novo. Então se inclina e olha vagamente para o palco e as pinturas a óleo de Thoreau, Emerson e Melville na parede logo atrás.

"Você não tem o final certo."

Por que devia ouvir Olivia? Finais são subjetivos demais. Ela lê o último capítulo de novo. É uma maneira perfeitamente razoável de concluir a história.

"A que propósito a vida de Anthony serviu?"

É uma pergunta poderosa, e, se Beth quiser ser honesta, pode perceber como se esquivou de respondê-la, como os leitores podem ficar em dúvida depois de virar a última página. Mas qual é o problema de deixá-los em dúvida? Não é uma coisa boa? Deixar o leitor com algo em que pensar. Reverberação.

Beth suspira e coloca o laptop de lado. Pega um caderno novo da bolsa e abre na primeira página em branco. Então batuca a caneta nos dentes e olha pela janela. Não há mais ninguém ali além de Mary Crawford, que se encontra atrás do balcão de informações.

A biblioteca está quente, silenciosa e quieta. O relógio avança. Beth olha para o caderno.

Branco.

Não precisa mais escrever. O final que escolheu é bom o bastante. Mesmo se escrever outro, pode não fornecer a resposta que Olivia quer. Beth não pode garantir isso. Ela tampa a caneta e fecha o caderno, mas não vai embora. Fica olhando pela janela, em um debate interno, ouvindo o relógio.

"Você ainda não tem o final certo."

"O final que você escreveu está bom."

"Qual foi o propósito da vida de Anthony?"

"Talvez exista uma lição na história para você."

"Jimmy."

Tique. Taque. Tique.

Ela alonga os braços acima da cabeça e arqueia as costas. Planta os pés no chão, se endireita um pouco, abre o caderno e destampa a caneta. Fica olhando para a folha em branco.

Branco.

Beth não enfrenta esse tipo de resistência desde que começou a escrever ali tantos meses antes. Mas lá está o muro de novo, parecendo maior do que nunca, um muro de 15 metros entre ela e a possibilidade de um novo final. Talvez não haja mais nada para escrever.

"Qual foi o propósito da vida de Anthony?"

Tique. Taque. Tique.

— Ei, Anthony. Você tem mais alguma coisa a dizer? — sussurra ela.

Prende a respiração e tenta ouvir.

Tique. Taque. Tique.

Nenhuma voz de outra dimensão. Ela expira, se sentindo aliviada. Mas então uma coisa de fato surge, uma pergunta feita com sua própria voz.

"Qual é o propósito da minha vida?"

Então um pensamento invade sua cabeça, enorme e cheio de confiança, que não é feito de som nem é uma imagem para os olhos da mente, mas um conhecimento, etéreo porém tão real e inabalável quanto a cadeira em que estava sentada — a resposta para a pergunta.

"Eles eram um."

Beth fecha os olhos e respira fundo. Está respirando no ritmo do relógio, e logo ambos parecem desacelerar e se alongar. Ela imagina o muro de resistência de 15 metros se impondo sobre os olhos de sua mente, mas, em vez de tentar escalar ou derrubá-lo, se vê caminhando ao lado dele. E sorri enquanto observa o muro dessa nova perspectiva. Aquele muro inacreditavelmente alto tem apenas alguns metros de largura. Beth caminha pela barreira e, parado diante dela em frente a um céu azul e puro, olhando direto em seus olhos e sorrindo, está Anthony. Ela retribui o sorriso e assente.

Então Beth abre os olhos, pega a caneta, e, sentindo uma inspiração poderosa e repentina, sua mão desliza pela página.

CAPÍTULO 38

Olivia acorda ainda cansada em mais uma manhã escura e cinza, ainda sem pensar, sem se dar conta de que dia é. Toma um banho fervendo e demorado, se veste e se senta à mesa da cozinha com um livro e uma xícara de café, como em qualquer outra manhã. Só depois de tomar o último gole a data surge como um tapa em seu rosto.

Dia 10 de janeiro. E qualquer semelhança com um dia normal evapora com aquela constatação.

Como neste dia, o dia 10 de janeiro de dois anos atrás começou como uma manhã típica. Era domingo. Anthony levantou primeiro, e Olivia desceu as escadas atrás do filho. Ele se plantou no sofá diante de Barney enquanto ela começava a preparar o café e a refeição matinal, e David tomava banho.

Ela colocou três tiras de torrada empanada na torradeira e as serviu com calda no prato azul de Anthony. Organizou o prato dele, o suco de uva, um guardanapo e um garfo na mesa da cozinha no lugar de Anthony; e subiu as escadas para tomar banho enquanto David ainda estava em casa. Quando terminou de se vestir e voltou para a cozinha, Anthony tinha tomado o café da manhã, e David, sua xícara de café. Ele se despediu e saiu para mostrar uma casa pelo menos duas horas antes do necessário, como parte da atividade diária de evitar a esposa.

Anthony tinha ido para o andar superior da casa, para o quarto dela, e estava brincando com a água da pia. Era a rotina típica de fim de semana. Olivia tirou a mesa, tomou uma xícara de café e leu uma parte do *Globe*. Fazia tempo que ela havia parado de acompanhar o filho ao banheiro enquanto ele brincava. Anthony sabia que não podia usar a banheira sem a presença da mãe. A hora da banheira era à noite, e ele sabia a regra. Ele gostava de regras.

E finalmente tinha aprendido a usar o vaso sanitário. Ele costumava fazer xixi antes do café e, em geral, não precisava ir de novo até depois do almoço. Então, enquanto o filho brincava no banheiro, Olivia não precisava se preocupar com a chance de que ele fosse usar o banheiro, fazer cocô ou todas as outras aventuras repugnantes que acompanhavam o cocô.

Era o que faziam todo fim de semana. Ela tomava café e lia o jornal, e Anthony brincava na pia. Ele amava deixar a água fria correndo sobre as mãos. Amava encher um recipiente grande de plástico e despejar a água no ralo sem parar. Também amava fechar o ralo e encher a pia. Em seguida, colocava um pouco da água no recipiente e a jogava de volta, água na água.

Ele também amava xampu. Olivia comprava montes de embalagens de xampu para viagem e tomava o cuidado de manter os frascos caros escondidos e fora do alcance. Primeiro Anthony tirava a camisa. Ele gostava de despejar o vidro inteiro na pia para fazer bolhas. Também gostava de esfregar o xampu nos braços e no corpo. Gostava de sentir a pele molhada e escorregadia por causa do líquido.

Quando terminava o café, ela subia as escadas e ia para o quarto do filho para pegar as roupas, depois ia para o banheiro, entregava uma toalha seca para Anthony e dizia que estava na hora de se vestir. Os dois ficavam no último degrau, e ela o ajudava a colocar as roupas.

No dia 10 de janeiro, dois anos antes, Olivia tomava sua xícara matinal de café e lia o jornal enquanto Anthony brincava com a água no banheiro, e David se escondia dela no trabalho. Talvez se ela tivesse tomado o café mais rápido. Talvez se David tivesse ficado em casa por mais tempo. Talvez se ela não estivesse absorta na leitura do jornal.

O sabor do café matinal ainda está em sua boca, um sabor que ama, mas que de repente se torna amargo demais, pútrido, nauseante. Ela corre para o banheiro e vomita na pia. Escova os dentes, lava a boca com enxaguante bucal e depois se senta no piso frio.

Ela tomou uma xícara de café dois anos atrás na mais completa paz e tranquilidade. Estava lendo o caderno de artes quando alguma coisa no silêncio que vinha do andar de cima se infiltrou em sua pele e gritou. Olivia largou o jornal e ficou atenta. Não ouviu nada incomum, apenas o barulho da água no encanamento.

"Anthony está bem", pensou ela e, um segundo depois de concluir o pensamento, ouviu um baque.

TUM. Grande demais, pesado demais, alto demais para ser um vidro de xampu para viagem ou um recipiente cheio d'água. Ela não se lembrava de nada entre a cadeira da cozinha e o banheiro. Mas se lembra do baque, e, no mesmo instante, lá estava Anthony, deitado no piso frio, tendo uma convulsão.

Olivia se levanta do chão do banheiro. Veste o casaco, o chapéu, as botas e sai para caminhar, tentando se esquivar da lembrança do que aconteceu depois da convulsão. Talvez se ficasse em movimento, talvez se não ficasse sentada em um ponto estático, fácil de encontrar, talvez as lembranças do resto daquela manhã não a invadissem.

Funciona a princípio. Ela se concentra em andar, em enfrentar o frio dolorido, inclinando o corpo contra o vento cortante. Mas logo está literalmente entorpecida, e tudo por onde passa é cinza — as casas, as ruas, as árvores, o céu. Caminhar se torna um longo borrão cinza, trôpego e familiar, insuficiente para manter sua mente e seu corpo distraídos. E as memórias começam a invadi-la.

Anthony deitado no chão do banheiro. Os olhos de Anthony revirados. Os dedos dos pés curvados. Todos os músculos daquele corpo pequeno, de peito nu e calça de pijama, contraídos, tremendo, distorcendo-o.

Olivia o viu daquele jeito uma vez, quando tinha quatro anos. Logo antes de acontecer, seu rosto adquiriu uma expressão estranha e vazia. Anthony olhava para o nada, mais do que o habitual, e parecia um pouco debilitado. Então caiu no chão, inconsciente, o corpo inteiro rígido e trêmulo. Durou cerca de um minuto, um minuto totalmente aterrorizante, que pareceu durar uma hora. Então passou, e ele recobrou a consciência um instante depois, exausto, mas bem.

Tanto ela quanto David estavam presentes quando aconteceu. David ligou para a emergência, e Olivia foi na ambulância com Anthony enquanto David os seguia de carro até o hospital pediátrico. Anthony fez um eletroencefalograma e alguns outros exames de que ela não se lembrava. O neurologista disse que o menino teve uma convulsão. E disse que convulsões eram comuns no autismo, que cerca de um terço das crianças com autismo também tinha epilepsia. Disse também que convulsões em geral eram controladas com facilidade com medicamentos, e que Anthony podia nunca mais ter outra.

Olivia o observou como um falcão nervoso por muito tempo depois daquilo, mas Anthony nunca mais teve outra convulsão. Ela relaxou e se convenceu de que nunca mais ia acontecer, que tinha sido uma vez só. Enfim, eles tiveram sorte em algo.

A experiência daquele primeiro ataque, quando Anthony tinha quatro anos, não serviu de nada para prepará-la para a visão daquele segundo. A convulsão era diferente. Não parava. Uma se emendou na outra, cada uma envolvendo-o com mais força, fazendo-o tremer mais. Como se alguém estivesse atiçando o fogo, uma chama ia se tornando maior, mais quente, mais intensa.

Olivia colocou uma toalha embaixo da cabeça do filho, sem saber que ele já a tinha batido na porcelana do piso do banheiro com muita força, e ficou olhando apavorada. Então acabou. A convulsão parou, e ele ficou ali deitado. Os olhos continuavam revirados. Os pés, esticados. Os lábios não estavam rosados o suficiente. Estavam roxos. E se tornando azuis.

"— Anthony!"

Enquanto colocava os braços em volta do corpo do filho, ela tocava seu pulso inerte e seu pescoço com os dedos. Não conseguia sentir nada. Então colocou a orelha em seu peito molhado e escorregadio. Olivia acha que foi nesse momento que começou a gritar.

Ela ligou para a emergência. Não se lembra do que tinha dito. Não se lembra do que mandaram fazer.

Olivia apertou o nariz de Anthony e começou a fazer respiração boca a boca.

"— Respire!"

Ela apertou aquele peito pequeno com as mãos como tinha aprendido a fazer na adolescência em uma boneca inanimada chamada Annie.

"— Anthony, respire!"

Então dois homens chegaram. Os bombeiros. E assumiram o controle. Um saco na boca dele, um homem grande apertando a base das mãos sem parar no peito de Anthony. Ela se lembra de pensar: "Pare! Você vai machucá-lo!"

Depois, mais duas pessoas. Anthony em uma tábua. Anthony sendo levado pela escada abaixo. Anthony em uma maca. Outro homem, maior que David, sentado sobre Anthony, uma perna de cada lado do corpo, na altura dos joelhos, fazendo pressão com as mãos no peito dele sem parar. Com violência. Incessantemente. Um saco sendo apertado na boca de Anthony. Tudo enquanto se moviam. Dois homens carregando Anthony e o homem grande na maca pela porta até a ambulância na entrada.

As imagens são surreais e vívidas demais. Mesmo ali, enquanto se lembra de cada instante, revivendo aquela manhã e chorando enquanto caminha, ainda parecia inacreditável, como se não pudesse ter acontecido. Olivia começa a andar mais rápido.

Ela estava sentada na parte da frente da ambulância, virada para trás, tentando vê-lo, ver o que estavam fazendo com ele, tentando fazê-lo respirar, abrir os olhos.

"Anthony, olhe para mim."

Não se lembrava de ter ligado para David, mas devia ter ligado. Ou alguém ligou. Ele estava ali, ao lado dela no corredor da emergência, quando um homem baixo, calvo, com nariz de passarinho, substituído na mente dela pela imagem de seu avô, que era parecido, também baixo e calvo, se aproximou.

"Eu sinto muito" era tudo de que ela se lembra antes do som de sua própria voz gritando. O som de sua própria voz gritando é a última coisa de que se lembra com qualquer clareza pelo resto daquele 10 de janeiro.

Olivia está fazendo uma terceira volta pela vizinhança, percorrendo as mesmas casas cinza e vazias e os mesmos campos áridos e cinza, sem a intenção de mudar de percurso nem de ir para casa. Só fez uma pausa por vez, na casa de Beth Ellis.

Tanto a caminhonete preta quanto a minivan azul se encontram paradas na entrada, e as luzes estão acesas. A casa de Beth. Olivia para na rua diante da casa, desesperada para tocar a campainha. Não viu nem teve notícias dela desde aquela manhã na sala. Mas toda vez que passa por ali, se convence a não fazer nada. Não está em condições de ter uma conversa razoável com ninguém.

Não naquele dia.

Olivia faz a volta mais três vezes e para. Está congelando e exausta. Ela olha a hora.

"Meus Deus, era só meio-dia."

Mais 12 horas do dia 10 de janeiro. Não consegue mais andar. Precisa ir para casa.

No caminho, faz um pequeno desvio até a caixa do correio. Pega algumas contas, um catálogo e um envelope de papel pardo com apenas seu primeiro nome e nenhum carimbo. Enfia o resto da correspondência de novo na caixa e, com o coração cheio de medo e esperança, abre o envelope.

Em suas mãos, encontra-se uma pilha fina de folhas impressas, grampeadas no canto superior esquerdo. A primeira folha está em branco, mas há um bilhete cor-de-rosa colado no meio da página.

Olivia,
Para você e para mim.
Obrigada,
Beth

Ela arranca o bilhete da folha, revelando uma única palavra.

Epílogo.

CAPÍTULO 39

É o *brunch* de domingo do clube do livro na casa de Jill. Era a vez de Beth ser a anfitriã, mas Jill insistiu em recebê-las. Beth está adiantada, é a primeira a chegar. Jill a acompanha até a sala de jantar.

— O que você acha? — pergunta Jill, radiante, antecipando a reação da amiga.

Beth inspeciona a sala. Pratos azuis sobre jogos americanos de tecido xadrez azul e branco. Um marcador de livro branco no centro de cada prato. Uma única pedra branca, grande e lisa repousa sobre cada guardanapo de linho azul dobrado. Um grande vaso decorando o centro da mesa está cheio de tulipas roxas sobre uma bandeja redonda de metal, coberta de pequenas pedras brancas. Taças finas de champanhe. Uma jarra de vidro de suco de laranja e uma cafeteira cheia. A comida fica na mesa lateral — uma tigela de frutas silvestres mistas, *bagels* e *cream cheese*, uma panela com algum tipo de ovo, bacon e tiras de torrada empanada.

— Está espetacular — diz Beth. — Você é incrível. Obrigada por fazer isso.

Jill faz um gesto para dispensar o elogio e pede licença para ir cuidar de algo que ainda está no fogo. Beth escolhe um lugar e pega o marcador de livro caseiro sobre o prato.

"Guia do Grupo de Leitura", seguido de dez perguntas formuladas por Jill, impressas em uma elegante fonte que imitava caligrafia. Beth sorri.

As amigas se reuniram ali na sala de jantar de Jill para o clube do livro naquela época um ano antes. Naquela ocasião, conversaram sobre o caso de Jimmy e a separação em vez do livro. Beth se lembra daquela noite como se tivesse sido ontem e um milhão de anos atrás. Lembra-se de se sentir apavorada, humilhada, de estar tomada pela preocupação e bêbada de vodca. E acha que aquela noite foi o começo de tudo.

Que diferença faz um ano.

A porta da frente se abre.

— Olá? — chama alguém.

— Entrem! — grita Jill da cozinha.

Alguns segundos depois, Courtney e Georgia entram na sala de jantar. As duas param por um instante infinitesimal, absorvendo a decoração e Beth. Parecem prestes a ter um ataque de euforia, como crianças olhando para os presentes embaixo da árvore na manhã de Natal.

— Beth! — exclama Georgia. — Terminei ontem à noite! Hoje de manhã, na verdade... Você me deixou acordada até duas da madrugada. É *tão* bom!

— Eu acabei semanas atrás. Li em três tempos. Estava *louca* para falar sobre ele — comenta Courtney.

— É mesmo? — pergunta Beth, sorrindo, o rosto corado.

Jill as fez prometer que não falariam nada sobre o livro até aquela manhã a fim de guardar qualquer discussão para o clube do livro, quando todas poderiam falar sobre ele juntas. Ainda que Beth tivesse achado aquele pedido bastante autoritário, até para Jill, concordou. Todas concordaram. Mas ela descobriu que manter a promessa seria insuportável, como se estivesse mergulhada até o pescoço em uma poça de ansiedade, todos os dias do último mês, lutando contra a vontade irresistível de perguntar a cada uma das amigas: "Você já leu? O que achou?" Toda vez que conversava com Petra, queria disparar pelo menos uma dúzia de perguntas, especialmente sobre o final. Mas se conteve. Foram trinta dias longos e agonizantes.

Petra chega em seguida, com uma pilha gorda de folhas brancas embaixo do braço. Em vez de brochuras ou exemplares da biblioteca ou *tablets*, todas foram para clube do livro com as 186 páginas impressas. O manuscrito de Beth.

Petra solta sua pilha sobre a mesa e sorri.

— É *lindo*.

— Quem diria que você tinha isso guardado? Como surgiu a ideia? Você conhece um garoto com autismo? — pergunta Georgia.

— Não — responde Beth. — Não exatamente.

— Acabei de ouvir uma pergunta — diz Jill, surgindo da cozinha com uma garrafa de champanhe em cada mão. — Nada de perguntas até todo mundo chegar.

— Bom, é inspirado, de verdade. Entrar na cabeça dele desse jeito, eu realmente o entendi. E me apaixonei por ele — comenta Georgia.

Beth olha em volta. Jill, Petra, Courtney e Georgia. Em geral são apenas as cinco, mas, naquele dia, há um lugar a mais na mesa e uma cadeira vazia.

E, como se tivesse sido combinado, a campainha toca. Jill sorri para Beth e vai até a porta.

— Você está ótima — diz Georgia.

— Obrigada.

Um encontro do clube do livro em sua homenagem, para discutir o livro que ela escreveu, seu primeiro romance, pedia uma roupa nova. Ela foi fazer compras no shopping center de Hyannis especialmente para a ocasião. Sophie foi junto. Beth está usando um vestido envelope vermelho e laranja, de estampa floral, um par novo de *peep toes* creme de salto anabela, um par de brincos maiores, escolhidos por Sophie, e até um pouco de maquiagem.

— E amei seu colar — elogia Courtney. — É novo?

Beth leva a mão logo acima do coração e toca a pedra da lua brilhante, branco-azulada, entre o polegar e o indicador.

— É — responde ela, sorrindo.

Jill volta para a sala de jantar acompanhada de Olivia, que traz as 186 páginas nas mãos. Beth levanta e vai até ela — sua fotógrafa, vizinha, editora e amiga — e a abraça.

— Obrigada por vir.

Com uma das mãos no ombro de Olivia, Jill a conduz até a cadeira ao lado de Beth e faz as apresentações.

— Prontas? Vamos fazer um brinde — propõe Jill, esperando todas levantarem a taça. — Para Beth e seu lindo livro!

— Saúde!

Todas batem as taças e bebem o champanhe.

— Este é meu único problema com seu livro — anuncia Courtney.

Beth engole e espera, o estômago apertado.

— Não tem título.

— Eu sei — diz Beth, aliviada. — Não consigo decidir.

— Ela também foi péssima para escolher o nome das filhas, lembram? — comenta Jill.

A amiga está certa. A pobre Gracie ainda era "Bebê" Ellis quando saíram do hospital. Tinha quase uma semana de vida quando ganhou um nome.

— Como você escolheu o nome Anthony? — pergunta Georgia.

Beth olha para Petra, depois para Olivia, e sorri, como se estivesse compartilhando um segredo.

— Não sei. Eu apenas gostei do nome.

Ela não sabe por que nunca cogitou outro nome para o personagem principal. E não conhece ninguém chamado Anthony.

— Até agora meus olhos se enchem de lágrimas só de me lembrar do final — diz Georgia.

— Eu também chorei — emenda Jill. — Fiquei arrepiada.

Beth olha para Petra com as sobrancelhas levantadas, prendendo a respiração.

— O final é perfeito — diz Petra.

Beth suspira e jura que pode sentir seu coração sorrir.

— Muito obrigada. Eu também amo o final — admite ela, os olhos fixos nos de Olivia. — É minha parte favorita do livro todo.

Quando Beth começou a escrever aquela história, lembra-se de pensar em como aquele personagem era totalmente estranho para ela, aquele menino com autismo que não falava, que não gostava de ser tocado, que não fazia contato visual, que amava o Barney, o número três e pedras enfileiradas. Porém, conforme avançava, e o autismo dele se tornava mais familiar, ela começou a enxergar cada vez mais as semelhanças entre eles — ela morde as unhas para se acalmar, fica tranquila quando sua casa está limpa e todos os porta-retratos se encontram alinhados e centralizados, não consegue suportar a ideia de outras pessoas se sentarem em seu lugar na biblioteca, fica agitada quando há muito barulho à sua volta e, às vezes, precisa ficar sozinha.

Mas as verdadeiras semelhanças não têm nada a ver com o autismo. Enquanto escrevia, ela começou a se dar conta de que essa história era mais sobre Anthony, o garoto, do que sobre Anthony, o garoto com autismo. O autismo tinha se tornado quase irrelevante, e no fim ela estava simplesmente escrevendo sobre Anthony, um garoto digno de felicidade e segurança, de se sentir desejado e amado. Assim como ela. Quanto mais escrevia sobre Anthony, mais se dava conta de que, na verdade, estava escrevendo sobre si mesma.

Beth ama o livro inteiro, mas o último capítulo, o que por pouco não foi escrito, sem dúvida é seu favorito. E o mais importante. É a lição de que seu coração precisava, o conselho que seu verdadeiro eu queria ouvir.

Agora, o livro está pronto. Ela esfrega o pingente de pedra da lua, liso e frio, entre o polegar e o indicador e o aperta contra o coração.

"Obrigada, Anthony."

— Acho que a gente devia falar sobre o final depois de falar do começo — instrui Jill. — Preparei um guia de discussão para nós nos marcadores de texto. A comida está ali. Tem muito mais champanhe, café e suco de laranja, mas, por favor, não usem o Moët nas mimosas. Usem o Korbel. Certo, vamos comer e falar sobre o livro!

CAPÍTULO 40

No começo daquele dia, o sol bate reconfortante nas costas de Olivia, que caminha pela beira do mar na Fat Ladies Beach. É uma manhã clara, sem névoa, com apenas uma brisa delicada. O céu tem um azul puro e sutil, e o ar carrega um cheiro limpo. No dia anterior, quando o céu estava carregado de nuvens cinzentas e pesadas, e o vento era violento, os praticantes de *kite surf* com seus trajes de neoprene preto tomaram conta da praia, acompanhando a costa, surfando nas ondas revoltas. Naquele dia, os aventureiros do *kite surf* ficaram em casa e foram substituídos pelos donos de cachorros. Olivia já meneou a cabeça em sinal de cumprimento e deu bom-dia para pelo menos umas 12 pessoas com seus bichos de estimação. Tanta atividade na Fat Ladies Beach é algo atípico em abril. Mas naquele fim de semana é de se esperar. É o Dia do Narciso, o festival anual.

Ela cansa de andar, mas não pretende ir embora até encontrar mais uma flor. Com o jeans enrolado na altura da panturrilha e os sapatos pendurados nas mãos, ela passeia descalça na areia macia e compacta, molhada e fria da última maré alta, deixando uma trilha das próprias pegadas para trás. Anda com a cabeça baixa, os olhos fixos nos grãos dourados de areia à sua frente. A praia foi lavada pelo mar e está limpa e coberta basicamente de areia fina, apenas alguma conchas de mariscos quebradas e espalhadas aqui e ali. Ela persiste.

E, como sabia que ia acontecer, encontra uma, só parcialmente exposta acima da superfície, branca e brilhante sob a luz do sol. Olivia pega a pedra, se agacha na beira da água, esperando que o oceano a lavasse. Ela a observa na palma da mão. Branca, redonda e lisa. Anthony a teria amado. Ela sorri. Está pronta para ir embora.

De volta à sua vizinhança, ela caminha pelo meio da estrada, reparando em todos os narcisos, explosões súbitas, claras e inesperadas de cores exultantes, como três milhões de fênix amarelas surgindo das cinzas. A vida retornando. Aquele ano foi atipicamente quente, os narcisos floresceram duas semanas antes. E estão por toda parte. São lindos.

Os carros se encontram na entrada das casas, e as janelas estão abertas. Enquanto caminha, ouve um cortador de grama por perto e alguém martelando mais ao longe. Ela sente cheiro de húmus e tinta. A primavera chegou.

Ela para na frente da casa de Beth. A entrada não tem carros. Provavelmente já foram para 'Sconset. Beth disse que iam fazer um churrasco. Duas cadeiras estão lado a lado no gramado da frente, brancas e brilhantes. Recém-pintadas. Olivia sorri. E confere o relógio de pulso. Não vai dar tempo de se despedir de Beth antes de ir embora, mas vai revê-la em breve.

Antes de voltar, dá uma passada na caixa do correio uma última vez. Abre a porta. Nenhuma correspondência.

Olivia volta para o chalé, uma casa que ela e David compraram para o futuro dos dois. Foi um plano lindo e romântico, mas não é o destino. Talvez seja o de outra pessoa. Ela para na rua diante da casa, as telhas de cedro acinzentadas e as vigas brancas, a varanda, a entrada de pedra. A placa de VENDE-SE cravada no gramado da frente reluz, refletindo o sol. Ela suspira. Para outra pessoa.

As malas já estão feitas. A maior parte de seus pertences foi despachada no dia anterior, e o restante está no carro. O fardo na verdade é mais leve naquele dia do que foi um ano antes. Não há motivo para entrar mais uma vez na casa.

Antes de entrar no jipe, Olivia se senta na grama sob o sol, já muito mais alto no céu do que estava na praia, e admira os narcisos. Ela plantou mais alguns naquele ano, então agora são 18. Dezoito flores felizes, amarelas e brancas, dançando na brisa suave, celebrando o Dia do Narciso.

A promessa de um recomeço.

E celebram aquele dia acima da cama de pedras brancas, espalhadas uniformemente sobre a terra à sua volta. Um jardim de pedras e 18 narcisos. O lar perfeito para as rochas de Anthony.

Olivia pensa em jogar na pilha a pedra encontrada naquela manhã, que ainda está em sua mão, mas muda de ideia. Em vez disso, ela escolhe mais duas que estão no chão e coloca as três na mão. Pronto. Três pedras. É tudo de que precisa.

Ela pega um único narciso, sente o perfume doce e amanteigado, e o prende no cabelo acima da orelha. Em seguida, entra no carro, dá uma última olhada para o chalé, para os narcisos e para as pedras de Anthony, e vai embora.

A BALSA EXPRESSA PARA HYANNIS não está cheia, e Olivia pode escolher um assento na janela. As pessoas não estão indo embora de Nantucket naquele dia. Estão ali para ver os narcisos. Mas ela já viu o suficiente. Os motores roncam, e a balsa começa a se mover.

Depois de deixar a bolsa no assento, ela sobe as escadas para ir até a parte externa, no fundo. Enquanto a balsa se aproxima do Brant Point Lighthouse, Olivia pega uma moeda do bolso e a joga no mar, uma tradição que simboliza uma promessa de voltar à ilha. Ela vai voltar. Vai voltar para visitar Beth e Jimmy.

Ela está parada no guarda-corpo, olhando para trás, e pouco a pouco o oceano a separa daquela ilha minúscula. Olivia observa os barcos no porto, as duas torres da igreja, os prédios do centro e as casas cinzentas que se espalham pela costa se tornando cada vez menores. E logo Nantucket desaparece.

A balsa aumenta a velocidade. Olivia volta para seu assento lá dentro, virada para a frente. Está voltando ao trabalho, na Taylor Krepps, mas como editora de ficção dessa vez. Sente-se pronta e animada. Seu primeiro livro será o que ela levou para Louise pessoalmente, o romance de estreia de Elizabeth Ellis. Mal podia esperar para que fosse publicado, para vê-lo nas livrarias, para segurá-lo nas mãos e sentir seu peso.

Abre a bolsa e pega uma pilha grossa de papel. O manuscrito de Beth. Ela o acomoda no colo. É por isso que foi para Nantucket. Por isso. Sua resposta. Sua paz.

Enquanto a balsa a leva de volta para o continente, ela folheia as últimas páginas e relê sua parte favorita, saboreando cada palavra, ouvindo com seu espírito o lindo som da voz de Anthony.

CAPÍTULO 41

EPÍLOGO

Querida mamãe,

Você já tem as respostas para suas perguntas. Elas já estão em seu coração. Mas sua mente ainda resiste. Entendo que às vezes precisamos de confirmação, precisamos ouvir as palavras. Um diálogo.

Eu não vim para cá a fim de fazer as coisas com que você sonhou e até temeu que eu fizesse antes de nascer. Também não vim para jogar na liga infantil de beisebol, ir à formatura, para a faculdade, para a guerra, me tornar médico, advogado nem matemático (eu teria sido um ótimo matemático). Não vim para cá a fim de crescer e envelhecer, me casar, ter filhos e netos. Tudo isso já foi feito ou será feito.

E não vim para cá para ajudar os outros a entender a imunologia, a gastroenterologia, a genética ou a neurociência. Não vim para cá a fim de solucionar o mistério do autismo. Essas respostas são para outro momento.

Vim para cá simplesmente a fim de existir, e o autismo foi o veículo da minha existência. Apesar de minha curta vida ter sido difícil às vezes, encontrei muita alegria em ser Anthony. O autismo dificultou minha relação com você, com o papai e com outras pessoas através de coisas como o contato visual, a conversa e as suas atividades. Mas eu não estava interessado em me relacionar dessas maneiras, então não me senti privado. Eu me relacionava de outros jeitos, através da musicalidade das vozes, da energia das emoções, do conforto de estar perto de você e, às vezes, em momentos que guardo com carinho, compartilhando uma experiência de algo que eu amava — o céu azul, minhas pedras, *Os três porquinhos*.

E você, mamãe. Eu amei você. Você perguntava se eu sentia e entendia seu amor por mim. Claro que sim. E você sabe disso. Eu amava o seu amor, porque com ele eu me sentia seguro, feliz e desejado, e ele existia para além de palavras, abraços e olhos.

O que me leva à outra razão de por que vir para cá. Eu estava aqui por você, mãe. Vim para cá para ensinar você a amar.

A maioria das pessoas ama com o coração protegido, só se determinadas coisas acontecerem ou não acontecerem, e até certo ponto. Se a pessoa que amamos nos machuca, nos trai, nos abandona, nos decepciona, se a pessoa se torna difícil de amar, muitas vezes deixamos de amar. Protegemos nosso coração delicado. Nós nos fechamos, recuamos, nos contemos, nos desconectamos e nos afastamos. Podemos até odiar.

A maioria das pessoas ama condicionalmente. A maioria das pessoas nunca é chamada a amar com o coração completo e aberto. Elas só amam pela metade. Elas sobrevivem.

O autismo foi meu presente para você. Meu autismo me impedia de abraçar e beijar você, não me deixava olhar nos seus olhos, nem dizer em voz alta as palavras que você tão desesperadamente queria ouvir com os ouvidos. Mas você me amava mesmo assim.

Você está pensando: "Claro que amava. Qualquer um amaria." Não é verdade. Me amar com um coração pleno e receptivo, me amar por inteiro, exigiu que você crescesse. Apesar da sua dor e sua decepção, seus medos, suas frustrações e sua tristeza, apesar de tudo o que eu não conseguia demonstrar em retribuição, você me amava.

Você me amou incondicionalmente.

Você não viveu esse tipo de amor com o papai nem com seus próprios pais, sua irmã nem com ninguém que veio antes. Mas, agora, você sabe o que é o amor incondicional. Eu sei que minha morte a machucou, e você precisava de um tempo sozinha para se curar. Você está pronta agora. Você vai sentir minha falta. Eu também vou sentir sua falta. Mas você está pronta.

Pegue o que aprendeu e ame alguém de novo.

Encontre alguém para amar, sem restrições.

É para isso que todos estamos aqui.

Com amor,

Anthony

PUBLISHER
Kaíke Nanne

EDITORA EXECUTIVA
Carolina Chagas

EDITORA DE AQUISIÇÃO
Renata Sturm

COORDENADORA DE PRODUÇÃO
Thalita Ramalho Aragão

PRODUÇÃO EDITORIAL
Anna Beatriz Seilhe

REVISÃO DE TRADUÇÃO
Mariana Moura

REVISÃO
Mônica Surrage
Pedro Staite

DIAGRAMAÇÃO
Julio Fado

Este livro foi impresso no Rio de Janeiro, em 2015,
pela Edigráfica, para a Editora Nova Fronteira.
A fonte usada no miolo é Adobe Caslon Pro, corpo 11.25/15.5.
O papel do miolo é avena $80g/m^2$, e o da capa é cartão $250g/m^2$.